（全三张图）2018 年 11 月 10 日下午，北京大学教授周其仁用无人机拍摄到的上海市松江区小昆山镇风景。周其仁 / 摄

本书作者在上海郊区所租农房厨房改造前的样貌。郭涛涛 / 摄

本书作者重新改造和装修后的厨房。高磊 / 摄

本书作者乡村书房一瞥。高磊 / 摄

空间逼仄的开弦弓村。郭涛涛 / 摄

本书作者在农村老家劳作时期住过的窑洞。郭涛涛 / 摄

日本北海道西中附近公路旁边的稻田。郭涛涛 / 摄

在日本列车上看到的沿途稻田风景。郭涛涛 / 摄

（全三张图）日本美瑛町公路两旁随处可见的各类的农机。郭涛涛 / 摄

日本北海道美马牛车站附近四季彩丘休闲农庄的花田。郭涛涛 / 摄

日本带广市酒馆墙壁招贴画里的十胜平原农田。郭涛涛 / 摄

上海松江泖港镇黄桥村农民张小弟发明的水稻筑梗机正在作业。松江农委 / 供图

上海松江浦南地区随处可见的农田林网区风景。松江农委 / 供图

上海松江家庭农场机械化春耕。松江农委 / 供图

站在田埂上盯着稻田准备播种的上海松江泖港镇胡光村农民杨玉华。郭涛涛 / 摄

（全三张图）日本美瑛町公路两旁随处可见的各类的农机。郭涛涛 / 摄

刚从上海松江农民合作联社碾米机里出来的 2017 年松江新米。郭涛涛 / 摄

上海松江农民合作联社加工厂里已被加工好，即将销往上海市区的松江大米。郭涛涛 / 摄

（全九张图）在上海本地市场上竞争销售的各类松江大米及制成品。郭涛涛 / 摄

在 2017 年 10 月的一次松江大米品鉴活动上，上海松江石湖荡镇家庭农场主沈万英（右）在推销她的米糕。郭涛涛 / 摄

上海松江职业农民大会现场。松江农委 / 供图

刚从上海松江农民合作联社碾米机里出来的 2017 年松江新米。郭涛涛 / 摄

上海松江农民合作联社加工厂里已被加工好，即将销往上海市区的松江大米。郭涛涛 / 摄

2010 年 5 月 1 日，时任中央财办副主任、中央农办主任的陈锡文在上海市松江区考察家庭农场。松江农委 / 供图

2018 年 10 月 30 日，手持无人机操控器，在上海市松江区小昆山镇调研的北京大学国家发展研究院教授周其仁，正与松江前区委书记盛亚飞站在马路边热切地交流。周其仁 / 供图

正在全国“两会”现场发言的全国第十二届人大代表盛亚飞。上海人大 / 供图

喜欢逗游田野的松江区前农委主任封坚强，他的很多思考都是和松江农民交谈得来的。高磊 / 摄

本书作者和他的乡村书房一角。高磊 / 摄

本书作者与中央农村工作领导小组办公室原主任陈锡文。尹智博 / 摄

无问城乡

上海松江改革田野调查纪实

郭涛涛 著

新 华 出 版 社

图书在版编目（CIP）数据

无问城乡 : 上海松江改革田野调查纪实 / 郭涛涛著.
-- 北京 : 新华出版社, 2019.3
ISBN 978-7-5166-4489-8

Ⅰ. ①无…　Ⅱ. ①郭…　Ⅲ. ①纪实文学 - 中国 - 当代　Ⅳ. ①I25

中国版本图书馆CIP数据核字(2019)第026442号

无问城乡:上海松江改革田野调查纪实

作　　者: 郭涛涛

选题策划: 江文军　　**责任编辑:** 江文军
责任校对: 刘保利　　**封面设计:** 高磊

出版发行: 新华出版社
地　　址: 北京石景山区京原路8号　　**邮　　编:** 100040
网　　址: http://www.xinhuapub.com
经　　销: 新华书店、新华出版社天猫旗舰店、京东旗舰店及各大网店
购书热线: 010－63077122　　**中国新闻书店购书热线:** 010－63072012

照　　排: 臻美书装
印　　刷: 三河市君旺印务有限公司

成品尺寸: 170mm×240mm　　**彩　　插:** 1印张
印　　张: 15.75　　**字　　数:** 200千字
版　　次: 2019年3月第一版　　**印　　次:** 2019年3月第一次印刷

书　　号: ISBN　978-7-5166-4489-8
定　　价: 56.80元

谨以此书献给河南陕州峭子村农民贺水泉和王小菊夫妇

前 言

五年前，我还在上海一家财经报纸做深度编辑期间，看到记者一篇有关松江家庭农场的报道，发现它的耕作制度有些不一样，出于本能的研究兴趣，我第一次去了上海松江。

再后来，上海书展遇到了刚刚出版《城乡中国》的北京大学国家发展研究院的周其仁教授，我问他松江家庭农场如何，没想到他说，那不是松江改革最厉害的，最厉害的还是理清楚了1956年以来集体经济账本的产权制度改革，并建议我去好好了解了解。

一来二去之间，松江就成了过去五年我跑得最多的地方。

如果说这个地方有什么不一样，我想先从观察到的现象做一个初步描述。它的多数农民进城之际，乡下的农田并未荒芜，而是连成了片实现了全程机械化生产，留下来的农民种地年净收入普遍超过10万元。

当全国不少地区农民养老金不足100元/月时，松江农民却实现了1500元/月左右的养老金水平；它还领先全国，从制度上改掉了易滋生基层腐败的“小金库”，并变为农民每年年底的分红收入，进城农民也由此多出了一部分保障，农民利益自此与城镇化相统一。

它不仅终结了无节制征用农田的“摊大饼”模式，通过更有力的城乡土地统筹，农民进城更是不用买房却置换到了和乡下同等面积、可以买卖的商品房，市场力量则让地方政府实现了“无债一身轻”的资金平衡，同时还多出了一部分建设用地资源。

它并不是很多人的第一反应——是牺牲城里人利益换来的，而是靠一系列尊重常识的效率改革实现的，无论城里人还是乡下人，抑或是地方经济发展，皆实现了多方共赢。

至于具体的实现过程，便是本书所要详尽记录的。作为一名全国行走多年的文字工作者，将这些全国并不多见、如流星般闪耀的事实原汁原味地记录下来，无疑也是我职业生涯的最大意义所在。

也是多年的田间地头调查，使我意识到，城乡中国的沟壑不仅在于城乡不断拉大的差距，也在于理论研究与真实世界的信息不对称。

从真实世界的具体实践着眼，“三农”问题的彻底解决并不轻松。松江位于中国工业化、城镇化最发达地区，理应走在前面，但它实现上述结果的全方位改革，时间跨度即近10年。聚沙成塔之难，以至于每项改革皆须尽心竭力，方可取得一些成效，更不必说改革的持续深化与巩固。

松江改革成功的另一面，是它谋定而后动的事前规划，它的一系列改革，皆是在城乡统一规划基础上实现的——松江浦南地区是规划设定的非开发地区，由此才有了农民种粮年净收入超过10万元的家庭农场改革，进一步有了跨越城乡、统筹安排城乡土地出让金，让农民实现城乡均等保障等一系列制度创新。如果没有科学合理的规划和严谨认真、敬畏规则的改革态度，这些深入推进并取得实效的改革亦无从谈起。

相比坐而论道，对常识、科学与市场规律的理解，恐怕是这个时代更需要的。

比如所谓“家庭农场是靠补贴出来的”，颇有些业余的说法，它并不符合经济学常识，在没有规则的前提下，补贴只会变为地租，最终流入土地所有者的口袋，而非让农地经营者获得好处，再多的补贴也无济于事。回看松江家庭农场能够成功，实际上是制度约束出来的结果。

寸土寸金的上海，又是否还应该发展农业，或者是全部变为建设用地盖成房子？

这里的常识在于对城市建成区的理解，假设上海6000多平方公里的土地全部盖成房子——它比全世界最大的城市之一墨西哥城还要大数倍，结果只会是一座密不透风、没有生气和活力“封闭的城”。

城市建设也不是变魔术，它还有一个漫长的建城、养城过程，目前上海不到辖区总面积1/2的城市建成区，发展时间跨度即已近200年，它也非只有建筑就算大功告成，而是离不开高效率的人口集聚和科学有序的城市经营。

发展农业又交织着“18亿亩耕地红线”争议，它需要全方位审视——除了中国耕地结构与人口需求，还有它与影响城里人“钱袋子”的通货膨胀关联，再加之全球贸易格局下农业效率的比较，更不必说农产品与工业品在生产方式上的天壤之别等诸多不可抗力因素。

目前对“耕地红线”的质疑，相当一部分原因来自于城市房价高企和建设用地紧缺，耕地与城市建设用地的关系更需厘清。

它并不是因为耕地“摊”得还不够多，而是城市供地结构失衡和建设用地利用低效所致——城市里用于盖商品房的商住用地供给偏少，盖工厂的工业用地却存在着大量投机——工业用地50年使用期，可多数企业寿命不到10年，余下的40年不少企业成了“僵尸企业”，对应的工业用地，要么沦为无产业之地，要么变成了企业套利的标的物机会，政府收不回这些工业用地，为了发展新的工业，就不得不继续征用耕地，土地资源却是有限的，它并不是个长久之策。

倘若有一套行之有效的办法，让工业用地利用更有效率，供地结构得以向商住用地倾斜，大量农民通过宅基地置换而非现金补偿的方式获得商品房，其更利于城市房价回归——既增加了住房供给，又减少了刚性需求；农民有了可以买卖的商品房，进城保障更为充足，置换后的宅基地，更得以复垦成耕地，它与“耕地红线”矛盾亦走向消解。

不仅城市的房价与农村密切相关，农村人口不断涌入城市的历史趋势下，农民能否实现更广泛意义上的城乡均等保障，也将影响到城市的长治久安，它的应对之策，也在于城乡土地的更高效率利用。

包括并不限于这些问题的前因后果及解决办法，同样是本书在城乡一体框架内，结合最前线调查试图厘清的内容。诚如其仁教授所说的“城乡中国”，新时代的中国农村问题，它需要在城乡视野下重新定义和审视。

中国城乡问题又如此特殊，它也只能从田间地头寻找答案。而为了让本书不至于显得过于晦涩，我采用了一种接近历史研究，从最基础的常识、科学与市场规律切入的非虚构写作方法，或许只有如此表达，才有可能消除争议、有助于问题的最终解决。

郭涛涛

2018年11月8日

目 录

CONTENTS

序

王 战 上海市社会科学界联合会主席

这是一本应运而生的书。党的十九大揭开了新时代中国乡村振兴的序幕，本书记录了一位区委书记几十年来探寻“三农”问题的大作为，他的思考，他的实践，可供正在从事乡村振兴伟大事业的人们所借鉴。

我鲜少作序。为盛亚飞同志探索农村改革之路作序，可能是我们的缘分。

我们同样来自农村，作为20世纪50年代出生的一代人，我16岁报名到江西井冈山地区新干县下乡插队，在革命老区11年的知青经历让我受益终生，奠定了我后来从学界到政府再回学界这样一个“旋转门”的底子；盛亚飞来自农村，农业院校本科生，自29岁当县委书记起，与农村、农民、农业有着不解之缘，与我们一起当选上海市全国人大代表，十年间“三农”问题成为我们经常讨论的话题。

在复旦就读时，我曾立志研究世界农业，毕业论文做的也是比较农业经济。2011年应亚飞同志之邀，我花了半年时间完成松江家庭农场经验总结，松江的经验得到了中央的重视，当年家庭农场作为农业组织形式之一写进了中央文件，也了了我为中国“三农”问题做点研究的心愿。

正如这本较为完整地记录亚飞同志在松江推动城乡改革来龙去脉的

书中所提到的，改革开放四十年，随着城市化和工业化的不断推进和发展，中国城乡关系已经发生了很大变化，农民为生计纷纷进城发展，决定着解决农民、农业和农村的出路，已不再是单独的村庄叙事，而是需要城乡通盘考虑。

如今，中国改革已经进入全面深化阶段，我们遇到的基本都是硬骨头。邓小平同志在晚年说，过去我们讲先发展起来，现在看发展起来以后的问题不比不发展时少。富裕起来以后财富怎样分配……解决这个问题比解决发展起来的问题还困难，我们讲要防止两极分化，实际上两极分化自然出现。要利用各种手段、各种方法、各种方案来解决这个问题。

解决长期发展不足问题的困扰之后，关于发展不明、发展不当和发展不利的因素开始彼此交集，这是增加深化改革复杂性和艰巨性的现实因素。资源、要素、财富和收入等在城乡之间、区域之间尤其是阶层之间的配置和分配问题，导致社会结构分化及利益封闭和固化。

如何进一步解放思想、深化改革，在建立全方位市场体系的基础上，克服过剩、失衡等难题，实现经济的均衡发展与社会财富的公平、公正分配，也就成了城乡改革必须要面对且勇于行动创新的新时代命题，亚飞同志在松江的城乡改革，正是在这一背景下发生的。

让我印象深刻的是，亚飞同志通过成立城乡统筹专项基金的方式，历时5年使松江所有农民实现了和城镇化地区均等、1500元/月的退休养老水平。解决农民养老的资金来源，则与更为充分的城乡土地要素交换有关，它有效提升了城乡土地使用效率，并使城乡土地的稀缺性更为凸显，进而才有较为充足的资金实力，逐步补上了农民养老保障的短板。

亚飞同志还开全国先河，率先在区级层面理清楚了1956年以来的集体经济账本，并通过产权制度改革将它确权到人，更多农民虽然是进城了，但因为有每年的集体资产分红，他们又多出了一份进城保障，由于集体资产随城镇化而增值，农民与城镇化利益自此统一。

松江小昆山镇镇域范围内的全国小城镇改革试点，使绝大多数小昆山农民通过 1:1 的宅基地置换，有了在集镇区可以买卖的多套商品房，农民进城居住问题得以解决，而在上海市建设用地总量不变的前提下，它不仅未占用更多的建设用地指标，还结余出了一部分建设用地资源，并让地方经济脱胎换骨，提供了一套全新的经济发展思路。

只有解决了农民的养老和进城保障，乡村人口在城市里实现了更有效的集聚并安居乐业，城市化和工业化才会更深入发展，全面现代化与“决胜小康”才能最终得以实现；也只有农村劳动力实现了有效转移，农村耕地才能实现有效流转和规模化经营，并走上不断提升劳动生产率的正途。

书中让我有些意外的还有中美耕地和农业资源的效率比较。中国耕地资源少于美国，优质耕地更是少之又少，人口又数倍于美国，源于农业科技进步和国际贸易带来的粮食产量增长和城市粮食需求不再紧张，并不意味着我们要对保持一定粮食自给率、不断提高本国的粮食劳动生产率掉以轻心，因为未来是多变的，只有居安思危才能长远。

作为习近平总书记每年紧盯的深化改革和扩大开放的“试验田”，上海不仅在深化自由贸易试验区改革上有新作为，在推进科技创新中心建设上有新作为，在推进社会治理创新上有新作为，在全面从严治党上有新作为，在城乡协调发展和农业现代化上也应该有新作为。

只有城乡协调发展，解决了农民、农业和农村问题，上海建设社会主义现代化国际大都市，乃至全国实现更为全面的现代化发展才会更有后劲，它离不开城乡一体改革的创新驱动和引领。如果没有高屋建瓴的城乡视角，就农村而农村，就难以全面实现小康和国家的全面现代化。(作者曾为第十二届全国人大代表，曾任中共上海市委副秘书长、市委研究室主任、市决策咨询委员会主任、市政府发展研究中心主任、市社会科学院院长等职，曾多次受邀参加习近平总书记经济座谈会）

自 序
迈过那道历史的山岗

一

农历狗年春节[1]的大年初二，和煦的阳光照在厨房门口的樟木柴堆上，一切显得暖洋洋。我习惯性地蹲在院子里，看着一只灰白色的虎斑猫悠悠地钻过房东的旧木船。我并不是要找这只猫，而是潜意识地在寻找两只流浪的小狗。

那两只流浪的小狗，是隔壁邻居家的，也可以说不是隔壁邻居家的。年前的某天，胎毛未脱的它们蓦然冒了出来，弱小而颤抖地出现在了村里，隔壁脾气火爆、每天骑着三轮车拾柴的老先生，为它们搭了一个简易的窝。

在它们还没有和人熟络的时候，我只能远远望着它们，然后将手中的火腿肠掰成几段，尽量精准地抛给它们，到外面吃饭，剩下的骨头也会带回来，就这样，那两条小狗逐渐长大，以至于我们每次从城里回来，听到车声，它们就会汪汪叫地冲上来。

[1] 2018年2月17日，农历戊戌年甲寅月庚辰日，正月初二。

但我仍觉得某一天，它们还是会消失。因为有人说，敢不敢抓它们到车上，然后送到镇上丢掉，我才忽然意识到，其实这两条狗，在偌大的农村，即便是四处乞怜，命运同样无处安放。

我无法做到。在从小农村长大的记忆里，我至少目睹过六条狗的死掉，并且死法凄惨，无不是误食了野地里的死老鼠，而死老鼠，则是误食了当时农村普遍用过的一种剧毒的老鼠药[1]。今天之所以动了恻隐之心，也是源于幼时的乡村遗憾。

只是今天的农村，也许还会有遗憾。就拿这两条小狗来说，狗妈丢掉它们的概率不大，更可能的是——在它们刚出生不久，狗妈就已经不在了，从过去多次道听途说，比如年末狗贩子往往会进村，用毒针射杀村狗的经验来看，背后未必是个好故事。

没有人知道这两条蓦然出现小狗的来历，也不会有人过于关心，除了像我这种，出生在乡下，曾住在城里，又搬到乡下的人。我们曾经搜罗出家中的旧衣服，在一个雪夜垫到了狗窝里，但第二天，衣服就不见了，想必是村里人觉得可惜，就拿去另作他用了。

这仍然可以理解。乡下人眼里的狗，是没有城里人所谓"宠物"概念的，与那个更为遥远的、物质极度匮乏时代一同走过来的老人[2]，更不会这样想，乡村本身就意味着蛋白质稀缺，狗，除了看门护院，也是肉食来源。

从乡村到城市，仅在狗的这件事情上，大家的看法，就已注定着天渊之别。对一个农民来说，不要说给狗穿御寒用的毛衣，仅用马可波罗火腿肠喂狗，即已是不可想象之事，而当一个城里人得知，农民养了一年的狗，到年底会杀了做下酒菜时，同样也会感觉很痛苦。

---

[1] 20 世纪 80 年代农村普遍用的一种灭鼠药，我印象中的名字叫"毒鼠强"。

[2] 从 20 世纪 50 年代农村合作化和人民公社时期走过来的老人。

可也是这样，农村人要进城，城里人想返村。

二

忘记说了，两年多前，我就从上海的城里搬到了乡下，在沪郊青浦区的一个村子，租了本地村民的房子，然后重新装修住了进去。

我们村是个神奇的存在[1]。多年前，一对来自中国台湾、70 多岁的老夫妇，卖掉了他们在高雄的房子来到上海，反复辗转后，他们发现了这个村，并且租了一栋农民房。他们把房子内部重新铺了地砖，做了最简朴的改造，再在院子里挖口水井，做个荷塘，又将水泥地铺上泥土，种上了 20 多种植物，那里就变成了他们的新家。

这对老夫妇的举动，在后来的日子里，吸引了很多来村里游玩之城里人的注意，并产生了更为有趣的影响——不少城里人发现，原来日子可以这样过，他们也在村里找到了房子，抱着养老、农耕或者周末休闲等目的返了村。

时至今日，在这个有着 400 多户原住人口的沪郊村庄，已吸引了 40 多户城里人来来往往，而我，也是一次采访中意外发现这里，在当时，被我称为“新村民”的群体，规模已蔚为壮观，他们由乡村规划师、探险家[2]、名校理学博士、生态学硕士、皮划艇业余赛冠军、艺术家、音乐师等组成，除了中国人，还有美国人和新加坡人。

我和做旅行定制[3]的上海太太，接着也就搬到了村里。作为一名农

[1] 郭涛涛，《乡土重建新变量——以上海岑卜村为例》，《环球财经》杂志，2015 年 10 月。

[2] 闪米特，原名李华灿，美国《国家地理》首位中国籍“年度十大探险家”（2016 年），曾单人单艇，历时 200 多天，划行 5464 公里，漂流完整条黄河。

[3] 《阿布旅行手记》，微信号：abyjapan。

业记者，这个村让我最感兴趣的一点，是这些在城里已是中产，或者高学历拥有者的返村居住，是否会形成一种有别于单纯金钱投入的人力资本变量，可以挽救如今城镇化时代的乡村颓势。

非常遗憾，在住了两年多后，我没有找到肯定的答案，相反，我觉得农村人进城是不可阻挡的时代趋势，而搬回村里住，它更可能是城市里的小布尔乔亚者[1]，带有乡村浪漫主义色彩的一厢情愿。

原因也很简单，它就是我们乡村生活所目睹和经历的一切：

我没有看到除了为数不多的劳务性收入[2]之外，能让老村民[3]更为有效的增收办法，而新村民与老村民更为深远的互动，其实并不可能。这不仅是普通话与方言不通的天然沟壑，同样也是彼此之间的目的和追求不同。

贾府上的焦大，不会爱上林妹妹[4]，不仅城里人将狗当宠物养，农村人会不习惯，城里人将租来的水泥院子重新铺上泥土种上花草，同样也不会被农村人接受。小有所成、已有不少积蓄的城里人追求的是生活闲适，面朝黄土背朝天的农村人，想得更多的，还是挣钱来补贴家用。

对本地村民而言，在农村获得可观收入的机会的确不多：

以农民最拿手的种地来说，要是都在农村，人多地少，每个人就一

---

[1] 即小资产阶级或小资阶级，法语词汇：petite bourgeoisie，本篇泛指有别于实力更为雄厚的中产阶级，小富即安、追求生活品位、精神和物质双层面的都市白领。

[2] 为新村民的农场打工、烧农家菜、手工编织等劳务性收入。

[3] 相对于新村民的村庄原住民。

[4] “煤油大王那会知道北京捡煤渣老婆子身受的酸辛，饥区的灾民，大约总不去种兰花，像阔的人老太爷一样，贾府上的焦大，也不爱林妹妹的。”鲁迅，《二心集·“硬译”与“文学的阶级性”》。

亩多地，一亩地就算顶格年产 1500 斤稻谷[1]，以 1.5 元 / 斤[2]来算，产出也不过 2250 元，再扣除种子、化肥、农药等成本，其实净收入寥寥，田间地头辛苦一年，还不如城里打工一月挣得多。

城里人和村里人从此分道扬镳。城里人返乡又如何，生计面前，进城依然是村里绝大多数村民的选择，上海郊区如此，更不必说经济条件远不如上海的中西部地区。

其实，在村里的新村民，排除像我这种不必进城坐班的自由职业者，以及积蓄不少、单纯养老居住的城里人群体，指望种菜等纯农业生产而维持生活，更是高难度之事。不仅村里由城里人承包的农场，已历经两次洗牌，一名已搬离村子的新村民，回顾起他种菜的经历，更是告诉我：“本来想着来村里扶贫的，没想到最后自己被扶贫了。[3]”

即便我们家中装修和城里别无二致，互联网已是 200 兆的光纤，但在村子里住久了，仍然深感不便。以平时吃饭来说，要么自己做，要么去外面吃，无论哪一种，它都将耗费你至少一个半小时时间。

村里居住空间固然比城里宽敞，但超级耗能——每年冬季，一个月为取暖而耗的电费即夸张地超过千元；出行开车，一年油费不是个小数目；远离城区，朋友联系多有不便，社交损失更无法估量。

城里人返村，其实更像是一场奢侈的消费，农民进城打工，却是得到了实实在在的实惠。排除所谓“乡村浪漫主义”的想法，村居两三年之后，如果再给我一个选择，如果不是职业研究兴趣，我相信我会继续待在城里。

[1] 每亩地水稻实际能达到的产出更少，亩均 1200 斤已是高产。

[2] 2017 年粳稻国家最低收购价。

[3] 2015 年 9 月采访，录音。

三

将时光倒退到1945年。日本投降，国共内战开打在即。当年不会有很多人想到，仅需3年时间，由中国乡下最贫苦农民组成的人民军队，将打败有飞机、大炮和美援助力，全副武装的800万[1]国民党军；更鲜有人会意识到，在随后的半个多世纪里，中国这样一个传统农业国家，将会逐渐变为国力日渐强盛的工业化国家。

但有一位中国年轻人意识到了。

彼时，当华东农民酝酿着用“小推车”推出革命胜利之际，那位在大洋彼岸哈佛大学读书的年轻人正在奋笔疾书，并写就了[2]一篇博士毕业论文。

随后的时光里，他将因这篇博士论文扬名世界经济学界；即便是桀骜不驯的张五常，也要叫他一声“大哥”[3]，他当年的作品，如今读起来依然畅快淋漓，比对起中国如今的巨变，你不得不感叹，他的确走在了时间前面。

这名年轻人叫张培刚，他那篇名为《农业与工业化》[4]的博士论文，以当时尚是农业国的中国为模板写就，他在里面提到：

农业国家或经济落后的国家，要想做到经济起飞和经济发展，就必

[1] 807万人，张雄文，《毛泽东、粟裕与淮海决战》，第9页，人民出版社，2011年6月。

[2] 1945年。

[3] 张五常，“经济发展的真谛——再为大哥序”，《农业与工业化》，张培刚著，第1–5页，中国人民大学出版社，2014年11月。

[4] 国际公认的发展经济学奠基之作，1947年获哈佛大学经济学科最佳论文奖，以及哈佛大学经济学科最高荣誉奖——大卫·威尔士奖。

须实行全面的工业化[1]。

在中国的工业化过程中，农业将只扮演一个重要而又有些被动的角色[2]；农业可以通过输出农产品，帮助发动工业化，但中国农产品输出的扩张性很可能是不大的，所以发动工业化的资金，有赖于其他渠道[3]。

在农村人口进城这件事情上，他写道：

农场通常给工业提供大量的劳动力，而从农场到工厂的劳动力转移，则形成了工业化过程中最具有重要意义的一个方面[4]。

换句话说，农村人进城，不只是“焦大的追求”，[5]也是国家工业化进程中的必然。

1949 年土地革命胜利后的漫长岁月里，这个全世界最多农村人口的农业国家[6]，开始以一种蹒跚的步调，艰辛备尝地走上了国家工业化道路。

在城市里，当恢复因战争而遭受损失的轻纺工业，以满足人民日常生活之必需之时，奠定国家初步工业化部门经济基础的“156 项重点工程[7]”同步启动，国家工业化的艰苦探索由此开启；在农村，广大农民则以分得的土地等生产资料等份入股，走上了合作化与集体经济的道路。

新中国成立之时，政治和经济形势十分严峻，工业基础非常薄弱。

---

[1] 张培刚，《农业与工业化》，第 32–33 页，中国人民大学出版社，2014 年 11 月。

[2] 张培刚，《农业与工业化》，第 228 页，中国人民大学出版社，2014 年 11 月。

[3] 张培刚，《农业与工业化》，第 229 页，中国人民大学出版社，2014 年 11 月。

[4] 张培刚，《农业与工业化》，第 231–232 页，中国人民大学出版社，2014 年 11 月。

[5] 进城打工获得更多可以切实改善生活的收入。

[6] 1949 年总人口 54167 万人，城镇化率 10.64%，农业人口约 4.8 亿人，中华人民共和国国家统计局。

[7] 中国第一个五年计划时期从苏联与东欧国家引进的 156 项重点工矿业基本建设项目。

当时，全国工农业总产值只有466亿元，人均国民收入仅66.1元。在工农业总产值中，农业总产值比重达70%，工业总产值比重仅30%。89.4%的人口在农村生活和就业。

基于当时的国内外形势，为了快速实现国家独立与富强，制定了优先发展重工业的赶超式经济发展战略。农业充当着提供低价农产品，以满足城市低价食品供应、保障低工资和低成本的角色。

为此，几乎所有农产品的生产由政府决定，并按计划进行。国家还对农业全面取消了市场和价格系统的作用，对农产品实行统购统销，垄断了粮食贸易和其他绝大多数农产品。规定农户除了保有必需的食品、饲料和种子外，绝大多数农产品都以较低的价格（订购价格）卖给国家粮食部门[1]。

彼时，城乡还是隔绝的，多数农业人口仍困守在乡村[2]，离开农村只有两条路——读书去上大、中专（“文革”前）或当兵提干，而城里因就业、居住条件不充分，还有一大批年轻人踏上支边之路或“上山下乡”来到农村。

这一情况在改革开放后发生了变化。“经济自由、创业，可以跑”，像粮食供应方面，允许农民自带粮食进城，慢慢的情况就不同了[3]。

---

[1] 国务院发展研究中心农村经济研究部课题组著，《中国特色农业现代化道路研究》，第29-30页，中国发展出版社，2012年10月。

[2] D.盖尔·约翰逊著，林毅夫、赵耀辉编译，《中国的经济改革》，1978年有2.94亿人在农业部门工作，他们被组织在52780个公社之中，每一个公社平均由13个生产大队组成，每一个生产大队又由7-10个生产队组成。公社的总人口略多于8亿，或者说，每个公社平均拥有1.5万余人，《经济发展中的农业、农村、农民问题》，第5页，商务印书馆，2004年9月。

[3] 周其仁，《经济发展的空间表达》，纪念张培刚先生百年诞辰暨第七届中华发展经济学年会演讲，2013年11月23日。

折射到现实，那就是农村实行家庭联产承包责任制[1]后，亿万农民的大进城之旅，它又历经乡村工业化和出口导向（沿海）工业化两个阶段[2]。

20 世纪 80 年代以来，成千上万的农民，先是就近涌入家乡附近的乡镇企业，并造就了乡镇企业的黄金时期；至 20 世纪 90 年代中期，乡镇企业陷入困境，外资企业，加之以长三角、珠三角经济带沿海出口导向的劳动密集型产业兴起，他们又匆匆过完春节，挤上了南下或者东去的绿皮火车。

这些被称之为“农民工”群体的季节迁徙，让沿海地区形成了更为完备和富足的工业带，凭借足够廉价的劳动力优势，中国制造在全球攻城掠地，并助推中国经济体量跻身世界第二；越来越多的人定居在了城市[3]，城市进一步扩张，又促进了产业的继续分工和升级。

1978 年至今[4]，中国城镇常住人口占总人口的比例，从当年的 17.9% 增至 58.52%[5]，而进城农民工也被称为“中国经济奇迹背后的幕后英雄”[6]。

回顾这段历史，它不仅是张培刚所说的“从农场到工厂的劳动力转移”，同时也是多数“80 后”生人父辈、祖辈所走过的进城路，换言之，

[1] 杜润生，《杜润生自述：中国农村体制变革重大决策纪实》，人民出版社，2005 年 8 月。

[2] 1978 年至上世纪 90 年代中期为乡村工业化时期，其后进入出口导向型工业化时期，它也被一些学者称为沿海工业化时期，详见国务院发展研究中心农村经济研究部课题组著，《中国特色农业现代化道路研究》，第 48–80 页，中国发展出版社，2012 年 10 月。

[3] 进城务工、创业等等，最为典型的是恢复高考后，很多农门子弟考入大学。

[4] 2017 年。

[5] 中华人民共和国国家统计局城镇化率历年统计数据。

[6] OWEN GUO，《中国加快房地产去库存，农民工成“接盘侠”》，《纽约时报》，2016 年 3 月 10 日。

每个人心中都有那个回不去的故乡。

四

农村人选择进城，是生计所需，也就好像一个“分蛋糕游戏”。

与城市随工业发展，分工越来越细，“蛋糕”越做越大不同，“乡村蛋糕”天然有限——不仅农地产出有天花板，同时它又受科技水平和经营规模制约，农田数量是不变的，农村人口增多，有限的“蛋糕”就变得更少了。

随着人口增多，只要困守在乡村土地上，必然发生隐性失业——表面上看人人都有地种，但均摊到每个人头上的土地实在是太少了，以至于劳动者不能充分就业，这又影响到农业机械等科学技术的进步和发展；更致命的是，它还严重制约了农民收入的提高，种地只能勉强糊口。基于生计的考虑，“回头”对多数人并不现实。

此种前提下，也只有不断减少农村人口一条路。参考欧美现代化国家的发展经验，无不是——更多农村人口进城，做大“城市蛋糕”，留在农村的少部分人，进而通过机械化，耕种更大规模土地，为城市生产食物之余，个人产出提高得以获得体面收入。

按照张培刚对全面工业化的定义，它并非消灭农业，而是：

将农业作为工业的一个生产部门来对待，即它包括着农业的工业化和现代化[1]。

全面工业化有两大衡量指标——农业产值与农业劳动人口的分别占比：

---

[1] 张培刚，《农业与工业化》，第34—36页，中国人民大学出版社，2014年11月。

一个农业国家或欠发达国家，只有当工业化进展到相当高的阶段，农业生产总值占全国的比重，由原来的2/3甚至3/4以上，降到1/3甚至1/4以下，同时农业劳动者总人数占全国的比重，也由原来的2/3甚至3/4以上，降到1/3甚至1/4以下，这个国家才算实现了工业化。这两方面的比重或比例数字都降到此种程度，才算达到工业化标准，二者缺一不可[1]。

2017年，中国农业占国内生产总值（GDP）的比重已下降至6.9%，第一产业就业人口占比下降至27%[2]，但考虑到真实城镇化率因素，由于不少老人和儿童生活在乡村，城乡之间流动的农民工也未完全变为市民，言及“全面实现工业化”仍为时尚早——以城镇常住人口为标准统计，2017年中国城镇化率58.52%，若以户籍统计，城镇化率只有42.35%[3]。

换言之，中国仍处于工业化进程当中。如果想要全面实现工业化，未来还会有数亿农村人口需要转移，衡量它的标准则应是城乡保障均等。

也只有城乡保障均等、农民顺利进城了，才不会重蹈20世纪50年代进城又返乡，缺衣少食的覆辙[4]；进城农民变为市民安居乐业了，工业化和城市化才能继续推进；站在国家崛起的角度，它应必然发生且势不可当。此时，中国仍有超过6亿农民生活在乡村[5]。

农村人口的转移，也是个漫长的历史过程。以农业就业人口占比变

---

[1] 张培刚，《农业与工业化》，第42页，中国人民大学出版社，2014年11月。

[2] 中华人民共和国人力资源和社会保障部，《2017年度人力资源和社会保障事业发展统计公报》，2018年5月21日。

[3] 中华人民共和国国家统计局，《中华人民共和国2017年国民经济和社会发展统计公报》，2018年2月28日。

[4] 陈熙，《大跃进影响下的城乡人口迁移——以上海为中心》，第140—153页，《中国经济史研究》，2016年2月。

[5] 根据中华人民共和国国家统计局2017年城镇化率数据测算。

化衡量，1830–1930 年，美国人用了足足 100 年时间将它从 70.8% 降至 22.5%[1]。而从 1978 年开始，中国仅用了 40 年时间，却完成了远多于时下美国总人口（近 3.3 亿[2]）的农村人口转移。

无论从哪方面看，中国农村人口的大规模转移，已是一个人类历史上的奇迹。加之近 14 亿庞大的人口基数，它也可以理解为——中国农民进城更为迅疾和猛烈，而未来的进城路，更不会一马平川。

五

20 世纪 80 年代农村改革再回首，将人从集体中“解放”出来，是它最大现实意义所在[3]。当时的农村改革推动者杜润生[4]，在回忆改革前基层调查说：

记得有一次，我到河北石家庄附近一个大村庄调查，那是一个先进大队，却实行了包干到户。我问：你们为什么愿意包干到户？农民说：原来是把大家都拴在一个槽上，挤在一块儿吃那点草料，管吃不管饱，自己找

---

[1] 张培刚，《农业与工业化》，第 187–188 页，中国人民大学出版社，2014 年 11 月。

[2] 据美国人口时钟实时数据，截至 2018 年 6 月 5 日，美国总人口约 3.29 亿，另参考 1978 年至 2017 年中国城镇化率，近 40 年中国城镇常住人口增加了约 6.4 亿人。

[3] 郭涛涛，《农村改革不老：重读杜润生》，《环球财经》杂志，2015 年 11 月刊。

[4] 杜润生（1913—2015 年），原名杜德，山西省太谷县阳邑村人。1932 年 10 月参加共产党的外围群众组织抗日反帝同盟会和社会科学家联盟，1934 年考入北平师范大学文史系，1936 年夏加入中国共产党。党内最资深的农村问题专家之一，农村改革重大决策参与者和亲历者。从 1982 年到 1986 年连续 5 年参与主持起草了著名的五个中央“一号文件”，对于家庭承包责任制在中国农村的推广和巩固发挥了重要作用。先后任国家农业委员会副主任，中共中央书记处农村政策研究室主任，国务院农村发展研究中心主任。

点东西吃都不让，只能一起饿肚子。这些话给我留下深刻的印象[1]。

农民说不怕累，就怕捆。中国农民有了一点自由是能够做出许多创造的[2]。

美国芝加哥大学教授 D. 盖尔 · 约翰逊 (D.Gale Johnson)[3] 则对 20 世纪 80 年代的中国农村改革评价称："中国的农村改革在其进程中表现出很强的灵活性、试错性和实用主义[4]。"他还指出：

1979 年到 1994 年，中国农业总产出年均增长 6.3%，而且这一成就很大程度上并不是依靠投入更多的资源而取得的[5]；改革的另一个成就是，在农村创造了大量非农就业机会，1973 年到 1993 年，农村大概创造了 8000 万个非农就业机会，这些新的机会，对改革初期农村人均收入的提高起了决定性的作用[6]。

无论是杜润生还是约翰逊，皆不认为中国农村改革已经完成了。

---

[1] 杜润生，《杜润生自述：中国农村体制变革重大决策纪实》，第 124 页，人民出版社，2005 年 8 月。

[2] 杜润生，《杜润生自述：中国农村体制变革重大决策纪实》，第 132 页，人民出版社，2005 年 8 月。

[3] D. 盖尔 · 约翰逊 (D.Gale Johnson，1916—2003 年)，美国芝加哥大学经济学系教授，国际著名经济学家，美国文学和科学院院士、美国国家科学院院士、北京大学名誉教授、北京大学中国经济研究中心学术顾问。曾担任芝加哥大学经济学系主任，社会科学学院院长、教务长，副校长，美国农业经济学会会长，美国经济学会会长等行政和学术职务，主要研究领域为农业经济学、中国经济改革与经济发展等。

[4] D. 盖尔 · 约翰逊著，林毅夫、赵耀辉编译，《中国的经济改革》，《经济发展中的农业、农村、农民问题》，第 1—23 页，商务印书馆，2004 年 9 月。

[5] D. 盖尔 · 约翰逊著，林毅夫、赵耀辉编译，《中国农村与农业改革的成效和问题》，《经济发展中的农业、农村、农民问题》，第 77 页，商务印书馆，2004 年 9 月。

[6] D. 盖尔 · 约翰逊著，林毅夫、赵耀辉编译，《中国农村与农业改革的成效和问题》，《经济发展中的农业、农村、农民问题》，第 80 页，商务印书馆，2004 年 9 月。

晚年的杜润生有着诸多改革未竟之心。除了不认可外界对他所冠“中国农村改革之父”的名头，在 2003 年 7 月 28 日 90 岁生日那天，他说他有两个放心不下的问题：

第一个是怎样减少农村人口，组织好农村人口转移，使农民取得完全的国民待遇，“现在有近亿人在城市与乡村之间摆动，城市要把这些人安排好”。第二个问题则更为深远，他说，“农民缺乏自己的代言人[1]”。

约翰逊早在 1998 年即提醒，城乡收入差距的不断扩大，将对未来社会和经济稳定造成严重威胁，收入差距越大，由农村向城市移民的压力就越大：

必需的政策改革中，首先应强调抑制城乡收入差距不断扩大的势头[2]。

在今后 25 年，为了使生产率继续提高，并使农民收入的实际增长与城镇工人相当，中国农业必须实现资本对劳动力的大量替代。农业生产单位的规模也必须不断扩大，因为这是经济发展过程中一个持续的过程。从长远而言，中国需要投入大量资金以实现农业生产过程的现代化[3]。

在提高农民收入，缩小城乡差距的路上，注定中国农村和农业改革还有很长的路要走：

改革开放初期，中国城乡收入比曾一度下降到 2 以下，1983 年最低

---

[1] 杜润生，《生日有感》，《杜润生自述：中国农村体制变革重大决策纪实》，第 306–308 页，人民出版社，2005 年 8 月。

[2] D. 盖尔·约翰逊著，林毅夫、赵耀辉编译，《中国农村与农业改革的成效和问题》，《经济发展中的农业、农村、农民问题》，第 84 页，商务印书馆，2004 年 9 月。

[3] D. 盖尔·约翰逊著，林毅夫、赵耀辉编译，《中国农村与农业改革的成效和问题》，《经济发展中的农业、农村、农民问题》，第 85 页，商务印书馆，2004 年 9 月。

时仅有 1.82，但之后就开始持续上升。进入 21 世纪以来，从 2002 年到 2013 年，这一数据一直在 3 以上，其中又以 2009 年为最高峰，达 3.33[1]。2014 年之后，它下降至 3 以下，但 2017 年，它还是达到了 2.71[2]。

这种变化，由农业与非农产业的劳动生产率变化差距决定：

1960—2015 年，中国农业劳动生产率年均增长率为 4.09%，明显低于二、三产业 5.70% 的年均增长率；55 年间，中国农业劳动生产率仅增长 9.07 倍，同期，二、三产业劳动生产率则提高了 21.1 倍[3]。

由“工资”“家庭经营”“转移支付”和“财产”为不同来源的农民四项收入总盘子，改革开放以来的变化耐人寻味：

20 世纪 80 年代农村改革伊始，农民以家庭为单位，依靠农业生产和管理而获得的家庭经营收入，在很长一段时间里，都是农民收入最重要的构成部分，但家庭经营收入的增长速度并不高，自 1983 年以来，它的占比又一直在下降。2013 年起，家庭经营收入的贡献率开始低于 30%，2016 年更已下降到 25.22%，甚至低于从国家、单位和社会团体各种转移支付而来、贡献率达 27.80% 的转移性收入[4]。

农民家庭经营收入占比不断下降时，2001—2016 年间，除个别年份，工资性收入的贡献率变为最大，且大多数年份稳定在 50% 左右的水平。

所谓财产收入，通俗来讲，主要指家庭拥有的动产和不动产，通过

[1] 中国社科院经济学部、数量经济与技术经济研究所，《经济蓝皮书春季号：2017 年中国经济前景分析》，2017 年 4 月 29 日。

[2] 中华人民共和国国家统计局数据。

[3] 中国社科院经济学部、数量经济与技术经济研究所，《经济蓝皮书春季号：2017 年中国经济前景分析》，2017 年 4 月 29 日。

[4] 中国社科院经济学部、数量经济与技术经济研究所，《经济蓝皮书春季号：2017 年中国经济前景分析》，2017 年 4 月 29 日。

比如租房、租地所获得的收入，因为天然或历史原因[1]，长期以来，这块收入在农民收入构成中占比并不高，中国农民收入的来源，主要是前面三种。

家庭经营收入不断下降，中国宏观经济增长放缓，工资性收入加速增长可能性并不大；转移支付而来的收入，更难有持续性。综合来判，农民进一步增收面临着较大的压力[2]。

此情此景之下，如何抑制城乡收入差距不断扩大的势头，也就成了中国农业改革最为现实的挑战，它也是“进城没有回头路”的压力所在。与此相关的国家粮食安全问题和数亿进城农民的保障问题，也都不是轻松事。

除了争议重重的粮食安全问题，2013 年 3 月的一次演讲中，时任中央农村工作领导小组办公室主任的陈锡文[3]说：

按照 2012 年年底的数据[4]，城镇人口有 7 亿多人，但其中三分之一

---

[1] 全世界范围内，因为农地产出有限，注定农地租佃价不高；农民宅基地集体所有，不得买卖，出租获得收入的模式，仅限于城市“城中村”或近郊，与宅基地总盘子相比，可通过出租获利的比例并不高。

[2] 中国社科院经济学部、数量经济与技术经济研究所，《经济蓝皮书春季号：2017 年中国经济前景分析》，2017 年 4 月 29 日。

[3] 陈锡文，祖籍江苏丹阳，出生于上海，1968 年 9 月，由上海赴黑龙江生产建设兵团；1978 年恢复高考后，从黑龙江考入中国人民大学农业经济系就读；1982 年大学毕业后，至中国社会科学院农业经济研究所工作，任中国农村发展问题研究组副组长；1985 年 7 月，先后任中国农村发展问题研究组副组长，发展研究所副所长、所长；1990 年 7 月，先后任国务院发展研究中心农村发展研究部副部长、部长、研究员，中心学术委员会委员、中心党组成员、中心副主任等职；1994 年 6 月，被抽调至中央财经领导小组办公室工作，2003 年后，出任中央财经领导小组办公室副主任、中央农村工作领导小组成员兼办公室主任、中央党的建设工作领导小组成员、中央农村工作领导小组副组长、全国政协常委、全国政协经济委员会副主任、第十三届全国人民代表大会常务委员会委员；2018 年 3 月，任第十三届全国人民代表大会农业与农村委员会主任委员。

[4] 52.6%，2012 年城镇化率，中华人民共和国国家统计局数据。

是没有城镇户口的，若去掉这部分城镇居民，实际城镇化率只有35.2%。仅以当时数据折算，在城市中便有约两个日本国民总人口、超过2亿进城农民工需要在稳定就业、居住、社会保障和子女随迁入学四大问题上平等对待。

“咱们先要研究的不是农民下一步还来不来城镇，而是先要研究已经进来城市的这波农民怎么办，这是迫在眉睫的。”陈锡文说，“这不是换一张纸的事情、换个本的事，没那么简单，需要解决的问题远远比我们想象中的要复杂。”

再至2016年12月13日晚的一次会面中，陈锡文略有感慨地对我和数名在座人士说：

我总的一种感觉，中国的发展还要迈过几道坎，最重要的还是“三农”问题，它到底能不能解决，是决定未来全局的大事情[1]。

回看十九大报告提出的“乡村振兴”战略，全面对标它从粮食生产到提高农民收入等各方面的具体细化措施，它是这个越来越多农村人口汇流城市的“城乡中国[2]”时代，进一步缩小城乡收入差距的必然动作。

六

作为一名农民子弟出身的农业记者，除了幼时放牛割草，年底拉粪

[1] 2016年12月13日晚会面录音。

[2] 周其仁，《“城乡中国”开篇的话》，《城乡中国》，中信出版社，2013年9月。

还田，跟随父辈们一起去修大寨田[1]的农村生活经历，我对外部农村更多的了解，是2004年意外获得中国田野调查基金[2]。

当时断断续续持续有一年的田野调查地点，是山东济宁鱼台县的一个村子[3]。并获得了不少师友[4]的各种帮助，那是我对农村再认识的开始。

及至2006年大学毕业正式踏入新闻圈，此后12年的媒体生涯里，无数次我行走在田间地头，看到那些有趣的人和事，都会情不自禁地冒出要写一本书的想法：

它们是浮现在我脑海里的100名农民和他们脚下土地的故事；是一座曾经繁盛山村人去房空，每个离去村民命运各不相同的40年进城影像；他们还是从西北边陲、中国与哈萨克斯坦边境[5]到黄土高原的累累窑洞，再到江南鳞次栉比青砖黛瓦间，无数个卑微而倔强努力活着的小人物命

[1] “工业学大庆，农业学大寨”，1964年起向全国农村推广、有关农田基本建设的榜样学习，模板为山西省昔阳县大寨乡，当地农民从20世纪50年代农民合作化时期开始，自力更生，持续十数年改造梯田，大幅提高了粮食产量，成为全国农村学习的榜样，我们村学大寨一直持续到上世纪90年代初。

[2] 由信孚教育集团与中山大学2004年共同倡导成立，每年设立8万元，面向全国资助15名在校大学生田野调查。

[3] 郭涛涛，《山东湖村田野调查报告：NGO与中国乡村社会转型》，《中国田野大调查》第一辑第一篇，社会科学文献出版社，2009年1月。

[4] 除了梁漱溟新乡村建设中心刘湘波（已去世）等行走在田间地头的乡村建设者，当时在村里还有清华大学读博士后的仝志辉和美国Syracuse大学在读教育学博士王丹，以及前来采访、时任香港《凤凰周刊》副主编的玛雅；此外，德国杜伊斯堡－埃森大学东亚所政治学博士吴强，中山大学人类学系教授朱健刚，广东财经大学经济学院教师邹方斌，北京大学社会学系文化人类学研究生王静，赣南师范大学副教授郑庆杰，四川农业大学经济学院副院长吴平、教师李宁等师长也给予了许多无私帮助。

[5] 新疆塔城段，塔尔巴合台山哈萨克牧民夏季牧场。

运。

我并不认为时下真的就如流行观点所说，“农业已经不重要了”，这点张培刚半个多世纪前就已做解答[1]。

相反，我觉得在中国农民在进城道路上已走完半程的今天，其实挺缺乏一本站在农民立场上，再去看时下城乡巨变的书。这并非完全因为尚未走完的“张培刚式”城乡命题[2]，而是对这个衔枚疾进的时代，应该有所交代。

也许是因为信息实在太过于繁杂浩大，常年在外的东奔西跑，谈不上有太多系统的积累，过去很多次的类似想法，终究还是没来得及落地。但凡事皆有定数，五年前[3]，我意外闯入上海松江，此后上海书展经周

---

[1] 张培刚，“我们必须注意，这并不是说农业在国民经济中的重要性有所减少，而只是表明在工业化进程中，农业的扩张率，比起别的生产部门，特别是制造工业的部门，要相对比较低而已。”《农业与工业化》，第 40–41 页，中国人民大学出版社，2014 年 11 月。

[2] 农业人口不断进城而减少，城市和乡村全面工业化的道路，“我在书中提出了一个带根本性的观点，那就是农业国家或经济落后的国家，要想做到经济起飞和经济发展，就必须全面（包括城市和农村）实行‘工业化’。这和当时我国国内有些人主张的单纯‘以农立国’论或‘乡村建设’学派，是大不相同的”。张培刚，《农业与工业化》，第 32 页，中国人民大学出版社，2014 年 11 月。

[3] 2013 年 5 月，从调查松江家庭农场开始。

其仁教授怂恿[1]，又在我单位[2]大力支持下，万万没想到，此后的多数农业调查时间，都将会是在那里，在观察它的农业改革中度过。

松江改革对我致命的吸引力在于——继20世纪80年代改革之初的村庄叙事，它的改革视野由村庄扩展至城乡一体，而它从家庭农场到集体经济产权制度，再至城乡土地统筹等多项改革内容，皆领全国之先取得了实效，并陆续被写入中央文件，成为了全国试点和推广。

20世纪80年代农村改革至今，农民进城打破了城乡界限，辐射至城市的农村和农业"短板"面广而复杂，从粮食生产到农民进城，单列出任何一个子项改革，其体量即已不可同日而语。

和上一场改革相比，两者有着相似的"自上而下"特征——它离不开农民出身、松江前区委书记盛亚飞[3]的力推，以及松江区前农委主任

[1] 周其仁，北京大学国家发展研究院经济学教授、前任院长，著名经济学家，曾担任2010—2012年央行货币政策委员会委员。1950年出生于上海，18岁那年响应国家"上山下乡"号召，插队落户到了东北农场，后因在黑龙江狩猎7年半而被冠以特别的绰号"完达山猎人"；1978年至1982年就读于中国人民大学；1982年大学毕业后到中国社会科学院农业经济研究所中国农村发展问题研究组工作；1985年7月，随中国农村发展问题研究组建制划归到中共中央农村政策研究室、国务院农村发展研究中心，主要为中央制定农村经济政策提供中长期背景研究；1989年到1991年在英国牛津大学、美国科罗拉多大学、美国芝加哥大学访问，1991年秋就读美国加州大学洛杉矶分校，后获经济学博士学位；1996年在北大国家发展研究院任教，并被评为"北京大学最受同学欢迎的老师"。他一直倡导真实世界的经济学，并不遗余力通过学术研究推进中国的改革与发展进程，堪称中国改革的活化石和鼓手，著有《真实世界的经济学》《货币的教训》《产权与制度变迁》《城乡中国》等作品，并在公众和决策层面皆产生了广泛影响。

[2] 国务院发展研究中心主管、国际技术经济研究所主办的《环球财经》杂志。

[3] 盛亚飞，1956年7月生，上海南汇人，全国人大第十一届、十二届人大代表。1975年2月加入中国共产党，1976年8月参加工作。曾担任上海市南汇县书院公社外灶大队党支部副书记，上海县委书记，崇明县委书记，上海市农业委员会党组副书记、副主任等职，2006年11月起担任上海市松江区委书记，2016年2月退休卸任。

封坚强[1]等基层干部挺身一线的落地执行。

身为十一届、十二届两届全国人大代表，每年全国“两会”，盛亚飞始终以“我为农业代言”的形象出现在会场上[2]。而从2006年11月上任以来，他在松江的农业改革，一推便是近10年。

多年的交往中，深感盛亚飞不仅是一位富有魄力的改革者，更是眼光深远的智者，也正是他和封坚强的多次不吝赐教，才引导我逐步窥知了城乡中国时期，未来农业改革的玄机所在[3]。

七

从改革最终成效来说，松江改革更像是一个微缩理想版的“城乡中国”：

在农村，当全国不少地方的农民，因种地没有可观收入选择弃耕时，松江农民却在抢着种地，农民种地年净收入动辄超过十数万元；当很多地方的农民死守家园不愿拆迁时，一些松江农民却在为尽早拆迁而上访，因为可以置换到城镇里同等面积、可以买卖的商品房。

虽说大部分农民是进城了，但他们每年还有来自于镇、村集体经济联合社，数量可观的集体资产分红；而当全国很多地方的老年农民，每个月的养老金不足100元时，松江老年农民却可以拿到1500元/月左右的养老金。

---

[1] 封坚强，1958年出生，上海松江人，曾任上海市松江区泖港镇党委书记、松江区农业委员会主任、松江区委副巡视员，2018年6月正式退休。

[2] 陈抒怡、王海燕，《对话盛亚飞：当人大代表这十年，我为什么为农业代言》，《解放日报·上观新闻》，2017年3月8日。

[3] 郭涛涛，《上海松江调查实录》，《改革内参》，总第1316期，2017年7月21日。

对标农民“四项收入”[1]总盘子：

在提高农民家庭经营收入上，松江通过适度规模的家庭农场改革[2]来实现；在提高农民财产性收入上，松江通过以集体资产改革为代表的农村产权制度改革，以及宅基地置换等为内容的城乡土地统筹方式来实现；而在城市，因为产城融合的有序推进，松江新城人口得以有效聚集[3]，进一步又保障了农民工资性收入的提高。

相比于2017年全国城乡居民收入比维持在2.71的水平，截至2014年底[4]，较之松江城镇居民可支配收入39510元，农村居民可支配收入达21736元，城乡收入比只有1.82，城乡差距进一步缩小。

城乡收入差距不断收窄同时，2015年起，松江城镇和农村居民可支配收入统计合并为一，指标名称更改为“城乡居民可支配收入”[5]。当年，它已达39529元，再至最近公开可查的2016年，它更达43517元，同比增长10.1%[6]。

在过去很多次我与外界人士探讨松江诸多改革举措时，外界的第一反应，往往是“上海有钱”。其实不然，以上海为代表的东部发达地区，工业化、城市化程度更为充分，进一步的农业改革率先发生有其必然性。

---

[1] 工资性收入、家庭经营收入、转移性收入和财产性收入。

[2] 刘守英，《上海市松江区家庭农场调查》，国务院发展研究中心农村经济研究部调研，2012年7月。

[3] 根据2006年松江规划，到2020年，松江新城常住人口规模预计至58万–60万人，但至2013年，松江新城常住人口规模即达约82.5万人，远远突破了目标。因为人口规模不断增长，松江区对规划再做修改，并在2011年底获得上海市政府批复同意。据新修改后的规划，至2020年，松江区域总人口约为230万人，松江新城人口规模110万人。

[4] 2015年城镇和农村居民可支配收入合并统计，指标名称更改为城乡居民可支配收入。

[5] 《松江区1992年–2015年主要指标一览》，松江区政研室。

[6] 《松江统计年鉴2016》，上海市松江区统计局，2017年10月9日。

松江并非全国最有钱的区县，“钱多”不是主因。它针对的问题，则是全国普遍存在或随城镇化程度进一步提高后，将会遇到的问题，固然它是地区样本，但解决问题的方式值得参照。

在整个松江改革的框架内，除了在农村发生的家庭农场改革，它跨越城乡、针对进城农民权益保障的集体经济产权制度改革，以及被国土资源部（现自然资源部）所称道的“超级增减挂钩”等部分，于现实更有千钧之重。

它们的共同点，在于针对“三农”不同问题，有针对性地分别提出了更具效率的制度改革新思路；由于它的城乡跨度，与其说是“三农”改革，不如说是城乡改革更为恰当。

作为维护国家粮食自给率的制度探索，松江家庭农场有别于常规的粮食价格支持路径，它将改革重心放在了规范耕地流转和对经营权的有效保护上。实现适度规模经营、成功增加农民收入之余，它走了上不断提高劳动生产率、缩小国际差距的效率竞争之路。

集体经济产权制度改革不仅扼住了基层腐败的咽喉，通过产权进一步明晰和每年分红，多了一份保障的农民实现了“带着土地放心进城”，农民利益与城镇化利益实现统一，更为高效地推动了农业人口的转移。

“超级增减挂钩”则终结了“摊大饼”的发展模式——在城乡统一规划基础上，城市发展不再是发展到哪，征地拆迁就到哪，而是锁定区域范围，依据科学合理的规划，通过增减挂钩和城乡统筹来实现更高效的发展——不仅没有占用更多的土地资源，反而结余出了一部分建设用地，土地的稀缺价值更是得到了充分体现。而它最大的进步，是在这一土地增值的过程中，农民分享到了更多好处，进而有了更强有力的保障，最终得以充分进城。

规范耕地流转与保护经营权，离不开农民养老和进城保障的解决，解决农民养老和进城保障，更需要足够的资金支持，它又离不开城乡资源统筹和农村未完成的产权制度改革，“超级增减挂钩”与集体经济产权制度改革由此而来。

将这些子项改革放在一起，便是城乡通盘考虑、全面而彻底，并取得成效的一整套深化改革方案。它足以被称之为一个历史事件，对应的则是新一轮城乡改革悄无声息的起点。

所有这些题材，至少是我目之所及最为珍稀且可遇而不可求的真实改革案例，它试图积极改变的亦非当地独有，这为我站在松江的起点上，进一步窥探中国城乡变革的可能未来，提供了一个绝无仅有的机会。

本书的写作目的也在此。它绝非刻意为松江或盛亚飞立传，而是以松江为蓝本，去探讨更广泛意义上中国城乡问题的解决方案。

作为在松江改革观察上投入时间最长、拥有最巨量采访录音的记者，我不会放过诸如给农民买养老金、给农民分红等，不易被外界理解和关注，同时又意义非凡的诸多细节，它们本身，就是中国城乡改革的一部分。

我并不想刻意揣度松江之外，其他地方的真实想法和诚意，我只想说，20 世纪 80 年代改革过后的今天，已变为城乡改革的“三农”问题，绝非躺在功劳簿上就可万事无虞，改革再出发[1]面临的复杂形势，也非当年可比。

这时候，是知难而上还是畏难不前，的确还是那句领导饭局上的话——“它到底能不能解决，是决定未来全局的大事情。”

---

[1] 封坚强、王晶，《供给侧改革：城乡一体化再出发》，《人民日报·内部参阅》，2016 年第 9 期（总第 1300 期），2016 年 3 月 4 日。

第一章

大号可乐、派钱和给农民买养老金

一次几乎冷场的对谈

可能多少会令人有点意外，本书农业话题的探讨，其实是我和朋友在上海的一家湖南餐馆里，偶尔聊起美国超级亿万富豪、纽约前市长迈克尔·布隆伯格（Michael Bloomberg）的"大号可乐"风波开始的。

我们聊天的引子，是我接触多年，上海松江的城乡改革，以及它背后的关键人物，担任区委书记近 10 年的盛亚飞。

朋友问我，松江改革到底哪一点吸引了你？

和过去很多次聊天场景一样，向来口拙的我，继续以一种漫无边际、毫无逻辑感的表达，夹杂着各类农业专业词汇，从家庭农场到集体经济产权制度改革，再到小昆山整镇的宅基地置换，一口气倒了一大堆。

很显然，坐在我对面，这位自幼在上海城区长大的朋友并不为所动，这种尴尬的局面，我也早习以为常。再后来，我冷不防地提起另外一件事，才让近乎冷场的对谈氛围陡然扭转。

我说，盛亚飞退休前做的另外一件了不起的事，是他推动成立了一个城乡统筹专项基金[1]，每年从全区土地出让净收益中提取 1/3 左右的资金，足足花了 5 年时间，让松江农村尚存的 9 万余名在土农民，60 岁退休后也能够拿到与离土农民"征地养老[2]"同等水平的 1500 元 / 月左右的养老金。

---

[1] "让城市更像城市，农村更像农村——松江走出城乡统筹发展新路"，《农村要情》，中央农村工作领导小组办公室，2012 年 2 月 22 日。时任国务院总理温家宝对此文批示称："松江的实践和经验值得重视。"

[2] 通过征地，在土农民变为离土农民进城，同时获得城镇水平的养老保障。

看他表情有点变化，我添油加醋地继续说，你要知道，松江隔壁的区县，在土农民每个月的退休养老金不过几百元，我老家所在的中西部地区，每个月还不到 100 元。

朋友这时候两眼突然放光地说，如果是这样，那盛亚飞的确是一位有想法的人，他愿意去做应该做、同时又出力不讨好的事情。

“给那么多并不富裕，在乡下的农民办退休养老金，农民肯定不会到处乱说，外人知道的也肯定不多，他这样做，对他没任何好处，还要面临审计风险，他也完全可以不这么做，或者用一种更取巧的办法，比如像一些地方直接给老百姓派钱，岂不更现实？”朋友说。

朋友话锋一转，就把话题引到了布隆伯格身上。

在治理纽约前，布隆伯格举世瞩目的成就，是 1981 年创办了金融数据公司彭博新闻社，并坐拥上百亿美元的财富；2001 年，他自掏腰包 6900 万美元参与纽约市长竞选，并在次年 1 月 1 日成功就任纽约第 108 任市长。

至 2013 年底，布隆伯格在共计 12 年的任期里，他每年只象征性地收取 1 美元薪金，同时自己还倒贴了至少 6.5 亿美元；他穿着商标早已磨损得无影无踪的旧皮鞋，每天坐地铁上班。

但这并不是布隆伯格充满争议性的关键，他的真正争议之处，还是在于这位“亿万富豪”市长对纽约的强势治理。

他上任伊始，纽约遭遇“9·11”恐怖袭击不久，人们正需要心灵抚慰之际，他却忙着禁烟，随后又禁止餐馆使用反式脂肪酸[1]，要求菜单必

---

[1] 一类对健康不利的不饱和脂肪酸，天然脂肪中有少量存在。除油脂氢化是它的主要来源外，油脂在进行精炼脱臭过程中，因高温处理会使反式脂肪酸含量增加，烹调时习惯将油加热到冒烟及反复煎炸食物，这些油中反式脂肪酸也会增加。

须标明卡路里[1]含量；2012年，为了对抗已成美国国家疾病的“肥胖症”，他将枪头对准了可口可乐、碳酸汽水等含糖饮料，要求禁止销售此类大号[2]饮料。

他的反对者甚至不惜打整版广告，将他的肖像设计成保姆，印在了报纸上，布隆伯格回应说——“我比你更知道什么对你最好。”

事实证明，布隆伯格赢得了更多人的支持。相比于2002年只有24%的支持率，2006年到2007年间，这一数字变成了令人咋舌的70%，他连续三次[3]当选纽约市市长，纽约再次变得生机勃勃[4]。

朋友说，盛亚飞给农民办退休养老金这件事，就有点像布隆伯格试图禁售大号的可口可乐，也就好比有些城中村拆迁，虽说给农民直接分了上千万元的现金，可没想到有些人转眼就赌博输光了，其实有些看似光鲜的事情，未必对农民是真的好，现实中，有些是更为明智的做法，未必会引起太多关注，却是最应该做的。

---

[1] 简称“卡”，缩写为cal，能量单位，1卡即在1个大气压下，将1克水提升1摄氏度所需要的热量。国际标准的能量单位是焦耳（joule），但卡路里仍被广泛使用在营养计量和健身手册上，除了美国采用卡路里的叫法，由于沿袭传统，卡路里在中国大陆与台湾地区仍然被广泛使用。

[2] 16美制液体盎司，约473毫升。

[3] 2005年的市长竞选，布隆伯格以超出对手20%的票数再次当选；2009年，纽约市议会通过了他有关修改市长任期限制的提议，在随后的竞选中，他再次当选。

[4] 任期内，布隆伯格成功地将纽约市政府60亿美元的财政赤字变为30亿美元的财政盈余。而纽约的高中毕业率则提高了40%，犯罪率降低了1/3，纽约市碳排放量减少了近20%，人均预期寿命延长了3年。

被误会的“农民书记”

如果不是朋友偶然提起了布隆伯格，恐怕我不会下意识地发现，应当将纽约和盛亚飞治下的松江做一个必要的对比，这样做的好处显而易见，那就是可以事先对本书随后所述主题有一个尽可能清晰的勾勒。

布隆伯格治理时期的纽约，早已是发展上百年、人口近千万的超级国际大都市，作为上海市的一个区，松江位于沪西南的黄浦江上游地区，不仅地理位置较为偏僻，现代化的城市刚刚出现，它还有大面积[1]的农村区域。

有趣的地方出现了。地区形态上，纽约和松江风格迥异，但这并不妨碍布隆伯格和盛亚飞的诸多类似之处。这种类似，更不局限于“禁售大号可乐”与“给农民买养老金”的比较，而是城市治理理念上的不谋而合。

2016 年 2 月盛亚飞退休时，最后一次在办公室接受我采访。回顾起过往岁月，他冷不防地说，一个城市的管理者，应当思考“人从哪里来，又到何处去”，城市竞争的本质是人口，“只有不断吸引人口才可以发展起来”。

他的另一个观点，是我从周其仁教授那儿听来的[2]。盛亚飞有一次对他说“城市是养出来的”——城市需要精心养护，才会逐渐成熟，才会形成属于自己的鲜明特色；人们提到一个城市的亮点，不能只有一两个，

---

[1] 松江区区域总面积 604.49 平方千米，基本农田 196 平方千米，浦南地区又占其中 65.5% 的比例。上海市农村经济学会、上海市松江区经济学会，《城乡统筹科学发展——松江改革与实践》，第 15 页，复旦大学出版社，2015 年 12 月。

[2] 2014 年 8 月，在上海书展上听周其仁老师所说。

而是一口气道不完，才能说明这个城市真正成熟了。

类似的话，布隆伯格也说过。他说，人才吸引资本，比资本吸引人才的效果要好得多；人们想要更健康、更宜居的社区环境；“人往何处去，企业投资就会紧随而至”。[1] 而他时常自夸的是，他治下的纽约人口破天荒地出现了60多年来的再次净流入。

无论是布隆伯格，或是盛亚飞，在吸引人口和养城的事情上，他们都是行动派，且通过制订更全面的城市战略规划，再用积极的城市改造付诸实施。

他们都注重城市的环境治理。布隆伯格时期的纽约，增加了数百个社区公园和绿地，而在松江区政府的隔壁，就是一个66万平方米、横跨三条马路、长方形的松江中央公园，驱车行驶在松江新城核心地带的思贤路上，道路两旁满是繁茂的树木，住宅、购物中心、办公楼等建筑物有序地掩映其中，丝毫无人口密集区往往会出现的拥挤之感。

除了思贤路上的常态风景，松江还有修了十年之久的上海新传世工程广富林遗址公园、人文气息浓重的泰晤士小镇、萌态可掬的黄色蚕宝宝轨道电车、一年四季风景多变的辰山植物园、富有旧上海街景特色的车墩影视基地；如果嫌这些亮点还不够，你还可以登佘山远眺上海的日出日落，临近天马山上还有一架射电望远镜更可供仰望星空，当然，你还可以去松江欢乐谷或玛雅水上乐园体会一把过山车和水上冒险的乐趣等等。

当布隆伯格将纽约布鲁克林区、皇后区和长岛废弃的老旧工业区重新改造，变身为更高的建筑、公寓楼和购物中心时，几乎同一时期，盛

[1] 迈克尔·布隆伯格、卡尔·波普著，周鼎烨、卢芳译，《城市的品格》，第21页，中信出版集团，2017年11月。

亚飞每年春节后在松江区召开的第一个大会，必是“拆违”大会——系统性地部署拆除各类违法、违章建筑，这些腾出的建设用地被再次利用，并被建成商区、公寓楼、公共绿地等与现代城市更为匹配的建筑物。

对待老旧建筑的态度上，布隆伯格更倾向于改造而非拆除，但这仅仅是表面现象，因为盛亚飞“拆违”同时，他在松江老城推动的老旧小区改造同样富有成效。

盛亚飞之所以要“拆违”，其实与建筑质量有关。他的“拆违”对象，往往是安全隐患极大、居住环境极差，以“城中村”为代表，不符合城市规划的高危建筑。由于廉价，如“城中村”这样的高危建筑往往又成为进城打工，从事城市清洁、保安、家政等城市基础劳动服务业者的密集聚居地。

拆除之后，盛亚飞还有更关键的下一步——为了留住这些城市基础劳动服务业者，他没有忘记给他们修建更为安全、廉价、住得起的小型公共廉租房。

2013 年，纽约举行了一次居住面积 25 ~ 35 平方米的微型经济适用房设计竞赛，旨在满足城市低收入人群的住房需求。布隆伯格对此解释说，将为微型公寓设计竞赛优胜方案提供建设用地，并于 2015 年下半年建成入住；这时候，早在 2007 年即开始行动的松江区，已建成了 131 多万平方米的公共廉租房，实现了 6.4 万名外来务工低收入人群的劳有所居[1]。

盛亚飞说，“拆违”的态度一定要明确，因为一个现代化的城市，是一个非常周密的系统工程，“一个大城市没规划是不堪设想的，违法、违章建筑将严重影响城市的品质”。布隆伯格 2017 年出版了一本书，书

[1] 郭涛涛，《专访盛亚飞：城市改造中的“小户型”学问》，《环球财经》杂志，2018 年 4 月刊。

名则叫做《城市的品格》，其中第二章标题干脆起名为“纽约规划”。

“拆违”触动了一些既得利益群体的奶酪，对方就在网上发帖造谣污蔑，但盛亚飞丝毫不为所动，9 年里的第一个“拆违”大会风雨无阻，并促成“拆违”升级为上海市级层面的行动；2005 年 12 月，因无法接受纽约市公交工会的漫天要价，劳资合同谈判破裂，纽约公交系统大罢工，布隆伯格于是骑自行车上班，并号召市民同样以此方式出行。

当布隆伯格在“如何留住大企业”上不断努力，甚至专程拜访高盛的CEO，以免税为交换条件，游说高盛总部建在世贸遗址的曼哈顿下城时，松江也定期召开企业家恳谈会，听取他们对营商环境和政府治理的看法。

布隆伯格不仅引以为豪于纽约人口的净流入，他的规划甚至考虑“2030 年纽约人口会在 2000 年的基础上增加 100 万[1]”。松江因为人气爆棚，2006 年版的总体规划，仅仅过了 5 年，就因超出预期再次修订——将原本到2020年，松江新城常住人口规模从“58万 ~ 60万”修订至约“110万人[2]”。

要问松江新城不断增加的人口从哪里来，除了因城市发达、产业兴旺吸引而来的外地人，还有相当一部分自松江浦南农村而来。

盛亚飞说，“城市建设得更像城市，农村建设得更像农村”，对应的是松江整体规划布局——以黄浦江为界，工业、城镇化基础较雄厚的浦北地区，加速城市化和工业化，而当多数农村人口流向经济更为发达的浦北，浦南地区的功能定位就落在了以农业生产为主导的农业区。

盛亚飞与布隆伯格的分野自此而来。

---

[1]　迈克尔 · 布隆伯格、卡尔 · 波普著，周鼎烨、卢芳译，《城市的品格》，第 22 页，中信出版集团，2017 年 11 月。

[2]　上海市农村经济学会、上海市松江区经济学会，《城乡统筹科学发展——松江改革与实践》，第 17 页，复旦大学出版社，2015 年 12 月。

纽约之于布隆伯格，是一个发展上百年、已经相当现代和成熟的国际化大都市，盛亚飞不仅要在沪郊建起一座容纳上百万人口的松江新城，面积更为广袤、人口不断减少的乡村走向何处也要考虑。

沿着这条线索回看，盛亚飞在松江力推包括农业在内的城乡改革，并非外界所普遍认为的那样——仅仅因为他是一位农民出身的“农民书记”，更多还在于，他面对的是“城乡板块”，乡村也是城市治理的关键组成部分。

一叶知秋

从落地难度上估计，假如布隆伯格面对中国的“城乡板块”，我估计他很大概率上无法应付。他不仅会遭遇水土不服，即便是充分了解，在推进过程中，他也会碰到无数个“钉子”，至于最终落地，更是难以想象。

在中国，所谓城乡差距，它隐含着另一个意思，那就是空前复杂、无所不包，每一块都是难啃的“硬骨头”，因为它有着从计划到市场经济的历史转轨因素，涉及的人口数量，更是前无来者、绝无仅有。

以农民养老保障为例，在整个“城乡板块”需要解决的问题里，它并不算是最难的那个，甚至——在粮食生产和农民保障两大主干问题里，它仅仅是后者的支系问题之一，但从 1986 年开始探索改革，即便已过去 30 多年，它仍没有完全解决。改革难度之大，足以一叶知秋。

在人民公社制度下，我国农村发展起以“五保”（注：即主要通过集体经济的力量，在吃、穿、住、医、葬方面，给予没有收入来源的农村“孤、寡、病、残、老”等各种特殊困难群体以生活照顾和物质帮助，他们也被称为“五保户”）和农村合作医疗（“赤脚医生”）为主要内容的社会保障制度，但是保障的水平非常低，所需要费用主要由集体经济（组织）负担。实行承包制以后，农村社会保障体系失去了原来的融资来源。

现在的情况是，广大的农村地区几乎没有什么有效的医疗卫生服务资源供给，农民在低收入约束下，根本没有能力享受主要配置在城市地区的医疗卫生服务资源，这使农民的身体健康以及农村的公共卫生状况都处于非常不利的境况。

1986 年 10 月，民政部决定在农村经济比较发达的地区进行以社区为单位的农村养老保险。但是，农村养老保险的发展情况并不乐观。2001 年底，全国农村参加养老保险的人数约为 6000 万人，2002 年底则减少到 5400 多万人[1]。

2003 年，城镇养老保险参保人数 1.5 亿多人，覆盖率 60.48%，农村参保人数仅为 5427.7 万人，覆盖率只有 11.12%；2006 年，城镇养老保险参保人数 1.8 亿多人，覆盖率 66.88%，农村参保人数反而下降为 5374 万人，覆盖率 11.17%[2]。

1986 年探索农村养老保险制度之初，它就有别于纯市场意义的商业保险——“其目的在于保障人民在生病、致残、失业、年老失去劳动能力时，得到必要的生活保障[3]”。

---

[1] 吴敬琏著，《当代中国经济改革》，第 342—343 页，上海远东出版社，2006 年 8 月。

[2] 潘楠、钱国荣，《我国建立城乡养老保险统筹机制问题探讨》，《法制与社会》，2008 年 11 月。

[3] 中华人民共和国民政部，《关于探索建立农村基层社会保障制度的报告》，1986 年 12 月 24 日。

此后，被称为“老农保”的农村养老保险，1992年进入试点推广期，它的资金来源以“个人交纳为主、集体补助为辅，国家予以政策扶持[1]”。

20年过后，以2006年的5374万人参保，11.17%覆盖率折算，当年没有覆盖到农保的农村人口数量，竟然还有约4.8亿人。其实还没等到这一年，上世纪90年代末，“老农保”即开始整顿。

被整顿并非偶然：

除了缺乏足够的政策扶持、集体补助没有落实到位，未合理考虑制度的系统风险，也让最初较高水平利率的承诺难以兑现；早已过了劳动年龄的农村老人，并无能力“个人交纳”，参加保险的以中青年人群为主，它更多表现为“保小不保老”和“保富不保贫”。

农村养老保险基金运营又在县级层面，集征缴、管理和使用为一体，不仅缺乏监督和控制，造成挪用时有发生，由于基金分散，无法形成规模效益，增加了运营风险的同时，更难以保值增值[2]。

盛亚飞担任上海市农委党组副书记、副主任期间，于2004年和2005年分别组织过两次针对农民养老保障、农民生活与就业、农村基层治理等全方位的上海郊区农村调查。

为了能详尽地了解当时上海农村的真实情况，农民出身的盛亚飞用通俗易懂的农民语言，亲自设计了针对不同调查群体的十几类内容不尽

---

[1] 中华人民共和国民政部，《县级农村社会养老保险基本方案（试行）》，民办发〔1992〕2号，1992年1月3日。

[2] 赵建国，《农村养老保险制度的反思和创新》，《法学杂志》，2004年7月。

相同的问卷，用于上门走访调查之用。

这两次涵盖上海崇明、青浦、金山等郊县的调查结果，让他大吃一惊——崇明农村享受农保的一些退休老人，当年每个月的退休金只有7.42元；75岁以上的老人，因上世纪初启动农保时已年过60岁而没有参加农保，这就意味着退休后没有一分钱保障收入：

当前，“两个20%”，即20%纯农户和20%老年农民，是农村中最困难的群体，也是解决“三农”问题的重中之重。

调查显示：（1）老年农民缺乏家庭赡养和社会保障。四个村200户农户调查证实，子女对老人赡养不固定，一般都是实物性、礼节性的。桥北村53家农户抽样调查，户均全年赡养老人费仅166.04元。70岁以上的老年农民未进入农保，现在由镇政府每月适当给一点补助金。其中，湾张村每人每月36元，桥北村每人每月40元，下坊村每人每月20元，双津村每人每月10元左右，最少的每月只有4元。

（2）纯农户缺乏经济收入。90%以上的纯农户二三亩地，劳均耕地面积很少。金山下坊村人均耕地1.4亩，劳均耕地1.73亩；崇明双津村人均耕地0.97亩，劳均耕地1.6亩。纯农户承包地大多用作自家口粮，很少有余粮出售。据调查统计，农业经营性年收入桥北村户均1266.04元，下坊村户均1566.10元，双津村户均781.67元。90%以上纯农户文化程度在小学以下，缺乏非农就业的能力，很难转移。

（3）购买力低，生活贫困化。由于“两个20%”家庭缺乏经济收入，生活相当困难。老年人平均每天生活费不到10元，有的仅4–5元，每月电费只花10元左右，一瓶液化气要用三四个月（一般人用一个月左右），一个月开荤买肉一二次，每次10多元[1]。

后来，盛亚飞的调查结果上报，并建议上海市采取两步走的方法提高老年农民的生活保障水平，第一步即是财政托底补助，由各级财政按比例承担65岁以上老年农民的养老补助经费，最低标准每人每月75元，并根据全市城乡居民收入增长情况逐步调整。

正是在第一份调查报告上报的2004年，上海市政府决定由财政出资，将农民养老退休金统一提至75元/月，尽管这笔钱一年只有900元，但当把钱交到农民手中时——“农民拿到钱感动得不得了，从来没见过这么多钱，七八十岁的老人，到60岁以后就没有收入，看不到钱了，当时就这么个状况。”十几年后再回忆当时的情景，盛亚飞仍无比感慨地说道。

全国经济最为发达的上海尚且如此，全国情况更不容乐观：

2010年，全国60岁及以上农村老年人的经济来源中，首先是家庭其他成员供养和劳动收入，二者所占比例分别为47.7%和41.2%；其次是离退休金、养老金和最低生活保障金，其所占比例分别为4.6%和4.5%；而财产性收入所占比例极少，仅为0.2%。另根据第六次人口普查数据，当年享受退休金的农村老年人仅占全体农村老年人的4.6%[2]。

[1] 盛亚飞等，《关于湾张、桥北、下坊、双津四个村“三农”情况的调研报告》，上海市经济工作党委、市农委调研组，2004年7月20日。

[2] 王冬雪、马梅，《基于人口老龄化的中国农村养老资源供给评价》，《老龄科学研究》2015年第三卷第8期。

2009年，“新农保”政策中央指导意见出台[1]。与“老农保”相比，“新农保”的资金来源变为由个人缴费、集体补助和政府补贴三方面构成：

（一）个人缴费。参加新农保的农村居民应当按规定缴纳养老保险费。缴费标准目前设为每年100元、200元、300元、400元、500元5个档次，地方可以根据实际情况增设缴费档次。参保人自主选择档次缴费，多缴多得。国家依据农村居民人均纯收入增长等情况适时调整缴费档次。

（二）集体补助。有条件的村集体应当对参保人缴费给予补助，补助标准由村民委员会召开村民会议民主确定。鼓励其他经济组织、社会公益组织、个人为参保人缴费提供资助。

（三）政府补贴。政府对符合领取条件的参保人全额支付新农保基础养老金，其中中央财政对中西部地区按中央确定的基础养老金标准给予全额补助，对东部地区给予50%的补助。

地方政府应当对参保人缴费给予补贴，补贴标准不低于每人每年30元；对选择较高档次标准缴费的，可给予适当鼓励，具体标准和办法由省（区、市）人民政府确定。对农村重度残疾人等缴费困难群体，地方政府为其代缴部分或全部最低标准的养老保险费[2]。

根据规定，国家为每个“新农保”参保人建立终身记录的养老保险个人账户，养老金待遇则由基础养老金和个人账户养老金组成，支付终身。2009年，中央确定的基础养老金标准为55元/月。

---

[1] 以2009年9月1日国务院公布《国务院关于开展新型农村社会养老保险试点的指导意见》为标志，各地区根据《意见》精神及地区实际状况，出台新农保实施政策。

[2] 中华人民共和国国务院，《国务院关于开展新型农村社会养老保险试点的指导意见》，国发〔2009〕32号，2009年9月1日。

由于基础养老金的存在,“新农保”覆盖面得以有效扩大,但它又是“捆绑式缴费”——年满 60 岁、未享受城镇职工基本养老保险待遇的老年农民不用缴费,可以按月领取基础养老金,但其符合参保条件的子女,应当参保缴费。

“新农保”运行四年后,我的一位前同事在东北调查发现,一个村庄超过 95% 的参保人,皆选择了 100 元的最低缴费档次,村里超过 60 岁的老人,为了获得 55 元 / 月的基础养老金,由于“捆绑式缴费”的存在,遇到儿女不愿意参保,他们甚至不得不替子女缴费[1]。

按照计算标准,如果没有足够的“集体补助”和“政府补贴”,仅凭个人缴费,“新农保”仍难以实现最初制度探索时的目标。

以最低档次 100 元缴纳 15 年为标计算,最终年满 60 岁的农民,每个月只能领到 69.4 元,而以一些地区最高档次的 800 元计算,老年农民每个月也不过能领到 144.9 元——穿衣、吃饭等日常开支仍是个问题。

农村老龄化未来将会变得更严重。截至 2011 年,中国农村老龄化高于城镇 1.24 个百分点,到 2028 年,将高于城镇 11 个百分点,到 2050 年前后,全国将约有 28 个省份的农村老年比例高出城镇 20% 以上[2]。

在盛亚飞看来,尤其是老年农民养老,不能简单地套用养老金与缴费挂钩、“权利与义务对等”的纯商业逻辑,因为涉及到经济转轨成本。

---

[1] 王羚,《新农保大提速:制度性缺陷待补》,《第一财经日报》,2011 年 7 月 28 日。

[2] 2012 年 5 月 17 日,言及中国人口老龄化,时任民政部副部长窦玉沛于上海召开的 2012 年中国养老服务业发展论坛暨老年友好城市建设论坛上透露的数据。

因为这些60岁以上、仍身在农村的老人，从计划经济时代走来，那时候尚没有养老保险，但他们却奉献了青春，通过统购统销的“剪刀差”，为国家工业化做出了贡献，如今却让几乎没有收入来源的他们通过市场化的方式去获得养老金，这并不是一件公平的事。

当部分城市近郊农民和年轻农民通过征地或进城，变为离土的城镇居民，并享受到较高水平养老金待遇时，仍身处乡村、收入更低，又以老年农民居多的在土农民养老问题更容易被忽视：

在农民收入水平还相当低的情况下，如果没有外部力量的帮助，单靠农民自己，是无力建立一个能够提供多方面风险防范功能的农村社会保障制度的[1]。

换言之，它需要加大“集体补助”和“政府补贴”的力度。2010年，松江城乡统筹专项基金应运而生，并以每年解决一部分农民养老保障的方式，总筹资超过70亿元人民币，历时5年，最终让松江所有农民实现了约1500元/月的退休养老水平。

全国层面“新农保”的思路也在转变。2014年2月，“新农保”进入新的合并阶段——在总结“新农保”和城镇居民社会养老保险试点经验的基础上，国务院决定，将这两项制度合并实施，在全国范围内建立统一的城乡居民基本养老保险制度[2]。

---

[1] 吴敬琏著，《当代中国经济改革》，第343页，上海远东出版社，2006年8月。

[2] 中华人民共和国国务院，《国务院关于建立统一的城乡居民基本养老保险制度的意见》，国发〔2014〕8号，2014年2月21日。

城乡一盘棋

成立城乡统筹专项基金，让所有农民实现和城镇居民水平相当的养老金待遇，它需要的资金不是个小数目，问题的难点来了，钱从哪里来？没有足够的资金，想法再好也无济于事。

盛亚飞的答案是——仅依靠乡村现有资源是不够的，要将眼光挪至整个城乡版图，通过更充分的城乡资源统筹去实现。它的核心，是级差地租[1]之下的城乡土地要素交换，从松江全区每年1/3左右土地出让净收益而来的城乡统筹专项基金，本身就是要素交换的结果。

在整个城乡版图中，在土农民养老，仅是其中一部分，它有着更多的内容，彼此之间的联系千丝万缕。也就好像下棋博弈，胜负取决于棋手的全局把握能力，改革能够达成目标，有赖于对城乡版图的整体运筹和土地利用效率的提升。对此城乡版图，盛亚飞有过一个直观和全面的解释：

在乡村一端：

推动农业改革，是因为中国全面的工业化和城市化还没有完成，它离不开农业的现代化——发展现代农业，这关系到所有中国人的饭碗和国家粮食安全；农村也还没有建设成和城市相协调发展的现代化农村；种地农民的生活和保障问题也还没实现城乡均等。

针对城市端，这位在2016年全国“两会”上不忘提醒，要小心城市

---

[1] 因为土地优劣等级不同而形成的地租。

化沦为“半拉子”工程[1]的全国人大代表说：

进城农民的保障和居住转移问题，也还没有完全解决。

进城农民的保障和居住转移——相关于城市人口的有效集聚，只有城市因“人丁兴旺”发展起来了，才能有更多的就业岗位和资金实力，进一步照顾更多穷人的利益；解决了农民养老和进城保障，农村分散的耕地得以充分流转，规模化经营和农业现代化才能实现。

给农民买养老金，其实更像是一个后手，它并不是一下子就可以做到的，而是一个循序渐进、日积月累的过程，它离不开城乡一体框架之下，对城市的有序经营，加之同步推进的其他改革。

它的主线，便是序章所提——涉及“超级增减挂钩”、宅基地置换、集体经济产权制度改革和适度规模的家庭农场等一系列连续的城乡改革动作。

剧透到此为止。让我们先回顾一张“40年前念的报纸”。在随后章节里，一系列的改革动作将会逐个登场，而为了让它们不至于被误会为晦涩的理论专著，我采用了有别以往的一种有些冒险的写作方式，它将从一件5500年前的埃及文物开始谈起。

那张40年前念的报纸

有时候，我心里会暗自回放这样一个场景，它发生在40年前的沪郊

[1] 谈燕，《盛亚飞：小心城市化沦为“半拉子”工程》，《解放日报·上观新闻》，2016年3月7日。

南汇县书院公社外灶大队[1]。

这个大队有位年轻的党支部书记，一天他在报纸上看到，有个名叫韩丁（William Hinton）[2]的美国记者，在黑龙江友谊农场借助机械化，一家人种了3000亩地，他拿起报纸，把韩丁种地的故事念给社员们听，并对他们说：

看，这就是农业现代化[3]。

时光飞速流转，这位念报纸的大队书记，后来进了大学读书，又从上海市委组织部起步，30岁已是当时的上海县委书记；他后来当过上市公司的董事长，管理过上海郊县工业，还曾是上海农委的副书记和副主任，再后来，有过多个上海郊县一把手经验的他，又成了松江区委书记。

当盛亚飞这样回顾他的过去，同样在农村生活过的我，首先想到的却是，在那个中国多数人口都"困守"在农村，每天辛苦劳作，却只能勉强糊口的年代，除了他，又会有几个人会捧着报纸畅想，将来有一天要开着拖拉机，一家人种上个几千亩地呢？

让盛亚飞念念不忘的，还有另外一件事情。在那次采访中，他冷冷地盯着我说：

---

[1] 人民公社时期的农村行政单位编制，大队相当于今天的村，公社相当于今天的乡（镇）。

[2] 韩丁，原名威廉·辛顿（William Hinton），1919年2月出生，美国宾夕法尼亚州雷丁镇人。1945年，他以美国战争情报处分析员身份目睹了重庆谈判；1947年他随联合国救济总署到中国河北冀县，为解放区恢复生产培养出第一代农机人员；翌年，他又以观察员身份亲历了山西张庄的土改，后创作长篇纪实文学《翻身》；1953年，他从中国回到美国，被麦卡锡等人冠以"叛国者"罪名；1971年，他应周恩来之邀重返中国，随后30年始终奔波在中国乡村；2004年5月15日，韩丁辞世于美国马萨诸塞州康克市。

[3] 郭涛涛，《盛亚飞与他身后的城乡要素改革》，《环球财经》杂志，2016年6月。

1975年，周恩来总理在全国人大会议[1]上说，要在本世纪内实现农业、工业、国防和科学技术的四个现代化[2]，“当时农业现代化是排在第一位的，但到现在还没完全实现”。

这并不仅仅是个励志故事的地方在于，后来的盛亚飞，仍然记得年轻时代的那份报纸，并且用行动证明中国也可以实现。他说，他在松江推动的城乡改革有备而来，这个想法他想了几十年。

在盛亚飞治下的松江，农民们就像韩丁那样驾驶着拖拉机驶入了万亩粮田，并成功跻身“十万元户”，仍在农村的老年农民也不必因为现金收入太少而发愁；更多进城的农民，每年还有一部分来自集体经济组织的股权分红作为保障；一些改革先行地区的绝大多数农民，更是不用买房，却拥有了可以买卖、与乡村居住面积相当的商品房。

2016年夏天，当普遍拥有五六百万元房产的松江小昆山镇农民，纷纷为不断高涨的房价窃喜之时，盛亚飞已在为能早点办完退休手续，四处奔波的路上。当年2月1日，任期已满的他最后一次出席松江党政负

[1] 第四届全国人民代表大会第一次会议。

[2] 1957年2月27日，毛泽东在《关于正确处理人民内部矛盾的问题》的讲话中说：“将我国建设成为一个具有现代工业、现代农业、现代科学文化的社会主义国家。”1957年3月12日，毛泽东在中国共产党全国宣传工作会议上的讲话中说：“我们一定会建设一个具有现代工业、现代农业和现代科学文化的社会主义国家。”1959年12月到1960年2月，毛泽东在读苏联《政治经济学教科书》时说：“建设社会主义，原来要求是工业现代化，农业现代化，科学文化现代化，现在要加上国防现代化。”1964年12月第三届全国人民代表大会第一次会议上，周恩来根据毛泽东建议，在政府工作报告中首次提出，在二十世纪内，把中国建设成为一个具有现代农业、现代工业、现代国防和现代科学技术的社会主义强国，实现四个现代化目标的“两步走”设想。

责干部会议，总结起松江九年两个月的工作，他感慨万千地说：

感谢上海市委的肯定，让我的工作最后一站在松江度过，让我和同事们在9年多的时间里，干成了几件具有重要意义又经得起历史检验的工作。

第二天我突然看到这条新闻，相当不平静地给他发了条短信，当时内心默想，他在松江推动的城乡改革，应该算是其中一部分吧。

第二章

景观往事

埃及牛与英格兰景观

1900年，埃及南部发掘出了一座古老坟墓，出土的文物中，有一组4头奶牛并排组成的泥塑，从考古学意义来说，这组由5500年前的人类用尼罗河里的一块黏土手工捏制而成的泥塑[1]，历史地位甚至要比更负盛名的图坦卡蒙[2]黄金面具还要高出一截。

仅以问世时间而论，埃及牛泥塑比图坦卡蒙黄金面具提早了2200年，但这不是它的重点。

真正的重点是泥塑揭示的当时人类的生存状态——因为气候变化，远古人类不得不放弃自由狩猎，转而驯养动物。在这样一个人类进化的重大时间节点面前，就算是集合了图坦卡蒙时代所有的宝藏，仍会显得有些黯然失色。

美妙又残忍的另一面，是考古学家进一步的分析。

在那个相当遥远的年代，这些已被驯化的埃及奶牛，其扮演的角色并不是提供牛奶——而可能代表了一个行走的血库。在奶牛被驯养初期，不仅产奶量有限，人类从牛奶中获取营养这一后天技能，也尚在进化途中[3]。

---

[1] 尼尔 · 麦格雷戈著，余燕译，《大英博物馆世界简史》，第41页，新星出版社，2014年1月。

[2] 图坦卡蒙（Tutankhamun，公元前1341－前1323年），古埃及新王国时期第十八王朝的法老。因其墓葬包括黄金面具在内的大量发现，代表了埃及考古工作的巅峰，他也因此成为最著名的法老之一。

[3] 即便到现代，还有很多成年人不能消化牛奶。尼尔 · 麦格雷戈著，余燕译，《大英博物馆世界简史》，第42页，新星出版社，2014年1月。

根据种种考古实证研究，这组埃及牛泥塑表明，在当时的尼罗河谷，母牛为人类提供血、肉、保障和能量，并最终改变了人类的生活方式，牛也因此成为埃及生活的重心，并被广为尊重[1]。

此时，距离被人类驯化的牛，承担另一重任——农耕时代的畜力，还要再等上大约1000年。它离不开另外一些条件，比如野生农作物种子的驯化，以及人类部族的生活方式由流动变为定居[2]。

时光继续向前，农耕时代来临了，人口不断繁衍，同时伴随着大量劳动剩余，也就有了贫富分化和阶级，早期的城邦和国家出现，各色伟大的国王驱使着命运悲惨的奴隶们东征西伐。诗人珀西·比希·雪莱在巨大的拉美西斯二世[3]雕像面前游吟道：

“吾乃奥兹曼迪亚斯，万王之王
功业盖世、强者折服！”
此外空无一物，
废墟四周、黄沙莽莽。
寂静荒凉，伸向远方[4]。

---

[1] 尼尔·麦格雷戈著，余燕译，《大英博物馆世界简史》，第43页，新星出版社，2014年1月。

[2] 贾雷德·戴蒙德著，谢延光译，《枪炮、细菌与钢铁——人类社会的命运》，第63—68页，上海世纪出版集团，2006年4月。

[3] 拉美西斯二世（Ramesses II，公元前1303年—前1213年），古埃及第十九王朝法老。其执政时期是古埃及新王国最后的强盛年代，但因常年征伐，国力开销巨大，其去世后，古埃及开始走下坡路。

[4] 尼尔·麦格雷戈著，余燕译，《大英博物馆世界简史》，第113—117页，新星出版社，2014年1月。

再雄踞一世的国王，也敌不过岁月流逝。人类社会继续向前，蒸汽机被发明了出来，畜力成为历史，不论是埃及牛泥塑，还是拉美西斯二世雕像，都被陈列在了大英博物馆里；世界不是方的，而是一个不完美球体，人类有了火车、轮船和飞机，电力点亮了越来越大的城市；互联网出现了，城市里的宅男宅女足不出户，从外卖小哥手中接过了食物。

回顾这段历史，它隐含的人类农业变迁，也是本书的认识尺度——在人类漫长的进化史上，农业从来都不是孤立存在的，相反，它与人类社会发展如影随形，且一直处于不断进步的途中，城市本身也自农业社会演进而来。

作为科学意义上的农业进步，博学多才的美国天文学家、宇宙学家、科普作家卡尔·爱德华·萨根（Carl Edward Sagan）[1] 说："医学和农业的进步所挽救的人命，比死于历史上各种战争中的人的总和要多得多[2]。"

以蒸汽机革命为节点，大规模农业人口进城，再到工业化和现代城市崛起，不过近几百年的光阴。即便在如今的现代社会，从食物供给、人力输出等方面，农村与城市仍无时无刻不发生着密切联系。

在"非孤立"地认识农业这件事情上，相比于农业专家在某一领域

---

[1] 卡尔·爱德华·萨根（Carl Edward Sagan，1934 年 11 月 9 日—1996 年 12 月 20 日），生于纽约州纽约市布鲁克林区，1960 年获芝加哥大学哲学博士学位，美国天文学家、天体物理学家、宇宙学家、科幻作家、科普作家；曾任美国天文学协会行星科学学会主席、美国地球物理学会联合会行星学会主席，曾获美国航空航天局特别科学成就奖，以及两次公共服务奖和阿波罗成就奖。美国天文学会行星科学学会为纪念他，设立了卡尔·萨根奖，并于 1998 年开始颁授；著有《接触，伊甸园的龙——人类智力演化的推测》《魔鬼出没的世界：科学，照亮黑暗的蜡烛》《宇宙》等。

[2] 卡尔·萨根著，李大光译，《魔鬼出没的世界：科学，照亮黑暗的蜡烛》，第 13 页，吉林人民出版社，1998 年 10 月。

内更为专注地寻求突破，可能考古学家或历史学家的研究更有参考意义。

比如英国历史学家威廉·G. 霍普金斯（William George Hoskins）[1] 对英格兰景观形成的研究。地表上因人类活动而导致的景观变化，对现存踪迹的考证，更能揭示变化背后的隐藏原因。

为了适应体量不断加大的农业机械，更具规模化、效率更高的耕作方式，上世纪 70 年代，在英格兰东部地区，每年都会有几千英亩的树篱被连根拔起 [2]。这些消失的树篱，则可追溯至 16 世纪的议会圈地时期 [3]，地面景观的变化，本身就是农业生产、生活方式的变化。英格兰如此，中国同样如此。

用景观变化来观察城市和农村，它的另一个好处是足够直白和全面，它与农业的共通之处，是它们都与土地直接产生关联。

开弦弓村的背影

在中国近代历史上，较早就蜚声国际的村庄中，有一个位于江苏省吴江区的村子，它的名字叫开弦弓村。

1935 年，刚刚在广西瑶山遭遇丧妻之痛，回乡养伤准备出国的费孝

---

[1] 威廉·G. 霍普金斯（William George Hoskins，1908—1992 年），英国历史学家，英国社会科学院院士，曾任教于莱斯特大学、牛津大学。他以研究英格兰地方史著称，在景观史研究方面做出巨大的开创性贡献，其研究领域还涉及考古学、城市史和农业史等。

[2] 威廉·G. 霍普金斯著，梅雪芹、刘梦霏译，《英格兰景观的形成》，第 12 页，商务印书馆，2018 年 1 月。

[3] 威廉·G. 霍普金斯著，梅雪芹、刘梦霏译，《英格兰景观的形成》，第 178—201 页，商务印书馆，2018 年 1 月。

通[1]，偶然造访了这个村庄，其后他在村中进行了月余的田野调查。

次年秋，费孝通抵英，师从英国著名的社会人类学家布 · 马林诺夫斯基（B · Malinowski)[2]。1938 年，他以开弦弓村为调查资料，用英文写就了他的博士论文。这篇论文的名字叫做《开弦弓，一个农村的经济生活》，后来它又被译做《江村经济》在国内出版。

马林诺夫斯基看到费孝通的这本作品时，丝毫不掩欣喜之情，并断定它将是“人类学实地调查和理论工作发展中的一个里程碑”。[3]

《江村经济》后来不仅成为人类学和社会学学科的必读书目，它也是世界认识中国农民和乡土社会的一个窗口，费孝通因他所提出的“乡土中国[4]”，以及一系列描述中国乡村和乡土社会的作品，成为中国近代学术史上赫赫有名的人物。

我一直在思考一个问题，那就是如果费孝通还在世，今天再回访开

---

[1] 费孝通（1910 年 11 月 2 日—2005 年 4 月 24 日），江苏吴江（今苏州市吴江区）人，著名社会学家、人类学家、民族学家、社会活动家，中国社会学和人类学的奠基人之一，第七、八届全国人民代表大会常务委员会副委员长，中国人民政治协商会议第六届全国委员会副主席。1928 年考入东吴大学医预科，1938 年获得伦敦大学经济政治学院博士学位，1944 年加入民盟，1982 年被选为伦敦大学经济政治学院院士，1988 年获联合国大英百科全书奖。

[2] 布 · 马林诺夫斯基（B · Malinowski，1884—1942 年），英国社会人类学家、波兰科学院院士，曾任教于伦敦大学、伦敦政治经济学院、耶鲁大学，著有《西太平洋的航海者》《文化论》等。作为英国社会人类学功能学派的创始人之一，他最大的贡献在于提出了新的民族志写作方法。从他那时起，几乎所有的人类学家都必须到自己研究的文化部落住上一年半载，并实地参与聚落的生活，使用当地的语言甚至和土著建立友谊，而这些，都是为了完成一份马林诺夫斯基式的民族志记录。

[3] 费孝通，《江村经济——中国农民的生活》，布 · 马林诺夫斯基序，第 13 页，商务印书馆，2001 年 3 月。

[4] “从基层上看去，中国社会是乡土性的。”费孝通，《乡土中国 生育制度》，第 6 页，北京大学出版社，2004 年 4 月。

弦弓村[1]会作何感想?

2016年夏季的一天[2]，我从上海青浦出发，驱车上了沪渝高速，往西行驶近50公里，在七都收费口拐下，再经省道和村道行驶不到1公里，就到了开弦弓村，不得不说，我有点沮丧:

如果说这个早早出名的村落和周围其他村落有什么更大的不同，那就是它更局促。村里更为崭新、贴上瓷砖的多层农民房，和更为老旧、单层的房舍错落起来并不搭调，行走在两栋农民房之间的小路，莫名竟有一种逼仄之感。

与逼仄不搭调，村中没有稠密的人口，反而难遇行人。村中河流早已不见昔日水上交通的繁忙，房前屋后被低矮白色木栅栏围起来的小块土地上，多种植着玉米和各种常见的蔬菜；跨过一座拱桥，红白两床被褥正搭在桥栏上晾晒，回首间，有一名老先生背着双手，悄然打量着桥上的陌生人。

在村口的费孝通江村纪念馆里，有一版80多年前的开弦弓村地貌沙图，一条河流穿村而过，村庄的周围，被连片的桑林和稻田包围，费孝通在书中写道，村里“种植水稻居于首位”[3]。

至今天，虽说河流仍在，但稻桑已成历史，从卫星地图上看，原本的稻桑之地，莫不是被厂房、仓库或大片鱼塘所代替。

开弦弓村周围，则是介于江、浙、沪三角地带，从江苏苏州到浙江湖州在内的广大农村区域。早在6000年前，这里便出现了带有灌溉系统

[1] 从1936年起，费孝通先后26次回访开弦弓村，2002年9月30日，92岁高龄的他最后一次回访江村，走访了老保姆邱记珍及重访江村时的老房东周文昌。

[2] 2016年6月10日。

[3] 费孝通，《江村经济——中国农民的生活》，第31页，商务印书馆，2001年3月。

的稻田[1]，随后漫长的历史时期，江南鱼米之乡一直是它的美誉。如今，走过一村又一村，从路边交错的各种厂房和住宅楼来看，这一地带依然富饶，但它显然不是农耕时代田野间阡陌纵横的景象。

上述城乡景观上的变化，更不止于开弦弓村所在的长江中下游平原区域，它的时间跨度也不长，从允许农民进城到如今，不过40年光景。

从长三角到珠三角，再从华北平原到成都平原，类似景象并不陌生。将40年来的卫星地图叠加，并用幻灯片放映，它们的共同点，莫不是多代表农田的绿色地块被蚕食，灰白色的城市建筑群在不断迅速扩张。

作为一种时代的进步，这种变化说明，中国正迅速地从一个农业国家转变为更为强盛的工业国家，越来越多的农田被城市里的各种建筑物所代替，扩张的城市不仅让更多人生活更为便利，它也造就了更多的产业和就业机会，国民财富不断增加。

但隐约有些不对劲——城市核心区光鲜靓丽，但更偏远的农村或城市近郊，一眼望过去，其实很难谈得上有序，它有些破败，要么人烟稀少，仅剩老人守家，要么人多杂乱，成了众多城里打工者的廉价居住之地；存留下来的农田更是七零八散，树木茂盛荒草丛生，再与年代陈旧的各色农房交杂着。

代际进城

景观上已不是稻桑之地，村庄建筑拥挤不堪，让费孝通可能有些失

[1] 位于江苏省苏州市吴中区唯亭镇东北2公里处的草鞋山遗址，发现的6000年前马家浜文化水稻田，是目前中国发现最早有灌溉系统的古稻田。其出土的炭化稻，连同常州圩墩、高邮龙虬庄、昆山少卿山、溧阳神墩等新石器时代遗址出土的炭化稻，为中国稻作农业的起源、栽培稻起源的研究提供了实物依据。

望的应该还包括，距离他最后一次回访又过去十几年后，“乡土”正因更年轻一代的不同选择而远去。

20 世纪 80 年代，乡镇企业蓬勃发展，年轻人多选择就近打工，村庄周围的纺织工厂吸引了大量村中劳动力，费孝通提出了“兼业”与“离土不离乡”的发展模式，近几年前去开弦弓村采访的同行报道，则透露出一个新现实——20 岁到 35 岁的青年倾向于选择文案策划等更轻松的工作[1]。

与老一辈就近城镇化有所差别，年轻人的就业和活动范围越来越广，他们与乡土的距离也就越来越远。这也非开弦弓村独有，在中西部农民跨地区迁徙上表现得更为明显，不同代际，诉求各不相同。

让我感同身受的是我老家，一个中国西部地区，黄河边小山村[2]的 40 年变迁史。

我们村是一个矿业村，20 世纪 80 年代我出生时，即已有煤炭开采，在最初 20 年，村民们的主要收入来源，即是种地之余，去村庄周围的煤矿打工。

这种情况在 2000 年前后有了改变。村庄煤炭资源日渐枯竭，无证小煤矿纷纷关停整顿，虽说后来又发现了铝矿，也有诸如中国铝业这种大公司入驻，但由于是大型工程机械露天作业，人力需求有限，同样无法提供更多的就业机会。

靠天吃饭又是山地，种地更不赚钱[3]，迫于收入和生计上的压力，村

---

[1] 魏永刚，《江村再调查》，《新华每日电讯》，2017 年 1 月 6 日。

[2] 河南省三门峡市陕州区王家后乡上庄崤子村。

[3] 当时小麦的国家收购价在 0.57 元 / 市斤左右，每户农民平均七八亩山地，每亩小麦产量约 600 市斤，就算全部种小麦，一年也不过产出近 5000 斤，卖粮收入只有 2800 元左右。

民们的大规模进城来了，它最为直观的变化，就是村里已“挪窝”三次的小学再次移动，它搬到了我村附近交通相对便利的国有矿区。

这样做的好处是，除了本村越来越少的生源，还可以吸纳矿区和隔壁乡镇的学生——稍微经济条件好点的家庭，举家搬迁到了城里，孩子则会在市区就读。

家庭进城，代际间的差别也出来了。

类似于我奶奶那样，在农村里干了一辈子农活的老人，很难适应城里生活，仍多会选择生活在村中；我父亲这辈的农二代，此时已拖家带口，固然进城了，但更倾向于在家乡附近找机会，考虑到现实，到更远的地方打工，动力和意愿都不强。

“农二代”最为重要的进城诉求，是希望孩子可以有更好的教育，不至于像自己没有文化，不仅在山区做矿工，进了城还要继续干体力活。

受教育程度和拥有的更多技能，则改变了“农三代”的活动轨迹。

2002 年，我考上了大学[1]，自此离家 16 年，一直在全国奔波。童年时的玩伴，如今不少在外读书后，多去了北京、上海等大城市，职业也变为了程序员、摄像师等等。

就算是留在家乡小城的同龄人，随城市的扩张，择业空间也在变大。从教师到公务员，再到做建材和装修生意，应有尽有。村内的采矿业，也延伸到了城郊的氧化铝厂，山沟沟里的农民矿工，进了城就成了产业工人。

时至今日，我村（自然村）仅剩下数名老人留守，不要说像我辈再回到农村，已是不可能之事，就算是父辈们，再回村也已难以适应。让人悲伤的事实就在于此，一旦村中老人故去，所谓“回不去的故乡”，

[1] 四川农业大学经济管理学院（现经济学院）经济学专业。

就又多了一个。

过去40年的村庄人口外流，亦是绝大多数中国村庄的现实：

调查结果显示，当前农村参与农业生产的劳动力在总劳力中所占比例平均为48.6%，不到一半。这意味着目前多数村庄有一半以上的劳动力不再从事农业，而是转移到农业外谋生。有4.4%的村庄已经没有农业劳动力了，农业劳动力过半的村庄仅占40.7%。

在城市化、市场化的大潮中，农村进入了一个大流动的时代，大量村庄成为“流动的村庄”，大批农民处于向外流动和不确定性之中。

调查显示，除了6.5%的村庄之外，其余村庄都有不同比例的劳动力向外流动。其中外流劳动力占1%～25%人口的村庄有29.3%，有40.2%的村庄外流劳动力比重为26%～50%，外流劳动力比重为51%～75%的村庄占17.4%，仅有6.5%的村庄外流劳动力超过了75%[1]。

与农村人口不断外流相对应，自然村落也在持续消亡——1985年至2016年，全国行政村从94.1万个减少至52.6万个，减少了44%；自然村则从1990年的377万个减少至2016年的261万个，减少了30%[2]。

---

[1] 陆益龙，《村庄会终结吗？——城镇化与中国村庄的现状和未来》，《学习与探索》，2013年第10期，其论文中引用的统计数据来源于中国人民大学2012年启动的“千人百村”大学生社会调查实践项目，该项目旨在组织千名大学生以社会实践形式参与100个村的社会调查研究活动。

[2] 中华人民共和国住房和城乡建设部，《中国城乡建设统计年鉴2016》，中国统计出版社，2017年。另可参照刘守英、王一鸽，《从乡土中国到城乡中国》，《管理世界》杂志，2018年第10期。

乡村景观变奏曲

乡土的远去，并不代表着乡村景观的一成不变——如今在很多大城市，都有着当年乡村的遗迹，曾经的农田早已垒起高楼大厦，旁边狭窄又封闭的空间里，则住满了大量低收入外来人口，它的名字叫做“城中村”，这也仅仅是城市村落的面貌。

在城郊接合带，就像在江、浙、沪三角地带所见到那样，它们是由密集农房组成的村落，新式住宅楼、蓝色彩钢板搭建的厂房和各种形状的蔬菜大棚组成的庞然大物，它们周围正等待着城市扩张开发的土地，也早已不见耕地的景象，而是产值更高的鱼塘、圈地套利的园艺苗木场[1]等等。

至于距离城市更远的村落，固然传统乡村风貌犹在，但毕竟已是人烟稀少，早已不是旧日人丁繁盛时的场景，散落在村庄四周的土地，因为常年无人精心打理，以至于养分流失，变成了贫瘠的颜色[2]。

将时间周期再度拉长，它又以截然不同的另一种面貌出现，并囊括了不少乡村“过来人”的情愫。

在日本导演北野武[3]的影片《座头市》中，一言不发的盲人杀手，每次悄无声息地走过一片树林，我的注意力就会被旁边的风景所吸引——

[1] 外来商人租用村集体耕地，一方面从深山挖取原始树木，挪种至园艺场，靠快速城镇化过程中，对树木等园艺景观植物的大量需求而获利；另一方面，建在城市近郊的园艺场，期待城市扩张后土地由农地转性为建设用地，进而靠获得拆迁补偿而获利。

[2] 一般而言，多年养护肥力充足的土壤颜色，多呈黑色、棕褐色，一旦养分缺失，土壤酸性提高，会呈现出养分贫瘠的偏红色。

[3] 北野武（Kitano Takeshi、きたの たけし），1947 年 1 月 18 日出生于日本东京都足立区，日本著名导演、演员、电视节目主持人。

在树林另一侧的农田里，头戴斗笠的农夫，就像一个舞者，手挥农具一下又一下，相当有节奏地在刨地。

它让我想起年少时，随父辈们修“大寨田”的经历：

每家每户出一个人力，再集体坐上大卡车，抵达某个坡地，我们也就那么一下又一下，手握农具将坡地铲平，再用人力小推车把多余的土壤填到更为低洼的地方，原本低产、保水能力差的坡地，就这样改变了面貌，变成了产量更高、更为平整的梯田。

“农业学大寨”并不属于我那个时代，那时候中国多数的农民，已经“分田到户”，农村已是家庭联产承包责任制时期，只是我们那儿仍有这样的传统，这也是为数不多，能让我感受到带有人民公社时期烙印，理想主义色彩浓厚的农村集体劳动。

我并不想在人民公社和家庭联产承包责任制两个时期上做任何价值判断，同属于农村集体经济的它们只是阶段不同。所谓“解铃还须系铃人”，求解中国未来农业出路，只有回归原点才有可能找到最终答案。

回到 1949 年新中国成立之初的岁月，取得土地革命胜利的中国农民，先是在土地改革中分得了属于自己私有的土地，其后又以土地等生产资料等份入股，以股份合作的形式，陆续组建了初级社和中级社；1956 年，绝大多数农民又成为高级社社员，集体劳动、记工分，再到年底分红，按劳分配的农村集体经济时代正式开启。

两年后，高级社升级为人民公社。作为政社合一的农村基层单位，它普遍由人民公社、生产大队、生产队三级组成[1]，这也相当于今天的乡（镇）、村、村民小组基层三级组织。

人民公社时期对乡村景观影响最大的活动，就是“农业学大寨”等

[1] 《农村人民公社工作条例修正草案》，1962 年 9 月 27 日通过。

大规模农田平整和水利设施等乡村基础工程的修建。那时候不比现在，国家工业化刚刚起步，城市工业基础薄弱，农村并没有太多现代化的机械，而由数以亿计的农民以体力劳动来完成。

以“学大寨”的源头、位于山西省晋中市昔阳县的大寨村为例，它原本是一个小山村，因处于太行山土石山区，土壤贫瘠、自然条件恶劣，1953 年，在党支部书记陈永贵[1]的带领下，大寨村民开始——用扁担、箩筐、锄头、铁镐，在土石山上开辟出了大片梯田，通过蓄水保粮、抗旱防涝、秸秆还田、增施农家肥等改良土壤的办法，使每亩粮食产量从 1952 年的 237 斤增至 1962 年的 774 斤，改变了村民们靠天吃饭的状况。

站在环保主义者的立场，以“大寨”为榜样的那个改造自然时代，有着诸多不可取之处，但历史没有假设，将自己置身于那样一个亟待通过工业化推动国家振兴，同时又内外交困、温饱尚未解决的农业国家情境中去仔细体味，那么多农民只能自力更生。

而人类从远祖智人开始，他们走出非洲，跨过白令海峡，学会制造工具和武器，驯化植物和动物，步入农耕和工业社会，建立城市和巡航大江大海发展国际贸易，又仰望星空发射火箭，踏上星辰大海的浩瀚新征途——这一路，智人也只能自力更生。

经历过华北平原上的农村土改，培养了解放区第一批拖拉机手的韩丁，晚年忆起与他缘分深深、位于山西省长治市郊张庄村最早时的境况说：

---

[1] 陈永贵（1915 年 2 月 14 日—1986 年 3 月 26 日），山西省昔阳县乐平镇石山村人，中国共产党第九届中央委员，第十、十一届中央政治局委员，第三至五届全国人大代表，1975—1980 年任中华人民共和国国务院副总理。

1954 年土地集中运动导致了合作化，同时特派工作队开始植树，种了 250000 多棵。居住环境大变，以前土地荒凉、干裂、半荒废，现在则凉爽、阴凉得像公园：错落有致的院子、街道和可以提供保护以抵抗各种极端情况的小路。

对比家庭联产承包责任制前后农村景观的变化，韩丁写道：

1978 年，张庄人就开始自己搭建组装的农业机械，在 200 英亩的玉米地上，可以自动完成从施肥、平土、播种、除草、收割、烘干到将烘干后的玉米存入仓库的全部过程。机械组只需要 12 个人，但劳动效率是手工时的 15 倍，而且花费仅仅为原来的一半。但改革后，土地被划分为无数的小块分给了单个农户，机械化农业也不得不让位于原始的间断的个人耕作了。农民们没有选择，只有抛弃他们先进的农机，重新扛起了锄头。

1983 年夏天，韩丁从北京飞往上海，他看到了变化的华北平原：

我向下看看，越来越不相信自己的眼睛，眼泪也禁不住流了下来。从前，在村落和连接它们的道路间，有着整齐的方形的长方形的土地，绿色的、黄色的、褐色的，一直延伸到地平线。而现在，细碎的一小块一小块的土地排成零散杂乱的图形，蔓延上千公里。

这不是土改前所谓的“邮票一样小块”的土地，是比那更细小的带子一样的、面条一样的土地！那些土地是那样狭窄，以至于马车经过时，一个轮子在这个人的土里，另一个轮子就压到了另一个人的土里。

农村“三块地”

韩丁在飞机上所看到的景象，是家庭联产承包责任制“包产到户”的开始，今天在城市和乡村所看到的，风格迥异的乡村景观，又历经近40年变迁。这中间究竟发生了什么？

2013年第一次采访盛亚飞时，我问过他一个问题。

我说，我小时候常听父亲讲，如果还是“大集体[1]”时代，可能农村到2000年就实现机械化了。盛亚飞回答说，那你告诉你父亲，到不了2000年，机械化就能实现，但那时候农村隐性失业问题会更加严重，农民会变得更穷，因为农村的人口会越来越多，土地产出增长是有限的。

家庭联产承包责任制后，更为积极的变化，是大量农村剩余劳动力开始从事副业，再经过上世纪80年代“村村冒烟、队队办厂”的乡镇企业时代，2000年后，随着中国加入WTO，城市与沿海地区经济快速崛起，更多的农村人口进城了。

相隔年代如此久远——如果不是人民公社时期的“过来人”，到今天想要说清楚近40年来农村景观变化背后的来龙去脉，估计会是一件困难的事情。毕竟如今不少人对农村的印象，往往也只剩下种田了。

“过来人”盛亚飞并不这么认为，在他的视野里，农村不仅有农民种田的耕地，还有农民居住的宅基地和集体建设用地。乡村景观的变化，即是这“三块地”不同使用现状的变化，从人民公社时期发展至今，它们的来源、功能用途均有很大的不同。

对于耕地，盛亚飞说：

[1] 泛指人民公社时期。

它就是通常所指的承包地，来源于建国之初土地改革农民分得的土地，后来以股份合作的形式，变为村集体经济的耕地。无论是人民公社，或是家庭联产承包时期，它一直承担的是生产粮食、蔬菜、水果等农产品的基本功能。

家庭联产承包责任制后，原本集体所有、共同劳动的耕地，通过承包经营权分离，确权到了每家每户农民头上。韩丁所说“大块土地变小块”，即指集体耕地承包经营后的样貌，由于规模有限，分割后的农田，难以实现生产效率更高的机械化作业。

更确切地说，上世纪80年代的“包产到户”，更多只是发生在耕地——农村“三块地”之一的局部变革。

耕地规模变小的另一结果，即由于规模有限，收入有限，种地对农民越来越没有吸引力，乡村景观上的表现，就是弃耕与抛荒，再者粮田被产值更高的菜地、鱼塘、果园或苗木场乃至堆场等代替。

耕地一直在减少——除了城市通过征地，不断“蚕食”耕地而扩张，宅基地与集体建设用地也在挤压耕地的空间。如今类似于开弦弓村逼仄的宅基地村落并非偶然：

承担农民居住用地功能的宅基地，人民公社时期，当时以农业生产为主，农民集体劳动、耕地又是集体统一安排播种、收割，加上当时农民收入有限、建筑材料匮乏，农民家庭人口增加，当时农村人均居住面积还是比较小的，想建房也是心有余而力不足。除非是家庭中儿女长大成人，要结婚娶妻或入赘，才会申请在原有宅基地内占地建房；也只有因原有宅基地实在无地可建房，才能申请新的宅基地。

申请了审批也很严格，往往需要一两年时间才能走完流程，即使批准你扩建或迁建宅基地，也只能建在自己家的自留地上，不得占用或极少占用集体经营的耕地，此时，宅基地占用集体耕地并不多。

直至上世纪80年代实行家庭联产承包责任制，一是农民收入快速增长；二是农民对建房置产有传统的偏好；三是每家每户独自耕种属于自己的承包地之后，在承包地上盖房比在集体土地上盖房显然宽松多了，加之当时基层组织普遍对占用耕地建房行为管理上的放松，今天在农村普遍看到的鳞次栉比的住宅建筑才如雨后春笋般冒了出来。

到上世纪80年代后期，上海郊区等地区开始加强对农民宅基地建设的规范和管理，但此时，农民大盖住宅之风已近尾声，不少农民已经几次翻建住房了。农民先是将原来的草房翻修成砖瓦房，再翻成小楼房，甚至再变成小别墅，这段时间，整个宅基地占地面积和建筑面积体量大幅增加。

在农民大修宅基地的同时，农民进城的步伐加快了，所以其农村住宅的功能上出现了一种奇怪的现象：农民多数时间居住在城市里，在农村大量修建的宅基地，常年人去楼空，它已不再承担农民基本居住功能，而成为炫富与攀比的工具[1]。

农民在宅基地上翻建农房形成的“城中村”，盛亚飞用“留下骨头卖掉肉”来解释它的出现过程：

在城市化初期，当时土地价格不高，动迁成本较大，于是城市土地的开发，就出现了没有人居住的农田先征用掉，发展工业和城市，这就

[1] 郭涛涛，《事关全面深化改革大局：农村“三块地”的合理定义和用行动完成的实效改革》，《环球财经》杂志，2017年1、2月刊。

叫做“留下骨头卖掉肉”，而自然村落等地面建筑物较多的地块，就暂时搁置不考虑动迁。

当时大家都在盯着城市发展，对这些留下的自然村落的人口集聚和无序发展关注不够，等后来注意到的时候，发现已经尾大不掉。这些自然村落已经成了存在大量违法建筑、集聚大量外来人口居住、生活状况极其恶劣的“城中村”了。

至于集体建设用地，顾名思义，即属于集体经济组织的建设用地。20 世纪 80 年代农村耕地确权到户了，宅基地上的房子也翻建了，但集体建设用地，包括附着在它上面的各类集体资产，仅仅从人民公社、大队、小队过渡至乡（镇）、村、村民小组三级所有，产权关系并未得到进一步明晰，但它却深藏着农民近 3 万亿元[1]的财富秘密。盛亚飞说：

集体建设用地最初由集体打谷场、卫生室、畜牧养殖场等所占集体耕地组成；人民公社时期发展社队企业，农村耕地中出现了少量工厂占地；上世纪 80 年代乡镇企业大发展，工厂用地的规模有较明显的扩大，此即所谓“村村冒烟、队队办厂”；但 90 年代以来，随着工业品供需关系的变化，随着国家土地管理的加强，随着环保意识的提高，工业向园区集中成为一种趋势，农村工业占地的情形得到了遏制。

与不断增加的宅基地相比，农村经营性集体建设用地总体数量相对较少、增幅有限，留存的集体建设用地，除了乡村道路等公共设施占用了一部分，还有就是集体工厂、集体物业所占用的集体土地。虽然总量

[1] 截至 2016 年，它已达 2.86 万亿元之巨。时任农业部（现农业农村部）部长韩长赋 2017 年接受《人民日报》记者采访时透露，详见第六章“进城，被遗忘的亿万财富”。

较少、增幅有限，但在集体建设用地上盖起来的各种经营性资产，却是城镇化过程中增值最大的一部分财富。

梳理农村“三块地”的来龙去脉，它不是一个正常现象原因在于：

1. 因规模小而导致的“农民不种田”，长期来看，将导致粮食生产能力持续弱化，国际贸易战阴影之下，粮食安全势必受到挑战；

2. 农民进城却买不起城市商品房，他们在农村宅基地上的房子却越盖越高，农村的房子不仅不能买卖，常年不住之余，低成本翻建的住宅质量堪忧，村庄和城市一样越摊越大，耕地也变得越来越少；

3. 农民固然是进城了，但他们缺乏足够的保障，可他们留在乡村，集体建设用地上的集体资产却在不断增值，只是因为产权模糊，多数进城农民并没有享受到太多的好处，甚至忘记了还有这部分财富。

题外话：建国以来耕地数量的变化

展开下一章前，有必要对建国以来耕地数量变化进行一次较为系统的梳理，它不仅与中国城镇化进程紧密相关，对它的理解，也有助于接下来的讨论。

相比于 1957 年底，全国耕地总量达到历史最高水平的 23.34 亿亩[1]，截至 2015 年末，中国耕地只剩下 20.25 亿亩[2]，58 年来足足减少

---

[1] 傅超、郑娟尔、吴次芳，《建国以来我国耕地数量变化的历史考察和启示》，《国土资源科技管理》，双月刊，2007 年第 6 期。

[2] 中华人民共和国自然资源部，《2016 中国国土资源公报》，2017 年 4 月 28 日。

了 3.09 亿亩，它的变化也并非线性递减的，而是有多次波折。

1949—1957 年，由于战后恢复和垦荒，耕地“净增”至 1957 年的历史最高，随后的 1963—1974 年，因乡村工业等活动，转入“初步递减”阶段；再历经 1975—1981 年的“递减初步治理”，1982—1986 年，由于乡镇企业崛起与宅基地修建，它又进入“占地高峰”阶段。此后，国家开始采取措施控制耕地面积的减少，但没过几年，实行城乡土地双轨制[1]，城镇化大幅迈步，耕地面积继续下降[2]。

2000 年前后，沿海工业化的开启，中国迎来了新一轮的快速城镇化。梳理 2001 年以来耕地变化历年数据[3]（图 2–1），它的最低值出现在 2008 年，与更早年份，每年都会减少上百万亩耕地不同，2008 年仅比 2007 年净减少了 29 万亩耕地。截至当年底，中国的耕地减少至 18.26 亿亩，人均耕地面积则从 1957 年的 3.6 亩下降至 1.3 亩[4]。

2008 年也是美国次贷危机引发全球国际金融动荡风头正盛之年，中国农村常住人口占总人口的比例，则从 1978 年的 82.1% 下降至 2008 年的 53.01%[5]。

再从 2008 年到 2011 年，中国耕地面积逐年小幅增长至 18.67 亿亩，但到 2012 年却猛增至 20.27 亿亩。这一缓解了“18 亿亩耕地红线”压力

---

[1] 即国有土地供应的两种方式：一是政府无偿划拨国有土地给使用单位；二是通过市场化手段有偿出让国有土地，它主要又通过招标、拍卖、挂牌三种方式出让土地。

[2] 傅超、郑娟尔、吴次芳，《建国以来我国耕地数量变化的历史考察和启示》，《国土资源科技管理》，双月刊，2007 年第 6 期。

[3] 中华人民共和国自然资源部历年国土资源公报。

[4] 根据中华人民共和国国家统计局人口等数据测算。

[5] 根据中华人民共和国国家统计局历年城镇化率数据推算。

的数据变化，并非自然演化的结果，而是因为——第二次全国土地调查[1]发现，过去的统计少算了上亿亩的耕地。

图 2-1　2000 年后中国耕地数量的变化

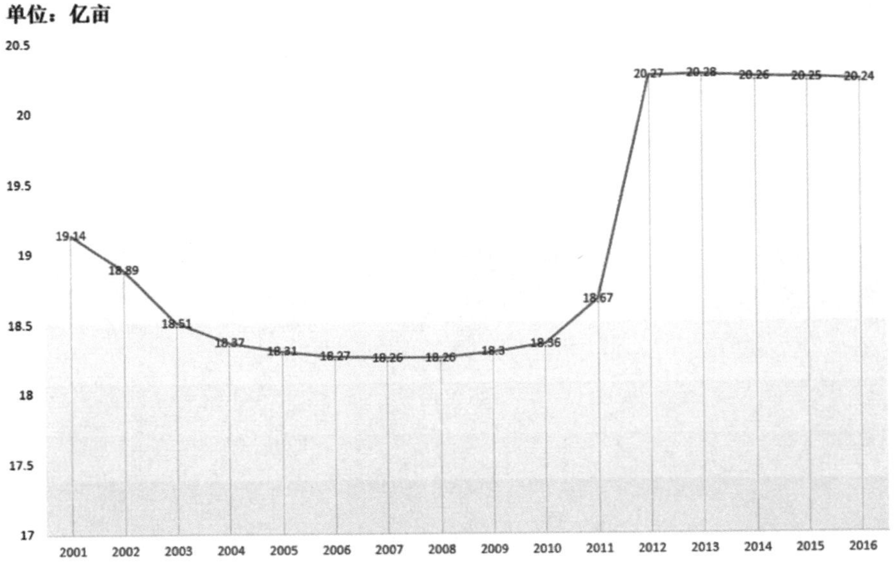

数据来源：中华人民共和国自然资源部2001—2017年国土资源公报

2012 年至 2015 年，全国耕地面积仅仅减少了 0.02 亿亩[2]。它可以解释为——城镇化扩张步调减缓，征地压力随之变小。

但这并未阻挡更多农村人口的进城步伐，中国农村常住人口占总人口的比例，2017 年进一步下降至 41.48%[3]，乡村人口不断向城市集聚，“用更少的人种更多的地”成为可能。

[1] 2007 年 7 月 1 日起，开展第二次全国土地调查，并以 2009 年 12 月 31 日为标准时点汇总二次调查数据。《关于第二次全国土地调查主要数据成果的公报》，中华人民共和国自然资源部地籍管理司，2013 年 12 月 30 日。

[2] 中国人民共和国自然资源部年度国土资源公报数据。

[3] 根据中华人民共和国国家统计局历年城镇化率数据推算。

密切注意乡村耕地的变化，最重要的一个理由——它最终将会影响到更多城里人的钱袋子，2007 年食品价格飞涨时，很多人对此应当有着直观的感受，只是它和耕地之间的关系不易察觉，并未有太多人注意到罢了。

第三章

大国种田角力

钱袋子魔咒

2008年国际金融危机前一年，最引人注目的公众话题，不是美国房地产业的次贷危机，它的杀伤力，还要再过一阵子才会被广为知晓。当年更多人关注的是自己的钱袋子，因为物价上涨得有点厉害。

当年12月，国内一家财经媒体的封面文章报道[1]说：

今年8月至10月，全国居民消费价格（CPI）同比增长率分别为6.5%、6.2%、6.5%，8月和10月更是连创11年来的新纪录。

2007年，食品价格引领的物价上涨，已然让很多人感受到了生活成本的骤然上升，普通三口之家每月多增的开支，一般超过其总收入的10%。事实上，央行城镇储蓄调查显示，物价上涨已经引发居民消费意愿下降。

10月CPI数据发布后，国家统计局总经济师姚景源在公开场合表示，CPI指标的八类商品中“五涨三落”，食品价格上涨占比达88%，因此不能说出现了全面物价上涨，即通货膨胀。

通过食品对钱袋子的影响，农业和现代城市产生了关联。

发生这种关联之前，人类社会则困扰于另一个命题——18世纪末问世的“马尔萨斯人口论”。

当时普遍的乡村和自耕农组成的农业社会，有足够理由让英国牧师

[1]《通胀考验》，《财经》杂志，2007年第25期，总第200期，2007年12月10日。

托马斯·罗伯特·马尔萨斯（Thomas Robert Malthus）[1] 对未来感到悲观。在他看来，相对于人口几何级的增长，作为食物的来源，土地的产出只是算数级的，如果不控制人口的繁衍，最终只会是饥荒、战争和疾病。

它最为直观的表现，就是亚欧大陆数千年来的农业社会王朝更迭——一个朝代发展一段时间后，人口增多、土地产出有限，穷困到来，再遇上干旱等极端天气和瘟疫的流行，结果就是改朝换代的动乱。

动乱过后，人口大量减少，新的王朝只须稍加休养生息、轻徭薄赋，社会便能再次稳定发展，人口再次增加，新一轮循环再次启动。

再后来，马尔萨斯只对了一半，因为人类社会开始向工业社会转型了。

话说农业社会人地比例失衡，越来越多的农业人口转而从事手工业生产，从而促进了早期的集镇和手工作坊的发展。公元 14—16 世纪，从欧洲的意大利和威尼斯，再到东方的中国明朝，在规模并不算大的城市小手工业作坊里，陆续出现了商品经济萌芽。

紧接着，18 世纪的工业革命来临。殖民扩张与海外贸易让英国商品有了更强烈的需求，在英国的手工作坊里，以珍妮纺纱机发明为开端，替代手工劳动，更为高效的机器率先被发明了出来，在欧洲，小手工作坊生产率先被升级为机器大工业生产。

工业革命让劳动分工得以细化，就业岗位增多，并吸引了更多农村而来的自耕农，自耕农变为产业工人，城市规模变得越来越大。它也是规避“马尔萨斯人口论”的唯一出路——只有农业解决了全社会人口的

---

[1] 托马斯·罗伯特·马尔萨斯（Thomas Robert Malthus，1766 年 2 月 13 日— 1834 年 12 月 23 日），英国教士、人口学家、经济学家。在其 1798 年所著《人口论》中指出：人口按几何级数增长而生活资源只能按算术级数增长，所以不可避免地要导致饥馑、战争和疾病；呼吁采取果断措施，遏制人口出生率。1805 年他成为英国第一位经济学教授，执教于东印度公司学院。他的学生亲切地称呼他为“人口”马尔萨斯。

吃饭问题，其他产业才有可能发展，才能满足人类其他需求和愿望，才能实现居住宽敞、穿着光彩等生活富裕问题。

工业革命对农业有着进一步的影响。随着农地上的人口减少，农业开始具备提高劳动生产率的内生动力——更少的人用机器耕种更多的地。原本的自耕农人均产出增加，除了自我消费，还有更多结余，并变为商品销往城市，农业从自给自足的自然生产进入商品生产阶段。

人类获取食物方式因此改变——在城市里，摆脱自耕农身份的更多人口通过劳动获得收入，再从中掏出一部分购买食物。

乡村的耕地上，一粒种子开始萌芽，在叶绿素和光能的帮助下，通过光合作用，它将二氧化碳和水合成为富能有机物，随着时间推移，它不断成长、开花和结果，直至最终成熟。除了粮食作物小麦、水稻、玉米等植物蛋白产品，它还被用来喂养动物，生产肉、蛋、奶等动物蛋白产品，经过加工、储存和运输，它们变为各种形式的食品，并出现在城市里的货架上。

食品之所以敏感，在于它强烈的不可替代性。作为一种人类赖以生存的刚性需求，一旦价格高企，势必意味着，人们需要缩减食物之外的开支，以首先填饱肚子。它更有着富人和穷人的区别：

对于较贫穷国家的消费者来说，食品开销迅速增长对他们的伤害比对富裕国家居民更严重，因为贫困国家家庭收入中食品支出所占比重更大。

美国和其他富裕国家（的居民家庭消费支出）中食品支出在总消费支出中约占10%，阿富汗、尼日利亚和孟加拉国这些极端贫困的国家中，食品支出占（居民家庭）总消费支出的比例却大于60%。

假如五年间食品价格上涨30%，其他价格和收入水平不变，富裕国家居民的平均生活水平仅会因此降低 3%，而在贫穷国家中降幅则高达 21%（注：以前述 60% 比例推算，至少会超过 18%，作者文中 21% 也许指最高降幅），那些已接近最低生存极限的消费者的营养状况将遭受严重影响。

一国中较为贫穷者，在家庭支出中食物的比重更大，基础食品价格上涨对穷人的损害更大。这就是政府对粮食作物价格上涨如此敏感的主要原因——1977 年埃及政府提高面包价格后发生暴乱，墨西哥今年年初因玉米面包价格上涨数倍造成动荡[1]。

钱袋子魔咒随之产生。乡村人口大量进城，由粮食匮乏引发的连锁反应也拉长了，它已不再是饥荒、战争和疾病，而是有着更密集人口，城市社会的稳定。它的破解办法取决于——只有供给充足而稳定，市场需求得以满足，食品价格才会稳定。

此外，人类进城之后，虽说以谷物为代表的植物蛋白在食物消费总比例中下降了，但因生活质量改善，肉、蛋、奶等动物蛋白类需求却在增加——食物供给压力其实增加了。养鸡需要谷物饲料，喂牛也需要，并且消耗量更大，生产一个单位的动物蛋白，往往需要消耗数倍植物蛋白才能得到[2]。

---

[1] 加里·贝克尔，《食品价格上涨何解》，《财经》杂志，2007 年第 25 期，总第 200 期，2007 年 12 月 10 日。

[2] 料肉比，即用粮食加工成的饲料来养殖鸡、猪、牛等动物的转换比，猪的比率是 3.5—4 磅谷物换得 1 磅活重，牛则要达到 6—9 磅，D. 杜洛斯特，W. 贝利，《农业中发生了什么情况》，《美国的农业和农村》，R.D. 罗德菲尔德等编，第 20 页，中国农业出版社，1983 年 9 月。

农业三次革命

解决食物供给的最终方式，还是乡村农业变革——用拖拉机、收割机、打捆机替代畜力的农业机械革命，农业生产劳动强度大大降低，并带来了生产效率提升和个人产出的增加；接着，种子、化肥、农药等方面的生物化学革命，成倍提高了农作物的产量；再后来，经营方法和财务管理革命也发生了，农民变得更加专业化，并获得了和城市里企业家同等的社会地位。

目前可追溯的农业机械革命，最早发生于19世纪30年代的欧洲和北美。

因为农村人口进城，乡村劳动力匮乏，与曾经的手工业作坊所走道路类似，农业耕作也只有使用机器。较早期出现的打捆机，使当时美国小麦收割对劳动力的需求下降了80%[1]；稍晚一些的1851年，牵引着犁铧的蒸汽拖拉机在英国下地耕田，依靠牛、马提供动力的畜力时代逐渐成为历史。

在欧洲，农业机械提高了劳动生产率，更多农业人口也从土地上“解放”出来，加之与北美的粮食贸易兴起，满足更多城市人口的食物需求不再是个问题，更大规模的城市化发生了。19世纪末，英国城市人口的比例从世纪初的19%增至68%[2]。

机械革命并不足以大幅增加粮食单产，它还要再过约100年，第二

---

[1] D.盖尔·约翰逊著，林毅夫、赵耀辉编译，《中国农业调整：问题和前景》，《经济发展中的农业、农村、农民问题》，第103—104页，商务印书馆，2004年9月。

[2] D.盖尔·约翰逊著，林毅夫、赵耀辉编译，《中国农业调整：问题和前景》，《经济发展中的农业、农村、农民问题》，第103—104页，商务印书馆，2004年9月。

次农业变革——生物化学革命出现了：

在农业的现代机械革命出现约 100 年之后，发生了第二次革命——生物化学革命。

拖拉机等节约劳动力的设备，实际上并没有增加土地单产。除了英国和日本，其他各国在 1940 年以前，每公顷粮食产量也没有显著增长，北美没有，欧洲也没有，在发展中国家也没有。

生物革命的第一个成果是杂交玉米的研制成功，这是在 20 世纪 30 年代中期由美国完成的。在此之前，粮食产量对化肥的施用只有很小的反应。然后随着杂交玉米的开发和后来 50 年代杂交高粱、60 年代高产水稻和高产小麦的出现，化肥的运用对粮食产量产生了巨大作用。接下来，化学的发展还使得控制害虫和杂草的方法得到了改进。

在粮食产量徘徊了那么多个世纪以后，从 1940 年到 20 世纪末半个多世纪的时间里，粮食产量增长了 150%。在此期间，无论是发展中国家还是发达国家，粮食产量都有所增长，但这种增长首先是出现于发达国家[1]。

生物化学革命推动下的粮食产量成倍增长，才让近半个世纪以来，地球可承载人口数量大幅提升。回看中国上世纪 60 年代末之后开始讨论和推行的计划生育政策，它也与当时人口增长过快，粮食产量增长跟不上需求，数以亿计农业人口从事繁重体力劳动，粮食消耗量增加，全国粮食始终勉强维持有关。

在海外，粮食产量大幅增长同时，农业机械变得功能更全、马力更大，

[1] D. 盖尔 · 约翰逊著，林毅夫、赵耀辉编译，《中国农业调整：问题和前景》，《经济发展中的农业、农村、农民问题》，第 103—104 页，商务印书馆，2004 年 9 月。

比企业更具成本优势的家庭，依靠机器的耕地规模越来越大，生物化学革命带来的产量大幅增加，进一步提高了个人的单位产出，一个农业劳动力能够供养的人数越来越多。

以美国为例，相比 1920 年每个农业劳动力仅能供养 7 人，1950 年它变成了 40 人，1980 年提高到了 87 人，到 2000 年，它增加至 146 人[1]。

生产效率、规模和产量的提升，让农业劳动者收入明显提高，更为有效的经营和财务管理成为迫切需求，上世纪 50、60 年代，经营方法和财务管理革命在美国发生：

> 在 20 世纪 50 年代到 60 年代，美国农业发生了第三次革命，这就是经营管理和财务方法革命。由于这个革命，现在的农民作为生产信用贷款的用户，生产劳务的订约人，工人的雇主及系统的会计和记录的使用者，同其他企业家一样获得了他们的地位[2]。

农业三次革命不断向前进化。除了农业科技变得越来越重要，现代农业的生产经营形式，早已不是多种经营并存的“万国博览”——而是以家庭为单位，自己经营决策、自负盈亏的家庭农场。作为全世界现代农业唯一的主流经营模式，它本身即是市场竞争的结果。

农地单位面积产出有限，以亩均净收入 500 元计，1 万亩农田也就只有 500 万元净收入，家庭农场和公司农场相比，毫无疑问更具备成本优势和灵活性，它的简约和灵活，让它成为最好的组织形式；农产品要走

---

[1] 李典军，“美国农政道路研究”，《美国农业》，唐珂编，第 49 页，中国农业出版社，2015 年 12 月。

[2] D. 杜洛斯特，W. 贝利，《农业中发生了什么情况》，《美国的农业和农村》，R.D. 罗德菲尔德等编，第 20 页，中国农业出版社，1983 年 9 月。

向市场，就需要把家庭农场联合起来，各种“农协”应运而生。

历经上百年发展，以美国家庭农场为例，在数量、经营规模和产出上，都有较大的变化：

1860—1910 年美国家庭农场制度建立时，全美农场从 200 万个增至 600 万个，1934 年达到了顶峰的 678 万个，此后步入数量下降期，至 2007 年，更已变为约 220 万个，家庭和独占农场则占据了约 86.46% 的比例。

早在 1934 年，美国农场的平均经营规模就达到了约 935 亩，2007 年，这一数字变成了约 2537 亩。其中更有约 8 万个农场的经营规模超过了 12000 亩——在美国，8 万个家庭农场就耕种了超过 9.6 亿亩的土地，它约等于中国耕地面积的 1/2。

农场规模不断扩大，营业额也在不断增加。2002 年普查数据显示，当年美国农场平均出售农产品价值已达 94245 美元，以当年 1 美元兑换 8.2770 人民币汇率折算，约合人民币 78 万元。

其中，14.4 万个农场就生产了美国农产品价值的 75%，相比于当年 47% 的农场销售额超过了 100 万美元，到 2007 年，这一比率增至 59%。虽然大规模农场（销售额 25 万—50 万美元）和超大规模农场只占农场数量的 9%，但出产的农产品价值却达到了 63%[1]。

与之对应，美国农业就业人数占全国总就业人数的比例，也从 1860 年的 59.4% 降至 2010 年的 1.6%，这年全美约 1.4 亿的总就业人口中，只

[1] 根据美国农业部《农业统计 2012》等数据整理，《美国农业》，唐珂编，第 46—47 页，中国农业出版社，2015 年 12 月。

有 220.6 万人从事农业[1]。

220.6 万人的农业就业人口，却足以让美国农产品总产量稳居世界前列，其中玉米、大豆、奶类总产量，更连续几十年位居世界第一。2008 年，美国小麦、大豆和玉米产量占世界总产量比重分别达到了 9.96%、38.18% 和 39.02%[2]。

再将美国农业放至更广泛意义，被称之为农工联合企业（Agribusiness）的一整套农业产销体系内考察——虽说直接与土地打交道的就业人口大大减少，但高效率的农业产出，却催生出一条从农产品到食品、从田间延伸到城市，长且全面的农工商产业链，城市里产生了更多与农业相关的就业机会。

它在美国也被称为"从田间到餐桌"一体化。

在 1991 年，在包括农业投入物的供应、农产品的收购和加工、批发、零售等整个美国农业产销体系里，它的就业人数即占据了美国劳动力 17% 的比例，基于现代农业产业链延伸所产生的城市就业机会可见一斑；美国消费者 4860 亿美元的食品花费中，属于农民创造出来的价值只有 1010 亿美元，其约 79.2% 的价值皆自农业产业链充分延伸的工业和商业而来[3]。

美国国内农产品不仅供应充足且物美价廉。美国成为大豆、玉米、大麦等农产品出口大国并非偶然——劳动生产率越高，农产品价格就越能维持相对稳定，并且更有竞争力。

---

[1] 据《美国历史统计》、《美国统计摘要》、联合国粮农组织数据库等数据，《美国农业》，唐珂编，第 29 页，中国农业出版社，2015 年 12 月。

[2] 据 FAS，Office of Global Analysis，《美国农业》，唐珂编，第 49 页，中国农业出版社，2015 年 12 月。

[3] 如上美国农业产销体系数据及资料据上海市农委资料《美国农业概况》。

竞争力则是进入国际市场最重要的通行证，农产品质量好、价格便宜，在国际市场更受欢迎，更不必因国内消费市场有限而休耕，进而保证了农民收入稳定。而随着效率提升、农民数量减少，补贴农民也变得更为轻松。

作为一种巧妙、管用的实惠经济学，于城市物价而言，观测 1950—2010 年美国农产品生产价格指数，更呈低位窄幅波动，它与通货膨胀之间几乎不具备对应关系[1]，由此也可看出，较高的农业劳动生产率，其实扮演的是整体物价稳定之锚的角色。

农业劳动生产率提高也是国民财富增长的必要条件，早在 16 世纪，亚当·斯密（Adam Smith）[2] 写就《国富论》时，即已意识到了此点：

斯密特别认识到了农业进步对国民财富或经济增长的影响。他指出，当 99% 的劳动力被用来生产粮食时，就不会有多少剩余可以用于其他形式的消费："但是随着土地的开垦和改良，当一个家庭的劳动力可以为两个家庭提供食物时，社会中只用一半的劳动力就可以为整个社会提供粮食。这样，另一半劳动力中至少一大部分就可以生产其他东西，或是满足人类其他的需求和愿望"（Smith，1937，p.63）。

在这段话中，斯密指出了农业生产率的提高和国民财富之前紧密的关系。他认为，农业生产率和国民经济一般的或者总体的生产率之间，并不仅仅是存在相关关系，而且生产率的提高是国民财富增长的必要

---

[1] 宋国青，《农产品价格与通货膨胀》，《CCER 中国经济观察》，2008 年夏季第 14 期，第 35—39 页，北京大学中国经济研究中心，2008 年 7 月 26 日。

[2] 亚当·斯密（Adam Smith，1723 年 6 月 5 日—1790 年 7 月 17 日），经济学的主要创立者，出生于苏格兰法夫郡（County Fife）的寇克卡迪（Kirkcaldy），著有《道德情操论》和《国民财富性质和原因的研究》（《国富论》）。

条件[1]。

中国的农业劳动生产率低，必然导致农产品价格高，农产品价格高，就没有市场竞争力，就进不了国际市场。同时，国内的农产品市场也容易受到国际低价农产品进口的冲击，它不仅影响着农民收入稳定，即便通过托市收储、发放补贴等措施来抵消这种影响，由于农民数量众多，政府财政负担仍难免沉重。

解构 18 亿亩耕地

事实上，在劳动生产率差异而引发的国家竞争中，为保护本国农民利益，类似于托市收储的价格支持，再加上发放补贴的农民收入支持，由于其直接且短期效果明显，往往更易被采用，过去数十年中国也莫不如此，但在讨论它的长期效用之前，先来考察一下中国耕地的结构性状况。

2007 年食品价格飞涨之际，当时还看不出来，中国耕地面积总数已接近 18.26 亿亩[2]的历史新低。当年，人口不足 4 亿人的美国耕地面积约为 24.77 亿亩[3]，人均耕地面积超过 6 亩，近 14 亿人的中国[4]人均耕地面积却只有约 1.3 亩[5]，甚至不足世界人均耕地面积的一半。

---

[1] D. 盖尔 · 约翰逊著，林毅夫、赵耀辉编译，《农业与国民财富》，《经济发展中的农业、农村、农民问题》，第 393—394 页，商务印书馆，2004 年 9 月。

[2] 中华人民共和国自然资源部年度统计数据。

[3] 美国农业部经济研究局报告 major uses of land in U.S.2007，《美国农业》，唐珂编，第 13 页，中国农业出版社，2015 年 12 月。

[4] 13.9 亿人，截至 2017 年。

[5] 根据中华人民共和国国家统计局人口等数据测算。

2007 年，美国 8 万个农场耕种了超过了 9.6 亿亩的土地。换言之，中国耕地少于美国，美国只有 220 万农民在种地，理论上，中国的 18 亿亩耕地，也只需要不到 16 万个农场、200 多万农民就可以种完，但这仅仅是假设。

现实中，由于中国农业人口转移尚未完成，它决定了中美两国在农业劳动生产率上的巨大差异。即便是到了 2016 年，中国经营耕地规模在 10 亩以下的农户数量还有 2.29 亿户[1]。

更残酷的是劳均耕地差距。2010 年，美国农业就业人数的比例降至 1.6%，这年只有 220.6 万人从事农业，它的劳均耕地高达 1126 亩，对应的中国数据——2009 年，中国第一产业就业人数高达 2.97 亿人[2]。以中国当年约 18.30 亿亩[3]的耕地总数估算，劳均耕地只有约 6.16 亩，仅相当于美国 1/182 的规模。

由于隐性失业的存在，中国农村的真实就业状况仍有待推敲——留在农村的人口中，以留守儿童和老年农民居多，青壮年农村劳动力，主要通过在城市打工获得收入，农业难言是一个已经现代化、可以纳入就业统计的生产部门，这为更加精确的统计带来了难度。

劳动生产率低，人口数倍于美国，可耕地面积又少于美国——巨大差距背后，中国耕地更具挑战的一面，是它的实际结构，以稳产、高产粮田为标准的优质耕地数量，远在“18 亿亩耕地红线”之下。

2017 年的一次访谈中，就中国现存耕地结构，陈锡文说：

---

[1] 张桃林，《农业供给侧结构性改革要遵循“稳”的大逻辑，稳住农业“基本盘”》，《人民日报》，2016 年 12 月 25 日，作者时任中华人民共和国农业部（现农业农村部）副部长。

[2] 国务院发展研究中心农村经济研究部课题组著，《中国特色农业现代化道路研究》，第 64 页，中国发展出版社，2012 年 10 月。

[3] 中华人民共和国自然资源部 2009 年统计数据。

我跟反对“18亿亩红线”的人有过讨论，我发现他们的经济学理论功底非常深厚，但对农业基本不懂。我们讨论的结果是，我目瞪口呆，他们也目瞪口呆。

比如，他们认为这个“18亿亩”是拍脑袋拍出来的。我说凭什么这么讲，他们就给我算账，说1亩地如果产粮800斤，18亿亩地产的粮食，全国人民根本吃不了这么多。

我说，你们到底了不了解农业？必须知道，有的地方是一年两季，有的是一年三季，所以每年农作物的播种面积其实是24亿亩。而24亿亩里，每年种粮食的面积是16亿到17亿亩，最多的时候到过18多亿亩，现在是17亿亩以下。还有七八亿亩地干什么的？要吃菜，要吃油，还要吃水果啊（注：还需要种棉花、药材等）。他们根本不懂播种面积这个概念。

我觉得，这件事无须再讨论。很多人不清楚，现在的18亿亩耕地是一个什么状况。这里面，水田有4.9亿亩，水浇地有4.3亿亩，加起来9.2亿多亩。剩下的那一半大多是山地和丘陵，就是“望天地”，有雨就收，没雨拉倒。在这些土地上生活的农民，他们能养活自己，就是对国家的贡献。

现在的关键是，那9.2亿亩水田和水浇地生产了全国70%的粮食和90%的经济作物，决不能再减少。但也正是这些地，最容易被房地产和工业开发占用，因为都是平整的好地。那些山地和丘陵，因为开发成本高，反而很少有人去占用。

从这个角度讲，形势很严峻。我们的水资源越来越少，水田占了是补不上的，因为没有水源[1]。

[1] 高渊，《陈锡文十六章：我与中国农村50年》，《解放日报 · 上观新闻》，2017年4月5日。

比之中国，美国的资源禀赋优越得多，发展农业得天独厚——其本土为北温带和亚热带气候，佛罗里达南端属热带气候，全国大部分地区雨量充沛而且分布比较均匀，平均年降雨量为 760 毫米，土地、草原和森林资源拥有量均居世界前列。

相比中国 9.2 亿亩水田和水浇地，占总国土面积仅约 6.4% 的比例，美国耕地面积约占其总国土面积的 20%，而土质肥沃、海拔 500 米以下的平原更占其总国土面积的 55%[1]。

此情此景之下，再来看看国内粮食的供需状况——2003 年至 2015 年，国内粮食连续 12 年增产，总产量从 4.3 亿吨（8614 亿斤）增至 6.2 亿吨（12429 亿斤），尽管 12 年来，国内粮食增产了 1.9 亿吨（3815 亿斤），但国人的粮食总需求也在增加——2015 年缺口已近 2000 万吨[2]。

贸易交锋

国内粮食需求不断增加，未来的供给缺口却也在继续扩大。国务院发展研究中心曾预测称，至 2020 年，这一缺口将至 4000 万吨—5000 万吨[3]。它离不开粮食进口作为补充，事实也的确如此，参考 2014 年以来粮食进口数据，中国粮食进口总体呈上升趋势。

---

[1] 上述美国数据和情况据上海市农委资料《美国农业概况》。

[2] 2016 年 3 月 6 日，陈锡文、厉以宁等 5 位全国政协委员就“十三五”经济发展问题回答记者提问，陈锡文透露的数据。

[3] 以 14.3 亿人口为、人均消费 409—414 公斤为标所做预测，即 2020 年这一缺口将在 4000 万—5000 万吨，详见国务院发展研究中心农村经济研究部课题组著，《中国农产品供求的核心——粮食安全问题》，《中国特色农业现代化道路研究》，第 135 页，中国发展出版社，2012 年 10 月。另以实际情况来看，这一预测仍偏保守，除了人口总数不止这个数字，另外粮食普遍浪费因素也须考虑。

图 3-1：2014—2017 年中国谷物及谷物粉总进口量变化

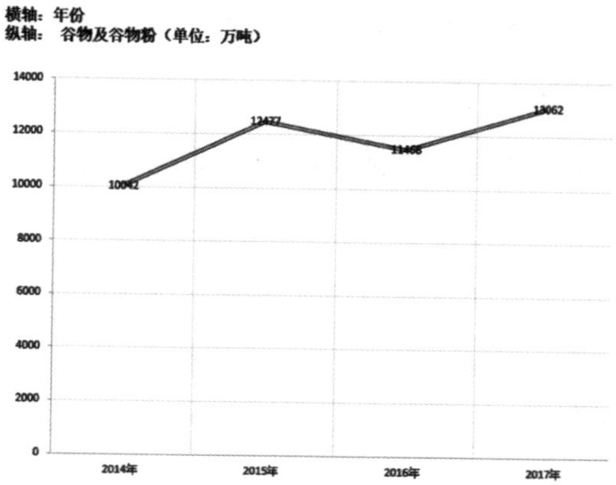

数据来源：中华人民共和国海关总署2014—2017年进口主要商品量值表（人民币值）

2014 年，中国谷物及谷物粉进口总量达 1 亿吨，三年后的 2017 年，这一进口量攀升至 1.3 亿吨；2015 年，国内粮食缺口只有近 2000 万吨，当年进口总量却超 1.2 亿吨[1]（图 3–1），同时它还有对饲料用粮（大豆）更猛烈需求的结构性失衡问题（图 3–2）。

图 3–2：2014—2017 年中国谷物及谷物粉细分进口量变化

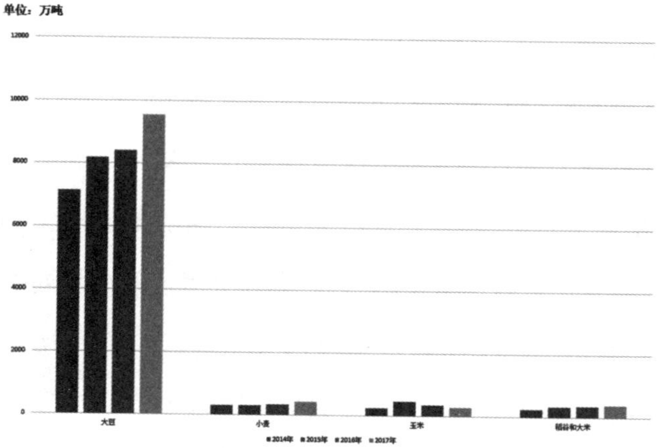

数据来源：中华人民共和国海关总署2014—2017年进口主要商品量值表（人民币值）

[1] 据《2014—2017 年进口主要商品量值表（人民币值）》，中华人民共和国海关总署。

矛盾来了，2015 年粮食进口量超出了正常缺口 1 亿吨——市场力量发挥了作用，由于海外粮食劳动生产率高于国内，进口粮价低于国内，结果，国内就有了 1 亿吨“卖不出去”的粮食，为了保持相当的粮食自给率，维护种粮农民利益，这部分粮食又以托市收储的方式，积压在国内的粮库里。

效率竞争的市场力量与维持粮食自给率的保护政策交锋发生了。面对海外源源不断价格更低的粮食，除了不得不使用价格支持——高价收储国内生产的粮食，它还需要适量补贴的收入支持，此外，它还包括容易引发国际贸易争端的粮食进口配额关税壁垒。

在农民数量仍占据着国民人口多数，城市里尚无更多就业机会吸纳农村剩余劳动力时，它的确会发挥一定的作用，但随着更多农业人口的转移，以及城市化不断推进，城乡居民收入提高，它的效用又在不断下降。

其中表现最为明显的，便是粮食的托市收储——它不仅需要耗费大量财政资金，粮食收储和库存成本也不容小觑，由于国际粮价倒挂，政府收储粮食若要在市场中脱手，则意味着更大的损失：

近几年，政府在粮食购销中的损失急剧增加。1995 年 4 月到 1996 年 3 月，政府花费的成本是 197 亿元人民币；1996 年 4 月到 1997 年 3 月，已经达到 400 亿元人民币，到了 1997—1998 年度则超过了 1000 亿元人民币。1997—1998 年的损失超过了城镇消费者 1997 年购买粮食的全部支出。根据城镇家计调查数据，城镇消费者的人均粮食支出是 238 元人民币，城镇人口为 3.7 亿人，因此，1000 亿元人民币的总支出相当于城镇人口人均成本270元，高于1997年城镇人均粮食支出[1]。

在中国，粮食储备系统的运作是国家机密。具体操作如此巨大储备的决策过程也是很不透明的。1993年初，中央政府控制的粮食储备就超过了1.2亿吨，省、地市政府和农民手中还持有超过了3.5亿吨的粮食。假定粮食价格是每吨750元,那么储备每吨粮食的平均成本至少要100元。这个估计所考虑的因素包括：5%的真实利率水平，粮食储备设施合理的运营成本，粮食储备设施投资应得的合理回报率，在储备中粮食数量和价值损失。

所以，政府每年保有1.2亿吨粮食付出的代价是120亿元。这是一笔巨大的开销，比政府1991年度对农业基本设施投资还多1/2。如果利用国际贸易结清国内多余的粮食供给，那么几乎所有这些成本都可以消除。政府只须持有1000万到2000万吨的粮食储备，即可保证充分的粮食安全[2]。

于稳定城市物价和提高农民种粮积极性而言，托市收储的负面效应也日益凸显。北京大学国家发展研究院教授宋国青[3]对2007年国内食品价格大幅上涨有过一个分析：

---

[1] D. 盖尔·约翰逊著，林毅夫、赵耀辉编译，《中国的粮食贸易：若干政策的思考》，《经济发展中的农业、农村、农民问题》，第97—98页，商务印书馆，2004年9月。

[2] D. 盖尔·约翰逊著，林毅夫、赵耀辉编译，《中国是否存在粮食问题》，《经济发展中的农业、农村、农民问题》，第34—35页，，商务印书馆，2004年9月。

[3] 北京大学国家发展研究院教授，兼任高盛高华证券特别顾问。2012年3月担任中国人民银行货币政策委员会委员，兼任中国证券市场研究设计中心（联办）研发部总经济师，中国经济50人论坛专家之一，因长期研究通货膨胀和多次准确预测中国宏观经济走势，被誉为“宏观经济预测第一人”。

过去二十多年，中国经济运行的一个现象是：通货膨胀率高时，食品价格增长率更高，农产品价格比食品价格增长更快；通货膨胀低时，食品价格增长率更低，农产品价格比食品价格增长更慢。

引起农产品相对价格变动的直接因素是农产品相对供求关系发生变化。其中需求相对稳定，农产品价格波动主要由农产品供给波动引起。

国内农产品供给由国内生产、净进口和库存减少三部分构成。其中农产品净进口量很小，波动也不大，可以忽略[1]。存货变动受利率和预期通货膨胀率即预期真实利率影响，波动相当大。

事实上，在过去几年，农产品产量的增值率高于消费的增值率，尤其粮食产量连年增加，而农产品相对价格也持续上升。

这里的原因是，2003年粮食产量很（较）低时，存货量非常大，也正是存货很多引起了减产。由此产生的供求缺口由挖库存来弥补。在连续几年挖库存以后，库存消费比例大幅度降低，由此引起了价格的上升。

就2007年的情况来说，尽管当年的一产（农业）增加值较快增长，但是相对于GDP变化而言，还是要慢得多。当然，这个比例的长期趋势本身就是下降，这里说的比例下降，是比长期趋势下降更快的部分。

关键的情况是，农业相对产量的更快下降不是由生产效率的变化引起的，而是由农村就业者数量的更快下降引起的[2]。

---

[1] 根据中华人民共和国农业部（现农业农村部）的计算，2007年农产品贸易逆差40.8亿美元，仅占GDP的千分之一。因此农产品贸易对国内价格的影响极为有限。其次，2007年农产品贸易逆差比2006年增长五倍，其他条件一定时，净进口增加应当导致国内价格下降。因此至少2007年农产品贸易对农产品价格上升应当起抑制作用，而不是推动作用。宋国青，《农产品价格与通货膨胀》，《CCER中国经济观察》，2008年夏季（第14期），第35—39页，北京大学中国经济研究中心，2008年7月26日。

[2] 宋国青，《农产品价格与通货膨胀》，《CCER中国经济观察》，2008年夏季（第14期），第35—39页，北京大学中国经济研究中心，2008年7月26日。

所谓“存货很多引起了减产”，即指国家库存粮食量大，于是减少了托市收储的力度，农民继而选择少种粮食，也就是通过粮食播种面积的减少，最终导致粮食减产，农产品价格波动由此而起；站在农民角度来理解“农村就业者数量的更快下降”，通俗来讲，即农民外出打工数量增加。

每亩水稻一季的产出，按照此前按照国家收购价、亩产产量顶格估算，它最多不过 2250 元。再扣除地租、化肥、请人机械化播收等成本，最终亩纯收入只有两三百元，即便再加上 500 元 / 亩左右的各类补贴，每亩地净收入仍不足 1000 元——2016 年，国内经营耕地规模 10 亩以下的农民逾 2.29 亿户，它意味着，中国 2 亿多的农户，若仅依靠种地，年净收入还不足 1 万元。

与美国农民动辄上千亩耕地，普遍机械化作业不同，由于规模太小，中国农业生产的播收，更多依靠人、畜力来完成。

以我曾种植过的冬小麦为例，虽说每年 10 月中旬播种，但一个月前就要从犁地开始准备。不仅要没日没夜地照顾牲口，也要拜托老天不要接连下雨，用牛犁地的速度如此之慢，以至于一家人八九亩地反复犁完，一个月就过去了，这也几乎是我家的种地规模极限。

农村满负荷的劳动，不仅贯穿于秋天，一年四季都是如此。冬天清理牛棚，将粪便肥田，春天时则要考虑种植蔬菜，很快就到了夏初，麦子成熟了，全家动员手工割麦，等麦子晒干、麦秸堆成垛，新的秋天就又来了。

从生计考虑，农民进城固然有城市里回报更高就业岗位的吸引，但由于规模有限，即便是有托市收储和补贴，种地仍然不赚钱。如果种地不能实现体面的收入，加之城市更多就业机会的吸引，放弃劳动强度更大的种地，进城从事更轻松的职业在所难免。

话说回来，无论是托市收储，还是价格补贴，再者如美国那样的休耕，虽然形式不一样，但其本质却有着同样的目的，即保护种地农民的利益，进而保护和稳定在工业化进程中处于被动地位的农业生产能力。

从理论到现实

以托市收储与种地补贴为代表的价格和收入支持手段，因其成本巨大且效率有限，它也成为理论界的众矢之的，外加国内粮价远高于国际粮食市场，是否要保持一定程度粮食自给率的国家粮食安全问题，也就成了比“18 亿亩耕地红线”更具争议性的话题。

托市收储与补贴的低效无奈，并不意味着应当主动放弃在粮食自给率上的努力。将它放入全球效率竞争场域，作为一个策略问题讨论——保持粮食自给率与粮食进口并不是非黑即白的关系，而是一个孰轻孰重的动态题设：

> “谁来养活中国？”当然是中国人自己。这并不意味着中国在食物生产上将完全自给自足。没有一个国家能够如此，阿根廷不能，澳大利亚不能，美国也不能。如果资源的利用是有效率的，没有一个国家应该或能够完全自给自足[1]。

---

[1] D. 盖尔·约翰逊著，林毅夫、赵耀辉编译，《中国未来的食物供给：中国会让世界挨饿吗？》，《经济发展中的农业、农村、农民问题》，第 53 页，商务印书馆，2004 年 9 月。

在一个自由流动的世界粮食市场，依靠市场的力量，它有一个完美的运转链条——海外粮价便宜，进口更具比较优势，更利于平抑国内粮价，随着国内进口增加，国际粮价上升，直至国内外粮价实现均衡，这时候，中国落后的粮食劳动生产率将会开始提升。

从单纯的经济学理论演进考虑，我丝毫不怀疑它的最终结果——在一个更遥远未来将会实现新均衡，但作为一个不确定问题，它更需考量的是不那么完美、相对短期的现实因素。

以 2018 年的“芯片禁运”风波为例，倘若它发生在粮食贸易上，所谓“自由流动的世界粮食市场”的理论前提，便已不复存在。但从另一角度来看，关税壁垒的存在，又往往会成为贸易战的导火索，一旦贸易战开打，它又会对城市就业机会产生影响，进一步限制农业人口的继续转移。

待国内外粮价实现均衡之后再提高粮食劳动生产率，在现实中也极有可能遇到障碍，影响它的因素在于中国有限的优质耕地数量——随着更为充分的城市化，如果没有强有力的耕地保护措施，它不可避免地被钢筋水泥或土地投机所替代。皮之不存，毛将焉附？届时面对更多不易机械化耕作的山地和丘陵，再考虑提高粮食劳动生产率也就成了无本之木。

进口也不是无限的。2015 年 7 月的一次部分省市深化农村改革内部座谈会上，陈锡文透露说，全世界可正常出口的三大谷物在 2.5 亿吨，中国去年生产的是 5.7 亿吨，“全世界三大谷物都买回来也不够吃半年[1]”。

不同于工业品生产，制约粮食生产的还有它的生长周期，以北方冬

---

[1] 陈锡文在部分省市深化农村改革座谈会上的发言笔录，2015 年 7 月。

小麦为例，从头年秋季播种到次年夏季收获，周期远远超过 6 个月；种植粮食也不是播种就算大功告成，它离不开平时的施肥、除草等对地力的养护，倘若将建筑或树林推平复耕，在最初几年，由于没有地力，其产量也会大打折扣。

种粮更不是照本宣科、单纯的技术活，它需要与多变天气、水肥利用等经验打交道，多年之后，当年轻一代农民纷纷进城，富有种地经验的老年农民逝去，农业后继无人，来自于经验的缺乏和掣肘，也将影响着劳动生产率的提高。

以我在村中试验性种菜，却遭遇两次失败为例，一年因为疏于养护、杂草太多、缺乏足够光照而颗粒无收；另一年则是浇水过多，中途又添加了太多进口钾肥，直接导致施肥蔬菜全军覆没。

中国的粮食安全，经济学理论之外，在巨量人口需求面前，它更是一个输不起的社会稳定问题。

而就在不少国人以国际贸易为由对粮食安全不以为意时，美国前总统吉米·卡特（James Earl Carter）曾经的国家安全顾问兹比格涅夫·布热津斯基（Zbigniew Brzezinski）却就中国的能源和粮食说：

中国的能源消耗的增长速度早已大大超过了国内能源生产的增长。这种增幅的差别还会扩大，如果中国的经济增长继续保持很高速度的话，就更是如此。粮食的情况也是如此。即便中国人口的增幅下降，人口增加的绝对数字仍然很大。

在这种情况下，粮食进口对于国内民生和政治稳定变得更为重要。粮食依赖进口，将不仅因成本较高而给中国的经济资源造成紧张，而且也会使中国更容易受到外部压力的打击[1]。

效率竞争新作为

从理论到现实——在当今世界，保护农业仍是各国采用的普遍原则，比如近几十年来欧盟、日本与美国的较量。它还有一项极其重要的任务，就是大力发展现代农业，不断提高农业劳动生产率，进而提升本国的农业竞争力。

与现实相关的并非只有市场的力量，即便国内外粮价尚未实现价格均衡，也不能放弃自我效率提升，被动地等待均衡后再做打算。相反，在海外粮价低于国内，利于中国调整的“时间窗口”期，更应主动把握先机，与适度保护并重，积极寻求不断提高农业劳动生产率的新作为。

农业价格支持对于减轻农村人口今后几十年将要面临的调整负担几乎起不到任何作用。正像我在别处曾提出过的那样，今后的三十年中国的农业和农村人口将进行巨大的资源调整，劳动力投入将大幅度减少，资本投资将大幅增加。到 2030 年农业的劳动力投入降至经济中全部就业的 10% 以下是个十分合理的假设。如果这种情况没有发生，那么农村人口的收入将更加滞后于城镇居民。

把用于价格支持的资源投入于帮助农村人口完成这个巨大的资源调整，会使农村人口得到更多的利益。如果农民要充分分享经济增长的好处，这个调整必须进行。这一类的帮助应该以下列形式进行：

---

[1] 兹比格纽·布热津斯基著，中国国际问题研究所译，《大棋局》，第 213 页，上海人民出版社，1998 年 2 月。

提高农村的教育水平，使其在质量和普及率上达到城镇地区的水平；改善农村的基础设施；为农村非农企业提供易得的信贷；放松对从农村向城镇迁移的限制。

如果中国的城镇居民不希望来自农村的大规模迁移，就需要使农村地区有更好的生活和工作条件。更高的产出价格对于增加农村人口的收入来说，并没有显著的长期利益，特别是当农民没有土地所有权的时候。只有当劳动力进行调整并且农业劳动生产率接近城镇工人时，城乡之间巨大的收入差距才会显著缩小[1]。

换言之，中国粮食劳动生产率的提高，有赖于将价格支持上相对较为低效的财力、精力资源投入到乡村人口的进城转移，并对乡村基础设施追加更多的投资，再加之以围绕保护粮食经营者长期利益为核心，在土地产权制度上的更多探索创新。

作为收入支持政策的补贴，则不应以“撒胡椒面”的方式存在，而是更有针对性，补给那些能够提高劳动生产率，真正种地农民之手——它的难度在于，补贴往往会推动地租上涨，并最终落入土地所有者而非实际经营者的口袋，其应对的办法，将在第五章结合美国、日本地租异同详述。

也只有通过规模化经营，不断提高农业劳动生产率，才能从根子上保证国家粮食安全；只有劳动生产率的不断提高，给财政造成沉重负担的补贴，才可能进一步优化和减少。

以美国为例，1933 年以来，与其家庭农场数量不断减少，规模持续

[1] D. 盖尔·约翰逊著，林毅夫、赵耀辉编译，《中国的粮食贸易：若干政策的思考》，《经济发展中的农业、农村、农民问题》，第 99 页，商务印书馆，2004 年 9 月。

扩大、效率不断提升同时，美国财政维持了相当长时间对农民的补贴，而随着农业劳动生产率的不断提升，美国的补贴则走上了降低和优化之路：

1933 年《农业调整法》通过之后，美国政府即开始通过多种手段对农业进行干预，其中就包括收入支持政策。收入支持政策的实施，对保护中小农场主利益、稳定美国农业经济发展起到了重要作用。

到 20 世纪 90 年代，联邦政府干预农业的思想发生了变化；1990 年的农业法案，在原来的价格支持和休耕补贴的基础上，增加了农产品计划项目参加者组织生产的自由性，增加了生产者的利润和收入。

1996 年农业政策改革彻底摒弃了已实施 60 多年的农业补贴政策体系，旨在 7 年后取消政府为农场主提供的价格和收入补贴，把农场主完全推向市场，使政府彻底摆脱越来越沉重的农业补贴负担。

虽说美国 1996 年的缩减农业补贴改革，随后因利益集团反对而中断，但通过渐进式的改革，在 2014 年的《农业法案》中，原有的直接支付、反周期支付、平均作物收入选择计划等支持政策均被取消，取而代之的是农业收入风险保障计划。

比如农业风险补贴，对法定农作物种植收入较低农户给予一定的补贴——通过设定农业风险承诺，一旦农户实际种植收入低于农业风险承诺，便会获得农业风险补贴，从而防止农产品价格下跌对农户造成损失，为农业生产的平稳发展起到了积极作用[1]。

世界经济合作与发展组织（OECD）官网上有一组其成员国补贴率（补

[1] 唐珂编，《美国农业》，第 218—220 页，中国农业出版社，2015 年 12 月。

贴占农民种地总收入比率）的历史统计数据，相比美国和日本，中国的情况更耐人寻味：

1986 年，美国种地农民的收入中，有 23.5% 来自补贴，但到了 2016 年，它已经降至 8.71%；日本则由 1986 年的 65.07% 降至 48.05%；中国的统计则从 1993 年开始，我并没有看错——当年它还是负数，即 -10.22%，没有补贴的中国农民，还要从种地收入中倒贴一部分出来，还好，到了 2016 年，这一数据升至 14.51%（图 3-3）。

图 3-3：1986—2016 年中、美、日三国总补贴率变化趋势

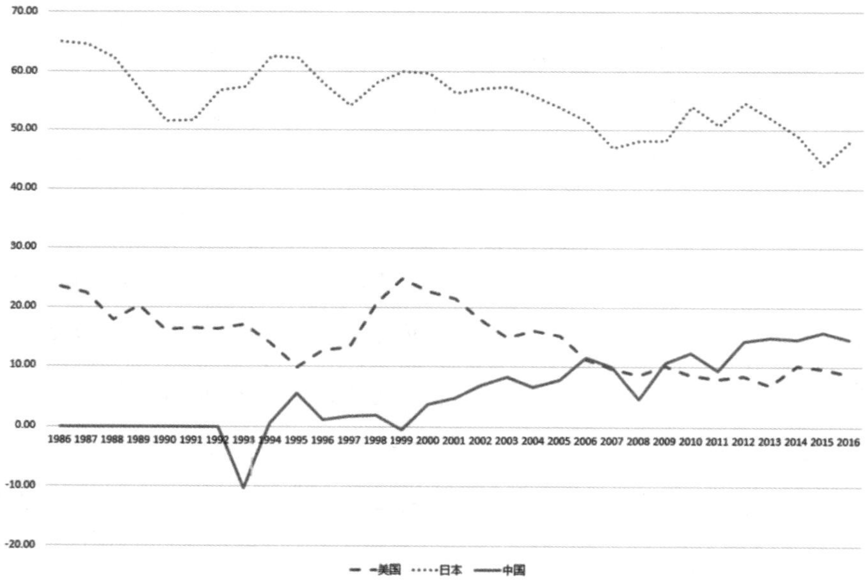

数据来源：世界经济合作与发展组织（OECD）官网，生产者与消费者辅助评估数据库

更有趣的是以种植农作物区分的单项补贴率：

以水稻和小麦粮食作物为例，1986 年美国农民种植水稻和小麦的收入中，分别有 66.49% 和 54.47% 来自补贴，至 2016 年，它们分别降至 2.47% 和 8.44%；1986 年日本农民种植水稻和小麦的收入中，竟分别有 83.7% 和 84.53% 的比率来自补贴，至 2016 年，这一比率也不低，分别

达 68.52% 和 46.57%。

1993 年在中国种植水稻，意味着会倒贴更多，它的补贴率为 –49.65%，种植小麦倒贴略少，补贴率为 –20.46%；随着国家对粮食生产的重视，至 2016 年，中国稻谷和小麦的补贴率分别达到 28.98% 和 43.83%，但它仍不及上世纪 80 年代，生产效率早已遥遥领先的美国水平 [1]（图 3–4、图 3–5）。

图 3–4：1986—2016 年中、美、日三国小麦补贴率变化趋势

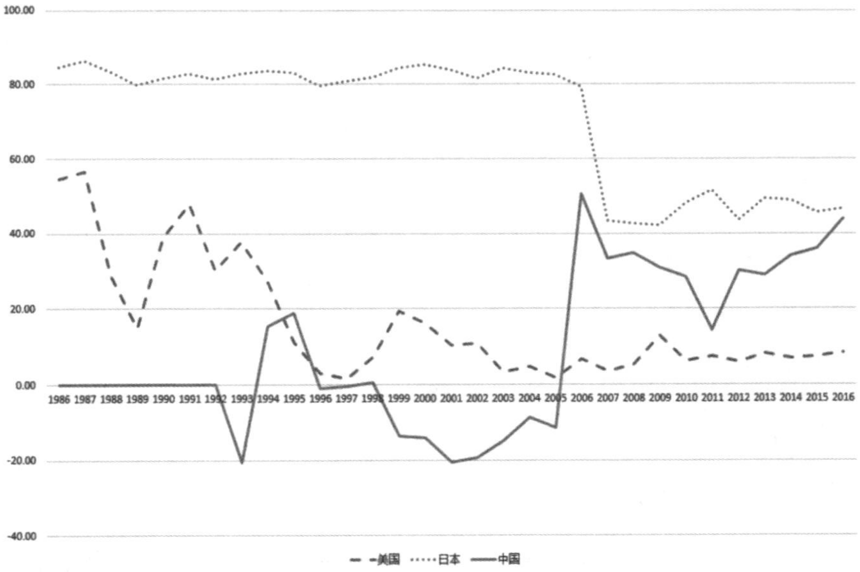

数据来源：世界经济合作与发展组织（OBCD）官网，生产者与消费者辅助评估数据库

[1] 以上补贴率数据皆来自世界经济合作与发展组织（OECD）官网，生产者与消费者辅助评估数据库 (Producer and Consumer Support Estimates)。

图 3-5：1986—2016 年中、美、日三国水稻补贴率变化趋势

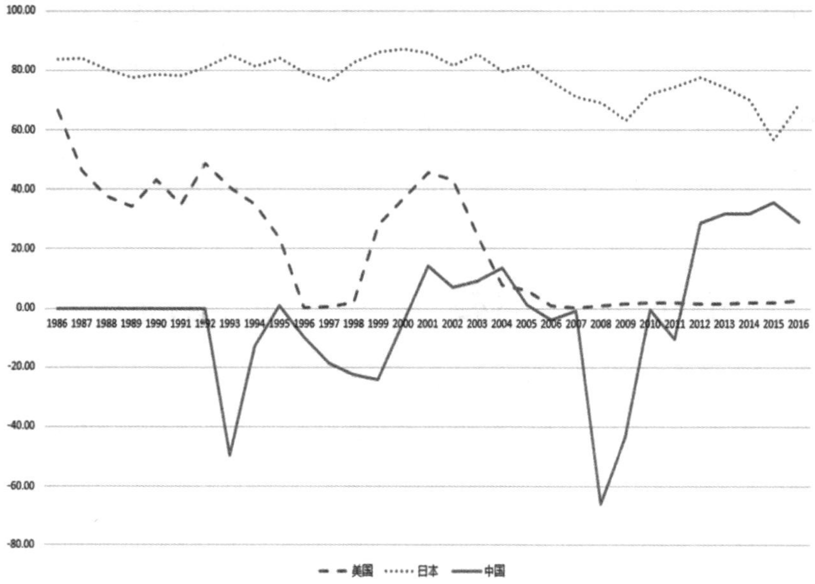

数据来源：世界经济合作与发展组织（OECD）官网，生产者与消费者辅助评估数据库

历史欠账

20 世纪 80 年代中国农村改革以来，乡村人口已在不断减少，但耕地却一直未走上规模化之路，更不必说效率的提升，它不单单是市场问题，而是一个尚有历史欠账的未完成改革。

张培刚晚年再论农业与工业化时说：

家庭联产承包责任制改革，在重新确立“家庭”作为农业生产经营基本单位的重要性方面取得了巨大的成功，这对提高农民的劳动积极性和促进改革后农业生产的发展，起了重大的作用。但是，由于这项改革

事前缺乏理论准备和配套政策，事中指导不够、操作粗糙，结果在取得了第一阶段农业生产和农民收入快速增长的重大成就之后，随着城市改革的进行，就逐步暴露出了其固有的弱点和问题：

其一是规模经营问题。家庭联产承包责任制的特点本应该是“统分结合的双层经营”，即集体经济组织作为发包者，将集体所有的土地等生产资料使用权分包到户，由农户有偿承包经营，而集体经济组织则为农户提供产前、产中、产后等各环节的协调和服务。

但是，由于实际执行过程中急于求成、自发演进，结果，从 1980 年 9 月传达中央文件至 1982 年底，全国农村就风起云涌，99% 的生产队、96.6% 的农户，以及 95.7% 的耕地，实行了“大包干”承包制。原来的高度集中变成了如今的高度分散，土地这一极为稀缺的农业生产要素变成了农民生活的保障手段。土地按人口平均分配到户，每户承包的土地平均不足 8 亩，且土地按远近优劣搭配，更使地块零碎，每块土地不足 1 亩，土地规模极其狭小。在这种超小规模和超高零碎的土地上实行家庭承包经营，根本谈不上规模经济。

不仅如此，中央文件中对集体经济的强调，在实际操作中被忽视了；在政社分开的过程中，只建“政”不建“社”的现象普遍产生，许多地方原有的集体经济组织及农业技术服务网点和其他服务体系溃散了，集体财产被分掉了，甚至把一些农田水利等基础设施也破坏了，致使许多乡村集体经济变成了“空壳”，连买一包茶叶都要靠摊派，部分社队基层组织涣散，无法行使管理、协调和服务的职能，更谈不上集体对农业的投资。

“统分结合的双层经营”变成了“一分了事”的小农分散经营，只有分，没有统，原有集体经济的规模优势丧失了（泼了洗澡水，也倒掉了小孩）。第一步改革就这样只完成了一半就停滞了，致使农业未能向专业化、社会化和农工商一体化经营转变，给以后的农业发展留下了严重的后遗症。

其二是土地制度问题。“大包干”的改革将土地按人平分到户后，由于对土地使用权问题未能进行长期的考虑，更缺乏关于土地使用继承权和有偿转让的规范政策，致使农民对土地的利用和经营缺乏长期的观念。随着乡镇企业的兴起和农村劳动力的大量转移，这一土地制度问题更为突出。

在一些非农产业发展迅速和农业劳动力转移较多的地区，曾一度出现了土地抛荒、农业兼营化严重、粗放耕作、“靠天收”等现象，使我国稀缺的土地资源得不到充分有效的利用；从事农业生产的农民也对土地开始采取掠夺式经营，不愿意对改良土地作长期投资，不注意培养和保持土地肥力，致使土地肥力下降，土壤板结，造成土地产出率提高的莫大困难。[1]

2016年12月的一天，我到中央财经领导小组办公室拜访时任中财办、中农办副主任的韩俊[2]，在向他提及这几年在农村观察到的“无人种田”“商人圈地套利”等情况后，他说，“你的观察是对的，要防止‘非粮化’和‘非农化’[3]。”

也就是在中国耕地数量接近历史新低的2007年，旨在提高粮食劳动生产率的松江家庭农场改革启动了。

---

[1] 张培刚，《农业与工业化（中下合卷）》，第212—213页，华中科技大学出版社，2009年9月。

[2] 韩俊，1963年12月出生，山东高青人，历任国务院发展研究中心农村经济研究部部长、国务院发展研究中心副主任、中央农村工作领导小组办公室主任，现任中央财经领导小组办公室副主任，农业农村部党组副书记、副部长。

[3] 郭涛涛，《专访韩俊：农业供给侧结构性改革将塑造我国农业发展新格局》，《环球财经》杂志，2017年1、2月合刊。

两千多年前的一场粮食战争

翻看历史典籍，作为一种战略物资的粮食，早在春秋战国时期，即已扮演了改写国家历史的角色。其中较为典型的一场粮食战争，见于约公元前 684 年，齐桓公姜小白[1]与“华夏第一相”管仲[2]的对话[3]。

齐桓公问管仲说，和我们相邻的鲁国和梁国，就好像田边的庄稼、蜜蜂的尾螯、牙外的嘴唇一样，现在我想征服它们，有什么切实可行的办法？[4]

管仲答道，这两个国家的老百姓，以生产丝织品绨为业，您就带头穿这种材质的衣服，并让左右近臣也穿，老百姓也会跟着效仿。您还要下令，我国不准织绨，而要从鲁、梁那儿进口。这样的话，它们国家的老百姓就会放弃种地，转而为我国生产丝织品绨了。[5]

齐桓公依计行之，管仲又对鲁、梁两国商人说，贩绨多者有重金[6]。

---

[1] 齐桓公，姜姓，吕氏，名小白，春秋五霸之首，先秦五霸之一，公元前 685 —前 643 年在位，春秋时齐国第十五位国君。

[2] 管仲（约公元前 723 年—公元前 645 年），姬姓，管氏，名夷吾，字仲，谥敬，春秋时期法家代表人物，颍上（今安徽颍上）人，中国春秋时期著名的经济学家、哲学家、政治家、军事家，被誉为“法家先驱”“圣人之师”“华夏文明的保护者”“华夏第一相”。其历史成就在于以齐相身份推行一系列注重农业和经济、反对空谈主义、开创职业技能教育等一系列富国强兵的改革措施，并成功辅佐齐桓公成为春秋五霸之首。

[3] 全文见《管子 · 轻重戊》。

[4] 桓公曰：“鲁梁之于齐也，千榖也，蜂螫也，齿之有唇也。今吾欲下鲁梁，何行而可？”《管子 · 轻重戊》。

[5] 管子对曰：“鲁梁之民俗为绨。公服绨，令左右服之，民从而眼之。公因令齐勿敢为，必仰于鲁梁，则是鲁梁释其农事而作绨矣。”《管子 · 轻重戊》。

[6] 管子告鲁梁之贾人曰：“子为我致绨千匹，赐子金三百斤；什至而金三千斤。”《管子 · 轻重戊》。

鲁、梁两国开始起变化——为了高价卖绨赚钱而疏忽了农耕，转而大力发展织绨的轻工业[1]。

13个月后，齐国的探子从鲁、梁两国带来的消息说，这两个国家贸易兴盛，街头行人摩肩接踵、尘土飞扬，甚至10步就看不清彼此。[2]齐桓公的机会来了——在管仲的建议下，他下令齐国改穿帛料衣物，封闭关卡，并断绝了与鲁、梁两国的经济往来[3]。

又过了10个月，鲁、梁两国陷于饥荒，国家没有足够税赋，转而停止织绨重拾农耕，[4]但一切为时已晚——粮食生产有周期，外加贸易禁运，鲁、梁两国粮价飞涨，两国十之有六的百姓纷纷投奔齐国[5]。

又三年，鲁梁之君请服。[6]

假如管仲生活在现代社会，我想，在大国种田角力的事情上，他应该还会考虑到机器的因素，因为人类耕田的方式已经发生了变化——拖拉机取代了耕田的牛，它不仅是策略竞争，还多出了机器效率比拼。2000多年前，国家各异，耕田动力来源却同是牛，而现在，拖拉机有了马力大小。

---

[1] 鲁梁之君闻之，则教其民为绨。《管子·轻重戊》。

[2] 十三月，而管子令人之鲁梁，鲁梁郭中之民道路扬尘，十步不相见，绁繑而踵相随，车毂齺，骑连伍而行。《管子·轻重戊》。

[3] 管子对曰："公宜服帛，率民去绨。闭关，毋与鲁梁通使。"《管子·轻重戊》。

[4] 后十月，管子令人之鲁梁，鲁梁之民饿馁相及，应声之正无以给上。鲁梁之君即令其民去绨修农。《管子·轻重戊》。

[5] 谷不可以三月而得，鲁梁之人籴十百，齐粜十钱。二十四月，鲁梁之民归齐者十分之六。《管子·轻重戊》。

[6] 三年，鲁梁之君请服。《管子·轻重戊》。

第四章

机器革命

鹅与牛蒡收割机

对于一个拥有 20 万亩耕地、相当于 1.8 万多个足球场面积大小的家庭农场，在农忙季节找不到工人怎么办？有人试过一种办法，买鹅——据说鹅不损害植物嫩株，专门吃田里的杂草，并且一周七天从早到晚都在工作。

这绝对不是个笑话，而是上世纪 60 年代美国阿肯色州[1]威尔逊家庭农场真实发生的故事。

因为找不到墨西哥人为农场除草，威尔逊一家就想到了鹅，并为此付出了 1.6 万美元的购买成本，但由于鹅不仅有令人记忆深刻、异常高分贝的噪音，它们还需要围栏，而工作效率也远没有想象中的那么高，这项大胆的实验最终以悲剧收场。

真正解救威尔逊一家的，还是农业机械。他们与化学公司合作，用飞机喷洒除草剂，并成为美国第一个试水飞机喷药的农场。

因为机械化，规模庞大的威尔逊农场雇工人数，由二战前的 3000 人降至上世纪 80 年代的 200 人（如今应该更少）。农场的大规模机械化耕作方法，不仅反映了阿肯色州农业取得的机械化成就，外部形态上，它也似乎已不是家庭农场，而更像是农工联合企业（Agribusiness）[2]。

与国内报纸上今天仍会出现用牛犁地的田园场景大相径庭，人力、畜力时代的农耕劳作，从来都不是诗意的，它往往代表着高强度的体力

---

[1] 美国南部的一个州，位于密西西比河中下游，农牧业发达，水稻、棉花和大豆产量分别居美国第一、第四和第九位，其肉禽产量在美国各州则排名第二。

[2] 以上阿肯色州案例内容皆出自 T · 汉伯格，《农业人口锐减推动了技术变革》，《美国的农业和农村》，R.D. 罗德菲尔德等编，第 20 页，中国农业出版社，1983 年 9 月。

投入，耕作规模的难以扩张和生活的拮据，机器的使用，则改变了这些不得已，农活劳动强度大幅下降，还可以成本更低、规模更大、收入更高。

农民对机器的喜好，几乎与生俱来，这对中国农民也不例外。不同农作物从播种到收获上的复杂性，则会让这种追求显得更为狂热。

比如被称为“东洋牛鞭菜”、在亚洲地区较多种植的草本植物牛蒡，它有着很多植物无法比拟、深入土层超过 1 米的粗大肉质直根，收获季节用人力简直是痛苦——一名熟练工，拔出一根牛蒡需要 1 分 40 秒[1]，上百亩的牛蒡田，如果想在 6 月底虫害[2]来临之前收获完毕，那就必须要雇用大量的人力，人力开支不是个小数目。

江苏徐州铜山区何桥镇金庄村农民单立明解决了这个问题，他利用现有机械改造出了一台带有履带的牛蒡收割机。

这台收割机在田里缓慢行驶时，它前面的装置会打掉牛蒡茂盛的枝叶，后面深入土中，竖立的条状钢铁构件则会推开、震松土壤，机器驶过之后，拔牛蒡变得轻而易举。当地牛蒡种植户说，机器效率是人工的 20 倍，以前半个月的工作量，现在只需 3 天，质量则比人工好得多[3]。

单立明的农机发明不止于此。早在 1995 年，他就发明了一台大蒜收割机，此后诸如挖韭菜根机、土豆收获机等相继问世，十几种农机销往全国之余，也让他座拥了一个多达 36 项国家发明专利的改造农机王国——年产值达到了 3000 万元左右[4]的徐州巧立威新型机械厂。

近些年，中国农民的发明还包括山区耕作的微型耕船、手扶式小型

---

[1] 《牛蒡出土记》，中央电视台 10 套《我爱发明》节目，2014 年 9 月 17 日。

[2] 蛴螬幼虫。

[3] 《牛蒡出土记》，中央电视台 10 套《我爱发明》节目，2014 年 9 月 17 日。

[4] 闫峰，《徐州农民发明家拥 36 项专利，曾拒外企巨资收购》，人民网江苏视窗，2016 年 8 月 30 日。

油电混合绿叶菜收割机、背负式红松果采摘机、荸荠采集机等等[1]，当然，还有更能引起关注的各种奇形怪状的飞机、潜艇和机器人。

这些根据当地需求、在现有机械上改造发明出来的农业设备，都能证明中国农民非常有创造性、天赋和动手能力，但和耕作数十万亩土地的威尔逊家庭农场的农业机械相比，它仍有不少的差距——中国农民发明的农业机械，以小众、小型园艺作物为特色，以粮食生产为代表的大型农机具并不多见。

它对应的是耕地规模上的巨大差距。

早在40年前，威尔逊农场一块耕地面积就超过了300亩，而拖拉机一次能耕作18行，当时的威尔逊三世还在寻找一种不用水沟就可以排水的方法，因为他在加利福利亚帝国谷地发现，竟然有一整块地面积达到了3800多亩，解决了排水问题，就意味着他的农场也可以实现[2]。2016年，中国还有2.29亿的农户经营耕地规模在10亩以下。

有限的耕地规模，种地收入有限之余，反过来影响着农民的投资行为。上世纪80年代以来，依靠就地城镇化和进城而获得更多收入的中国农民，并没有在提高劳动生产率的农机改造上投入更多。更多的人反而热衷于兴建造价较为低廉的农村房子。

农户在10年内共建了1亿间住房，这是因为住房被认为是比较安全的投资[3]。

---

[1] 根据中央电视台10套《我爱发明》历年节目梳理。

[2] T·汉伯格，《农业人口锐减推动了技术变革》，《美国的农业和农村》，R.D.罗德菲尔德等编，第20页，中国农业出版社，1983年9月。

[3] D.盖尔·约翰逊著，林毅夫、赵耀辉编译，《经济增长与农业：两者如何相互促进》，《经济发展中的农业、农村、农民问题》，第355页，商务印书馆，2004年9月。

外国农民爱好大型农业机械，中国农民却喜欢造房子，导入本章的正题——更大规模的机器革命，为什么没有在中国发生。

规模有限，无法实现机械化作业的表象下，它还是一个“种粮食还是种蔬菜”的问题，这得从“乡建派”“机器派”与“粮食进口派”的认知差异说起。

乡建派、机器和粮食

所谓“乡建派”，它并非泛指致力于乡村建设的所有人，而是拥有一些特定观点的一个特殊群体。

他们认为，农民应当留在乡村，耕种着一亩三分地，但与他们主张略有些矛盾的是，他们拥有城里的房产，平时又多住在城里；他们自认为继承了晏阳初[1]和梁漱溟[2]的衣钵，却又对晏、梁所处农业社会与时下

---

[1] 晏阳初（1890 年 10 月 26 日—1990 年 1 月 17 日），四川巴中人，中国平民教育家和乡村建设家。他早期开展平民教育运动时，认为中国的大患是民众的贫、愚、弱、私“四大病”，主张通过办平民学校对民众首先是农民，先教识字，再实施生计、文艺、卫生和公民“四大教育”，培养知识力、生产力、强健力和团结力，以造就“新民”，并主张在农村实现政治、教育、经济、自卫、卫生和礼俗“六大整体建设”，从而达到强国救国的目的。著有《平民教育的真义》《农村运动的使命》等。

[2] 梁漱溟（1893 年 10 月 18 日—1988 年 6 月 23 日），蒙古族，原名焕鼎，字寿铭。曾用笔名寿名、瘦民、漱溟，后以漱溟行世。原籍广西桂林，生于北京。因系出元室梁王，故入籍河南开封。中国著名的思想家、哲学家、教育家、社会活动家、国学大师、爱国民主人士，主要研究人生问题和社会问题，现代新儒家的早期代表人物之一，有“中国最后一位大儒家”之称。著有《中国文化要义》《东西文化及其哲学》《唯识述义》《中国人》《读书与做人》与《人心与人生》等。

工业社会的时过境迁视而不见，相反，他们甚至有些敌视城市化。

他们认为，“小农生活”其实是农民真正向往的，机器革命并不适合中国国情；出于以人畜粪便、腐烂菜叶等为来源、山寨有机肥的狂热偏好，他们往往会忽视对人类粮食增长真正有推动作用的——由种子、农药和化肥领域发生的科技进步；而在提高农民收入方面，他们认为，农民应该种植更多的诸如蔬菜、水果等园艺作物。

差异来了，“乡建派”声称他们有着深厚感情的多数农民兄弟，并不同意他们的如上观点。

农民留在农村固然不错，但不能只耕种一亩三分地，这样的“小农”是工业革命之前的小农，是只能靠自给自足聊以活命的小农，在今日社会，只耕种一亩三分地的农民，只能是远低于低保收入的贫困人口。

过去 40 年里，数亿中国农民“用脚投票”，以高考、打工、当兵转业等不同方式进城，纷纷表示他们无法接受在乡村的命运，待在乡村的农民，按照“乡建派”的逻辑，一次又一次付出了难以忘却的惨痛代价。

以园艺作物为例，20 世纪七八十年代，广大农民便开始做从蔬菜到水果，再到蘑菇等各个方面的尝试，结果，却总是好景不长，屡屡碰壁、灰头土脸之后，不少人还是放弃了乡村美好生活向往，果断选择进城了。

一直敢于在农副产品上试水的农民们，对市场规律有着更为深刻的感受。

2013 年，因为天气晴朗高温，刺激了葡萄消费，葡萄价格一路走高，此后全国种植面积增加。结果，随后几年，每斤葡萄价格从七八元一路跌至最低 8 毛钱[1]。而种植蔬菜，不仅需要支出更多的人力成本，储运过程中还有不可避免的损耗，以及昂贵的物流成本。

---

[1] 郭涛涛，《水果市场的牛熊运命》，《环球财经》杂志，2015 年 8 月刊。

农民们往往会说，水果、蔬菜等农作物，只是看着价格更高，从来都不是如粮食那样的大宗需求品——它仅仅是非常小众的园艺作物，一旦种的人多了，产量增加，市场需求有限，价格就会下跌，农民受不了它过山车式的剧烈价格波动。

粮食价格较低却需求稳定，人类可以一个月不吃火龙果或鸡毛菜，但却每天离不开大米或面食，农民进城后增加的禽蛋、肉食需求，同样需要数倍单位的粮食，它依然是人类必需蛋白质的主要来源。

农民爱好粮食的另一面——它容易实现机械化生产，并且更专业。粮价虽低，但倘若能通过机器规模化种植，它就免掉了种植蔬菜等园艺作物的昂贵人力成本，若再能来一点适当的激励，种粮依然会有利可图。

如此说来，久经市场规律考验的农民应当属于“机器派”，他们的爱好是需求更稳定的粮食。

它不仅会让农民有着体面的收入，并向懂科学、懂财务的职业农民转变——收入提高之后，他们还将走上自我进化的道路，在农机改造上投入更多金钱和时间，耕种更大规模的土地，以求实现更高的回报。

这就好比威尔逊三世寻找更合适的排水方法，以实现上千亩一块地，更高效、成本更低的农业机械化作业，一旦找到方法，他的农产品就会价格更低、更具竞争力，于未来也有更多的收入。

美国农业之所以有强大的国际竞争力，国内通货膨胀与食品价格更不具备太大相关性[1]，其背后莫不是以大豆、玉米、小麦、大麦等粮食作物为主，由家庭农场构成的高效率农业专业生产带。

---

[1] 详见第三章“大国种田角力”。

日本“小农”的规模

“乡建派”还有一个著名的观点，那就是人均耕地比中国更少、同样有着东亚循环农耕传统的日本“小农”更值得学习，为此，2017年秋天，我去了一次有着“日本粮仓”之称的北海道。

一位在北海道首府札幌经营多年的朋友说，整个北海道的人都去了札幌，整个日本的人都去了东京。

在北海道麓乡、美马牛、西中等乡下，很难见到如国内房屋密集的乡村，举目望去，皆是连片上百亩的农田，种植作物无不是以水稻、玉米为主，路边则是各式各样，有十数种之多的农业机械，由于地广人稀，甚至较为偏僻的山区收获洋葱，也是机械化操作。

出身北海道十胜平原农民家庭的日本漫画家荒川弘，早先去东京谋生，在不动产公司办业务，业务员问她家农场情况，她回答说，有50头奶牛和25公顷农田，换算成亩——她家经营的土地即有375亩之多，但这样的面积在北海道，也只能算是中小规模[1]。

375亩的土地，单纯依靠人力，无论如何是种不出来的，荒川弘家的劳动力，也只有她父母，外加爷爷、奶奶，以及四个放假回来帮忙的小孩，但他们能够完成，同样的答案，还是用机器替代人力。

日本的“小农”，早已不是所谓的一亩三分地，已然是适度规模家庭农场的模样。而从二战后战败的日本进行农地改革开始，过去半个多世纪，与日本农民大进城和剧烈城市化相对应，日本乡下的耕地，并未如国内惯常所见到的那样，而是同步走上了规模不断扩大的道路。

几乎与1949年之后在中国广大农村发生的，将地主的土地分给曾

---

[1] 荒川弘，《百姓贵族》，方郁仁译，世界图书出版公司北京公司，2012年10月。

经的佃农，兑现“耕者有其田”革命承诺的同时，日本确立了自耕农体制——强制征收离乡地主所有的佃耕地和在乡地主超过一定面积的佃耕地，加之适于开垦的山地和荒地，再将它们转卖给无地、少地的农户和开垦者[1]。

1950 年，日本自耕地占据着总耕地面积的 90%，对应的则是 62% 的自耕农户占比，其中又有 75% 的农户经营耕地规模在 15 亩（1 公顷）之内，42% 的农户规模少于 0.5 公顷，经营 3 公顷以上的农户只有 0.5%[2]。

此后历经战后复兴期和高速发展期，日本农业就业人口比例不断下降。1950 年至 1980 年，它从 54.4% 下降到了 9.8%；1990 年至 2011 年短短 20 年时间，日本农业就业人口又下降了近一半——从 459 万人下降至 247 万人[3]，以此估算，它的农业就业人口比例已低于 5%。

日本减少的农业人口，纷纷流向了城市里的二、三产业，如今在日本 NHK 电视台的不少纪录片中，仍能看到所谓的“团地”，即这个时期为解决大量农业人口进城居住的产物。时至今日，日本人口排名前 11 位的都市（圈），囊括了超过 70% 的人口[4]。

1950 年，日本经营规模在 45 亩（3 公顷）以上的农户，占比只有 0.5%，40 年后，在人均耕地较少的都府县地区，这一比例则提高到了 14.8%[5]；2011 年，日本农户数比 1950 的巅峰减少了近 3/4，人均耕地较多的北海

[1] 关谷俊作，金洪云译，《日本的农地制度》，第 2—3 页，生活·读书·新知三联书店，2004 年 4 月。

[2] 关谷俊作，金洪云译，《日本的农地制度》，第 3—5 页，生活·读书·新知三联书店，2004 年 4 月。

[3] 程郁、张云华，《日本持续强化农地规模经营制应对农业问题》，《发展》，2015 年第 3 期。

[4] 日本国家统计局，《日本统计年鉴（2018）》，具体测算据慕峰，《大都市与小城镇——从东京的人口说起》，2018 年 1 月 29 日。

[5] 焦必方，《日本农地规模化经营的动向分析》，《中国农村经济》，2000 年 7 月刊。

道地区，经营规模超过 150 亩（10 公顷）的农户，占比更达 60.5%[1]。

所谓日本的“小农”，也是一个不断向前进化的概念，它早已不是工业革命前一亩三分地农耕社会的小农。随着乡村人口减少，日本“小农”同样走上了扩大规模和机器革命的道路。

机器革命先决路径

高速城市化中的日本农地，走上了扩大规模与机器革命之路，它并非土地私有，加之“市场万能”自由流转导致的结果，而是通过强有力的土地用途规制、促进农地租赁流转等一系列法律措施来实现的。

参与制定日本多部农地法律，曾为农林水产省官员的农地专家关谷俊作解释说，日本农地制度中的基本规定，都是通过强有力的法律措施，保护和强化农地耕作者的地位，以期实现维持和发展农业目的：

> 在经历了包括《农地法》在内的众多制度发展过程的今天，我们可以说，日本农地制度的理念，在于确保担负着农业经营，以具有农业从业者含义的“耕作者”为中心的农业经营发展基础[2]。

它也可以理解为一套以“保护种地农民利益”为核心的机制——农业需要有人种地，所以它是保护农业的最关键。再看日本 1961 年制定的《农业基本法》中对农业政策基本目标的定位：

---

[1] 数据来源于日本统计局网站，张士云、江激宇、栾敬东、兰星天、方迪，《美国和日本农业规模化经营进程分析及启示》，《农业经济问题》，2014 年 1 月刊。

[2] 关谷俊著，金洪云译，《日本的农地制度》，第 1 页，生活 · 读书 · 新知三联书店，2004 年 4 月。

第 1. 提高农业生产力，纠正农业和其他产业之间的差距；第二，提高农业从业人员的收入水平，使之获得与其他产业人员同等的生活水平。换言之，就是把基本目标确定在促进农业发展以及提高农业从业人员的经济地位上面了[1]。

20 世纪 60 年代前半期，农田规划整治成为一项重要目标，日本农村开始着手进行较大规模的，包括灌排水、农道、土地平整、格子化等内容的农田基本建设；日本还开发了更适合较小规模耕作的国产中型拖拉机，70 年代后期，以稻作为核心的农业机械得到了很大发展和普及[2]。

20 世纪 70 年代，面对日本农业人口的大量流出，日本农地制度改革重点由所有制向使用制度转向，即修改《农地法》，推动农地所有权和租赁权分离，在农地小规模家庭占有基础上发展协作企业，并鼓励租赁权流转继续扩大经营规模。

所有权和租赁权分离，租赁权流转，是不是感觉有点熟悉？在中国，它类似于目前正在推行的农地“三权分置”中的经营权流转。

相比地广人稀的美国，对于中国、日本这样人口稠密、用地资源紧张的东亚国家，尤其是进入工业化、城市化高速发展阶段，需不需要针对用途保护的土地规制，也是容易引发争议的焦点。

此点上，即便是被自由主义经济学家奉为圭臬的奥地利经济学派大

---

[1] 关谷俊著，金洪云译，《日本的农地制度》，第 5 页，生活·读书·新知三联书店，2004 年 4 月。

[2] 焦必方，《日本农地规模化经营的动向分析》，《中国农村经济》，2000 年 7 月刊。

家弗里德里希 · 奥古斯特 · 冯 · 哈耶克（Friedrich August von Hayek）[1]，也早有与时下“不应土地规制”流行观点迥异的说明。

哈耶克在其著作《自由秩序原理》中，并不怀疑土地规制的合理性，原因在于它的“相邻效应”[2]——这就好比农村修建了太多农房，势必影响它旁边耕地的规模化机械耕作，一块特定土地的使用，可能会给社会上其他土地造成深远影响。

如果没有土地规制，人口稠密国家的高速城镇化，产出天然受限，没有竞争优势的农地被挪作他用几乎是必然，又由于“相邻效应”的存在，推动农地流转也未必能达到预期效果：

随着城市和产业的发展，住房用地、工矿业用地、道路及其他公共设施用地的需求迅猛增加，使得农地的获取及向住宅地的转换也开始出现增加的趋势。如果没有对这种现象进行诱导或控制的适当土地制度，势必造成无秩序的农地荒废和过度的土地投机，以及伴随着这一土地投机而来的地价暴涨[3]。

---

[1] 弗里德里希 · 奥古斯特 · 冯 · 哈耶克（Friedrich August von Hayek，1899 年 5 月 8 日—1992 年 3 月 23 日），奥地利出生的英国知名经济学家和政治哲学家，以坚持自由市场资本主义、反对社会主义、凯恩斯主义和集体主义而著称。他被广泛视为是奥地利经济学派最重要的成员之一，并在法学和认知科学领域也有相当重要的贡献。1974 年哈耶克与他的理论对手、瑞典经济学家贡纳尔 · 默达尔（Gunnar Myrdal，1898 年 12 月 6 日—1987 年 5 月 17 日）一同获得了诺贝尔经济学奖，以“表扬他们在货币政策和商业周期上的开创性研究，以及他们对于经济、社会和制度互动影响的敏锐分析”。

[2] 详见“住房与城镇规划”和“农业与自然资源”两章，弗里德里希 · 奥古斯特 · 冯 · 哈耶克著，邓正来译，《自由秩序原理》，生活 · 读书 · 新知三联书店，1997 年 12 月。

[3] 关谷俊著，金洪云译，《日本的农地制度》，第 12 页，生活 · 读书 · 新知三联书店，2004 年 4 月。

这更像是时下的中国农地使用现状。在城市更具报酬优势的机会强力吸引下，农地经营者在法律、政策等方面的制度保障不足，结果用于粮食生产的农地越来越少，农村缺乏管理而扩张的建筑物增加，即便剩余的农地流转了也难以实现更大规模的机械化耕种。

而为保证流转农地能够用于农业生产，在日本1970年修改的《农地法》中，虽然取消了极其严格的审批环节，但农地权利转移规制仍在，并必须满足三个基本条件：

（1）禁止以非耕作为目的的农地权利取得；

（2）如果是个人，要满足经常从事农业生产的条件；如果是法人，要满足农业生产法人的条件；

（3）须有效地利用农地[1]。

为了确保农地经营者有利可图，日本还制定了标准地租制度，它的计算公式来自于——“毛收入－生产成本－经营者报酬”，并作为土地租赁双方签约时的重要参照依据。

这一时期也是日本农地制度完善阶段，不仅以租赁为主要形式的农地规模经营战略大获成功，农协等合作经济组织也登上前台，它进一步以中间人的角色，在国库补助金提供一部分资金支持的情况下推动农地

[1] 关谷俊著，金洪云译，《日本的农地制度》，第188页，生活·读书·新知三联书店，2004年4月。

流转[1]，“小农”单打独斗成为历史。

除了农田基本建设的投入，财政资金还用于培养农业接班人。比如宫城县石卷市政府，为支持企业化农业生产的青年农民建设全部由电脑控制，营养液栽培的西红柿生产用大型玻璃温室，在总投资中，农民出资占比 20%，国库补助占比 50%，剩余的 30% 则由县、市两级均摊补助[2]。

1993 年，日本制定《农业经营基础强化促进法》，又进一步约束了农地流转方向——向“认定农业者”集中。所谓“认定农业者”，指在改善农业经营效率和扩大规模有积极性的农业经营者，其思路仍承接着确保农地由真正想种地的人耕种。

再至 21 世纪，通过制定《农业改革基本方针及行动计划》等方案，日本进一步力推更大规模化经营，并促进农地向核心农业经营者集中。

即便是通过租赁权流转推动了规模化经营，但土地私有的自耕农制度仍是日本农地规模流转最大的绊脚石。由于农民放弃土地的意愿很低，于是产生了大量“不在村地主”。1990 年至 2010 年，这一群体增加了近 1 倍，已占农户数 27% 的比例[3]。

尽管中国的农地集体所有，通过“三权分置”的经营权流转，也可促进农地的规模化经营，但未来工作同样不会轻松——农民放弃农地的

[1] 以日本农协的农地保有合理化法人为例，它作为沟通农地租借转让桥梁，一方面流入土地，另一方面再租给承租人，一般租期定为 10 年，并一次性代承租人付清租金，这又离不开国库补助金的支持，一部分资金即来自国库补助金。

[2] 引自石卷市农协提供的资料。焦必方，《日本农地规模化经营的动向分析》，《中国农村经济》，2000 年 7 月刊。

[3] 程郁、张云华，《日本持续强化农地规模经营制应对农业问题》，《发展》，2015 年第 3 期。

意愿程度，取决于城乡保障的城乡均等化，进城农民保障不充分，老年农民养老金不足，农地就会被当成在城里待不下去的“退路”，规模化流转阻力自此而来。

书记的最后告别

现在不少地方的农民不愿意种地，尤其是不愿意种植粮食，但也有一个地方例外。

2015 年 12 月 22 日冬至这天，上海松江近 700 位农民或骑电瓶车，或坐大巴，一大早就赶到了叶榭镇的文化活动中心。此时，距离上海松江家庭农场改革已过去了 8 年。他们通过种植江南最为传统的作物水稻，不仅已成为种地规模超过百亩，年净收入动辄一二十万元的家庭农场主，松江的 14.5 万亩耕地，更只由 1119 户家庭农场耕种。

这些农民是来参加属于他们的年度职业农民总结大会[1]。会场外，松江农委一名官员悄悄告诉我，盛书记这是要和农民告别了。

在包括家庭农场主、村委会、农机、农技中心等各方代表经验分享完毕后，台上的盛亚飞站起来对着全场农民深深鞠了一躬，然后开始以他向来直率的风格，脱稿给大家做总结性发言。

盛亚飞说，这是他第三次在这里开农民大会，第一次是 2008 年，第二次是 2013 年 12 月 26 日毛主席的生日，今天是第三次：

我非常感慨，我记得过去在农村，每年有两个重要的农民大会，一次是县里召开的四级干部大会，全县生产队长以上的各级基层干部，浩

[1] 郭涛涛，《直击松江职业农民大会》，《环球财经》杂志，2016 年 1 月刊。

浩荡荡地背着铺盖到县里开会，一万多人，只能在大操场上开，冷一点再进室内，每个分会场拉一个广播；另外一个是公社的三级干部大会，也有上千人参加。今天我们就是一个礼堂的人，说明以前几十万人干的活，现在一两千人就可以干了，这就是农业的进步。

盛亚飞说，松江适度规模的家庭农场，过去九年有三点特别值得肯定：

一是劳动生产率大大提高，农业现代化取得了实质性的进步。

衡量农业现代化的根本标准，就是在全程机械化下劳动生产率的水平。每户农民所种土地、所产粮食从原来的不足万斤到现在近20万斤，劳动生产率提高了近20倍。像张小弟等优秀家庭农场达到50 ~ 60倍的水平，劳动生产率相当于过去一个生产队，这就是农业现代化的进步。

二是农民素质提高了，积极投身于农业现代化的实践。

家庭经营规模化、专业化了，农民成了职业农民，种地就是家庭农场主的主业。现在农民的数量总体上是减少了，但农民的素质提高了，农民对农业生产技术的钻研大大加强了。

最现实、最明显的改变就是大家都在开始动脑筋了，如何既要种更多的土地，又可以少请人帮忙，而且自己也可以省力一点，所以改进及购买农机具的工作，大家都重视起来了。比如，筑田埂费工费力，泖港的张小弟就发明出来了筑田埂的机具，过去100多米的田埂2个壮劳力费时一天，现在一个人开着拖拉机带动的筑田埂机具，只要5分钟就完成了，这就是农业劳动生产率的实质性提高。

三是发展家庭农场后，松江农业生产方式正在朝着农业现代化、提高劳动生产率的方向转化，这是一个非常积极的信号。

具体表现在：在机插秧和机直播两种播种方式上，机插秧比人工插秧大大进步了，但机插秧的育秧过程比较繁复，插秧也比较复杂，需要几个人协调配合。机直播就方便多了，一个人就可以完成，劳动效率大大提高。

过去机直播水稻的产量要明显低于机插秧，所以日本农业至今还是机插秧为主，但松江家庭农场实现了突破，在松江农业技术战线同志们的努力下，机直播产量不仅不低于机插秧，而且总体上还可能更好一点。这是中国农业在水稻种植技术上超过日本的范例，是松江农业科技人员创造的，我认为可以参加评比农业科技奖。

在茬口调整上，冬季“三三制”轮作，既种地，又养地。

还有一个是种养一体，既可针对农时忙闲不均，增加农闲时节的收入，又能将猪粪、猪尿循环还地，减少化肥施用，既省成本，又增地力。这些都是属于农业生产方式的改变，是农业现代化的进步。

即便如此，盛亚飞认为松江家庭农场也只是先进了一步：

我们对松江家庭农场的发展也要保持清醒的认识。

我们现在平均种地150亩，相当于当年的一个生产队，而美国、加拿大等耕地丰裕的发达国家1户粮食家庭农场种地能有1万多亩，相当于我们半个乡（公社）的种地规模，机械化程度、农业劳动生产力水平的差距还是相当大。以前我们农民给农作物施肥喷药靠的是人力，现在像张小弟等机农一体家庭农场主用的是拖拉机，而美国的家庭农场主用的是飞机。

这种机械化水平差距带来的劳动生产率差距，直接体现在农产品价格的竞争上。目前我国的农业发展形势还是非常严峻的，中国农业虽然连续10多年粮食增产，但喜的背后是忧，而且问题比较严重。

一是榨油的大豆每年进口5000多万吨，5000多万吨相当于2亿多亩农田的产量，中国人的食用油一大半端在别人的手里；二是糖也出现问题了，欧美生产糖是用甜菜，我国和东南亚地区主要是用甘蔗，由于劳动生产力水平低，现在国内蔗糖成本远远超过国际市场，所以消费者就选择国外生产的糖，影响到广西等省数百万甘蔗从业农民的生计；三是今年粮食收购价格下降，原因是我国粮食价格远远超过国际市场价格。

问题出在哪里？还是劳动生产率太低，竞争不过人家。

什么叫竞争？就是同样的产品，同样的质量，人家价格低照样能赚钱，别人就去买他的、买便宜的，不买你的，你就卖不出去，就无法组织再生产，你就输掉了。所以提高农业现代化水平，提高中国农业的劳动生产率，是中国农业的根本出路。

因此，我们的农业既有新一轮发展的良好机遇，也面临着严峻的挑战，我们松江家庭农场的发展也还远没有达到不可逆转的程度，远没有达到比较强的竞争力，必须进一步围绕提高农业劳动生产率、提高农业竞争力下功夫，坚定不移发展现代农业，坚定不移发展家庭农场。

彼时，全场静谧无声。两年前同样地点，盛亚飞为鼓励他们大声说：

“当农民，有前途。”

台下立刻爆发出一阵潮水般热烈的掌声。

第五章

“当农民，有前途”

农民的前途

松江农民潮水般热烈掌声背后，对更多中国农民而言，种地并不是一件有前途的事情。出身浙江农家的亿万富豪鲁冠球，16 岁时的理想是当一名工人，他回忆起当农民的经历时说：

> 农民真的是面朝黄土背朝天，早上三四点钟，天蒙蒙亮就出来种菜，好的卖给城里人吃，坏的、差的自己吃。晚上，蚊子很多还在外面劳作，就这样都富不起来[1]。

1969 年，鲁冠球带领 6 名农民，集资 4000 元，在他的家乡杭州萧山区宁围镇创办了一个农机厂。十年后，《人民日报》一篇社论说，国民经济要发展，交通运输是关键，他敏感地断定，中国将大力发展汽车业，于是砍掉了农机厂的多数业务，转而主攻汽车传动轴和驱动轴的连接器——万向节。

鲁冠球瞄准万向节市场 3 年后，距离杭州不到 300 公里的台州，一名年轻农民怀揣父亲给的 120 元，正骑着自行车满大街给人照相；在河南，一名从武汉钢铁学院毕业的太康农民，则被分配到了舞阳钢铁厂。

再后来，台州农民开了照相馆，从废品中提取过金银、生产过电冰箱、摩托车，从海南炒房铩羽而归，后来他造了汽车，还收购了瑞典汽车品牌沃尔沃；太康农民则去广州做了贸易，变为一名房地产商人。

---

[1] 陈晓，《鲁冠球：为农民讲话的人太少了》，《三联生活周刊》，2009 年第 37 期。

鲁冠球的万向集团，至今已是营收超千亿元的汽车零部件企业，台州和太康农民也毫不逊色——他们的企业同样体量千亿，他们分别是吉利汽车的李书福和恒大地产的许家印。

原本待在农村富不起来的农民，通过放弃农耕、转行工业改变了命运，鲁冠球、李书福们背后，更多农民拖家带口进城了。

大规模城市化和工业化之前，农业社会时期的中国农民命运，则与王朝更迭和血雨腥风相关。1882 年 2 月 15 日的美国《纽约时报》上，较早期地记录了这样一户中国农民的家庭生活状况：

对于从事农业生产的农民而言，他们的收入更低了，尽管从土地创造出来的利润并不见得低。邓利先生引述了一个由一对夫妇和两个孩子组成的四口之家的情况。这家人耕种着 2.5 英亩（约 15 亩）田地，维持家用的开支每天必须控制在 20 美分之内。他们每年可从土地上获得 25 美元的盈利，种棉花最划算，一年也只能挣到 33 美元。

另外，一个妇人纺一天的布可得 4 美分，一名纺织女工工作一周也只有 60 美分。一名农工在丰收的季节能挣 1.5 美元就非常满足了。通常他们一年的工钱也只有 1.3 ~ 2 美元，普通小工一年能挣到 3 ~ 4 美元就相当不错了[1]。

碰到旱灾时，民国时期的农民命运也好不到哪里去，1929 年 6 月，美国记者埃德加·斯诺访问中国北方：

[1] 郑曦原编，《清国苦力价几何？》《帝国的回忆——〈纽约时报〉晚清观察记》，第 56 页，当代中国出版社，2009 年 10 月。

我当时二十三岁。我想我是到东方来寻找“东方的魅力”的。我以为自己是个冒险家，那次绥远之行就是那样开始的。但是在这里，我有生以来第一次蓦然看到了人们因为没有吃的而活活饿死。我在绥远度过的那一段噩梦般的时间里，看到了成千上万的男女老幼在我眼前活活饿死。

你有没有见到过一个人——一个辛勤劳动、“奉公守法”、于人无犯的诚实的好人——有一个多月没有吃饭了？这种景象真是令人惨不忍睹。挂在他身上快要死去的皮肉打着皱褶；你可以一清二楚地看到他身上的每一根骨头；他的眼光茫然无神；他即使是个二十岁的青年，行动起来也像个干瘪的老太婆，一步一迈，走不动路。

他早已卖了妻鬻子女，那还算是他的运气。他把什么都已卖了——房上的木梁，身上的衣服，有时甚至卖了最后的一块遮羞布。他在烈日下摇摇晃晃，睾丸软软地挂在那里像干瘪的橄榄核儿——这是最后一个严峻的嘲弄，提醒你，他原来曾经是一个人！

儿童们甚至更加可怜，他们的小骷髅弯曲变形，关节突出，骨瘦如柴，鼓鼓的肚皮由于塞满了树皮锯末像生了肿瘤一样。女人们躺在角落等死，屁股上没有肉，瘦骨嶙峋，乳房干瘪下垂，像空麻袋一样。但是，女人和姑娘毕竟不多，大多数不是死了就是给卖了。

我并不想要危言耸听。这些现象都是我亲眼看到而且永远不会忘记的。在灾荒中，千百万人就这样死了，今天还有成千上万的人在中国这样死去。我在沙拉子街上看到过新尸，在农村里，我看到过万人冢里一层层埋着几十个这种灾荒和时疫的受害者。

但是这毕竟还不是最吃惊的。叫人吃惊的事情是，在许多这种城市里，仍有许多有钱人，囤积大米小麦的商人、地主老财，他们有武装警卫保护着他们在大发其财。叫人吃惊的事情是，在城市里，做官的和歌妓舞女跳舞打麻将，那里有的是粮食谷物，而且好几个月一直都有。

在北京、天津等地，有千千万万吨的麦子、小米，那是赈灾委员会收集的（大部分来自国外的捐献），可是却不能运去救济灾民。为什么？因为在西北，有些军阀要扣留他们的全部铁路车皮，一节也不准东驶，而在东部，其他国民党将领也不肯让车皮西去——哪怕是救济灾民——因为怕被对方扣留。

在灾情最甚的时候，赈灾委员会决定（用美国经费）修一条大渠灌溉一些缺水的土地。官员们欣然合作——立刻开始以几分钱一亩的低价收购了灌溉区的所有土地。一群贪心的兀鹰飞降这个黑暗的国家，以欠租或几个铜板大批收购饥饿农民手中的土地，然后等待有雨情后出租给佃户[1]。

成千上万的农民拿起了武器，再一次埋葬了不足裹腹的旧时代。

有别于以往任何一次王朝更迭——历经早期“勒紧裤腰带”，奠定国家工业化基础的艰难岁月，20 世纪 80 年代，更多人陆续开始进城，从农民变成了市民，解决温饱、获得更高收入之余，城市和工业开始大发展。

乡村人口的减少，让少数仍在农村的农民，有了历史转折新可能——作别数千年的人畜力传统，转而使用机器，通过耕作规模越来越大的田地，以实现不输城市的体面收入。

但这样应当在乡村同步发生的千年变局，明显节奏更慢一些。

[1] 埃德加·斯诺著，董乐山译，《死亡和捐税》，《西行漫记》，第 188—189 页，生活·读书·新知三联书店，1979 年 12 月。

截至2017年，常年居住在中国农村的尚有约5.77亿人[1]，此前一年，还有2.29亿户农民耕地规模在10亩以下，不仅农业人口尚未充分进城，人均可支配收入更只有1.3万元[2]，尚不及城镇居民的一半。

遇到松江家庭农场之前，出于对农村辛苦劳动的痛苦记忆，我同样不认为农村有前途，至于农民种粮年收入超过10万元，更是让人实在无法想象。2013年夏初上海郊区水稻播种的季节，我第一次去了松江浦南。

三个松江农民

在浦南农业区，我很快被它独特的乡村景观吸引——如果不是旁边江南传统村落建筑的提醒，由巧克力块般规整的矩形农田，四周的乡村公路，以及路边的水杉树共同构成的农林网区，乍一看甚至不像是中国乡村景象。

不同村落实际地貌不同，农林网区面积也不等，但一块少说也有几十亩，在泖港镇胡光村、黄桥村，一个网区更多达数百亩。整个村庄的耕地，又由十数个农林网区组成。站在路边，想象一下水稻成熟季节一望无际的金黄，顿时会让人有些时空错乱之感。

在胡光村一块泥浆满满，正准备播种的水田旁，我遇到了村里56岁的老农民杨玉华。

只见他从蛇皮袋里抓出一把刚出芽的水稻种子，把种子摊在手掌上，

---

[1] 其中乡村人口57661万人，城镇人口81347万人，分别占比41.48%和58.52%，《中华人民共和国2017年国民经济和社会发展统计公报》，中华人民共和国国家统计局，2018年2月28日。

[2] 其中农村居民人均可支配收入13432元，城镇居民人均可支配收入36396元，《2017年居民收入和消费支出情况》，中华人民共和国国家统计局，2018年1月18日。

再确认一次发芽率，随后，种子被倒进田梗边一台白色水稻直播机里。机器轰鸣，戴着草帽的杨玉华——背着手站在田埂上，盯着那台机器在泥浆中滚滚前行，不一会儿，他面前的水田就播种完毕了。

依靠机器，这天下午，杨玉华种完了 30 亩水稻，而他和老伴两人一共从胡光村村委会流转了 136 亩地，两个人完全可以应付过来。

杨玉华扳起手指算账说，他每年亩产 1200 斤稻谷，再轮种一季小麦，剔除地租、农药、化肥等成本，再加上补贴，夫妻两人（以他为主）每亩净收入能见到六七百元，136 亩的规模，对应的是一年 10 万元左右的净收入。

像杨玉华这样，单纯以生产粮食为目标的粮食型家庭农场，也是松江家庭农场的基础形态。在胡光村隔壁腰泾村的李春风家庭农场，我见到了它的升级版——种养结合家庭农场。

所谓种养结合，即种植和养殖结合的家庭农场。在李春风的水稻田里，有一座占地约 3 亩的中小型猪舍——他种植水稻同时，也为上海松林食品（集团）有限公司（下称“松林公司[1]”）代养生猪。

每年除了种植水稻，李春风的另一笔收入来自 50 元 / 头的生猪代养费。2012 年，他种植 200 亩水稻净收入 16.8 万元，而分三批出栏，代养 1446 头生猪，加上代养过程中，有几项指标（如生猪死亡率）优异而获得的养殖奖励，又增收 8.5 万元，两者合计年净收入达到 25.3 万元。

有别于美国大型农场过度依赖化肥的耕作方法，由松林公司提供的

[1] 原名为上海松林工贸有限公司，2018 年 2 月 1 日起改名为“上海松林食品（集团）有限公司”。

饲料，为不含抗生素和添加剂的纯粮食营养饲料[1]，猪粪污染问题不复存在，发酵后的猪粪再次还田，不仅减少了化肥用量，土壤也得到了进一步养护。

李春风种植的优质稻谷，又被松林公司高价收购，并加工成当季松江大米，再与松林田园鲜“无抗猪肉[2]”一起，被送往上海市区上百家直营门店销售，上海市民不仅吃上了本地新米，李春风卖粮收入又增加了一部分。

在石湖荡镇金胜村，沈万英经营的家庭农场又有些不一样——她不仅生产大米，还用大米做成香甜糯软的万英米糕，并通过线下与微信等网端销售，她还经营着20亩草莓、葡萄等园艺作物，吸引市民前来采摘和体验农场生活。

沈万英家庭农场的模式，接近于此前我在日本北海道见过的四季彩丘观光农场，即打通一、二、三产业来做。

这种模式之下的农民收入会更多样化，农产品附加值也会更高，但它也意味着更多的人力和精力投入。而就北海道所见，一般一个地区只有一两个观光农场，这由它可供开发项目总量有限，多个农场并存——势必导致同质化竞争，注定了它的数量不会很多。

日本的成熟经验对国内的参照在于，农业旅游和观光农场并不是农业的主流经营模式，如果一个地方盲目跟风，上马太多农业旅游项目，

---

[1] 饲料营养配方由上海新农公司提供，为增加猪仔免疫力，饲料中添加了实验有效的中草药以代替抗生素。详见郭涛涛，《餐前须知，解局“二师兄”安全之谜》，《环球财经》杂志，2017年4月。

[2] 无抗生素养殖的猪肉，2017年由杭州万泰认证有限公司认证，证书编号：NAAP20170002，它也是上海首家、全国首批国家级无抗认证品牌猪肉。此外，松林猪肉还是“上海名牌”产品和上海市著名商标。

不仅会让农民对政府提倡有意见，甚至还要追究责任。说到底，实事求是、尊重经济规律仍是发展农业必不可少的前提。

在松江，家庭农场的主流，仍是杨玉华式的粮食型家庭农场或李春风式的种养结合家庭农场，但无论哪一种，农民皆实现了不输进城打工的收入。它通过适度规模实现，但又不完全是这样，规模之外，它离不开松江在配套服务，外加地租和补贴等全方位的制度约束。

配套的赚钱学问

同样是规模经营，松江家庭农场主辛勤劳作一年，每年能见到 10 万元以上的净收入，山东、河北等地一些规模远超松江的种粮大户，却不乏弃耕、跑路等情况[1]。

规模并不是种粮赚钱的唯一原因，它与赚钱非正比关系；它更不是所谓“市场规律下自然选择的体现”[2]——市场规律自然选择下，农民种植鸦片也许最为划算。

种粮大户的弃耕与跑路，有两种情形——1. 前期农业基础设施等投入太高，生产成本大幅上升，种地不赚钱主动跑路，它与缺乏足够的配套服务有关；2. 种粮稍微赚了一点钱，流转土地出来的原承包农民看到行情要求提高地租，否则就收回耕地，种粮大户结果被动弃耕，它又与经营权缺乏法律保障有关。

由于粮食会影响到城里人的“钱袋子”，决定了它的价格不能大起

---

[1] 详见 2017 年 2 月《瞭望》《新华每日电讯》等公开新闻调查报道。

[2] 高强，《理性看待种粮大户“毁约弃耕”现象》，中华人民共和国农业部（现农业农村部）新闻办公室，2017 年 3 月 8 日。

大落，与其他经济作物相比，它的利润也最为微薄，为了有效降低生产成本，它首先离不开基层政府和集体经济组织在农机、农技等方面提供的必要社会化配套服务体系。

没有社会化配套服务体系作为支撑，粮食生产注定无法实现专业化、社会化和农工商一体化，张培刚晚年所说的那个“倒掉的小孩”[1]便是它。

作为“50后”农民，杨玉华的优势在于种地经验丰富，对农时把握精准，种粮稳定高产，但他不会操作农业机械。而适合机械耕作的标准化农田投入成本较高，农民也无力承担；改革之初，由于没有见到实际利益，农民也不会在农机等其他投入上有积极性。

松江则在区政府推动下，组建了农机专业合作社，通过“大机专业化、小机家庭化”，为家庭农场提供全程机械化服务。以杨玉华为例，他与农机专业合作社签订服务协议，包括机耕、机播（插秧）、机收在内的农机服务，他按照市场化的标准，支付服务费。

截至 2012 年，松江全区组建农机专业合作社 30 家，社员 279 户，农机驾驶员 295 人，联合收割机驾驶员 216 人，大中型拖拉机驾驶员 284 人，拥有大中型拖拉机 328 台，“全喂入”收割机 60 台，“半喂入”收割机 138 台。对应的是，松江粮田实现了农机全覆盖，2007—2011 年间，松江家庭农场亩均劳动投入从 4.8 个减少到 3.5 个，亩均用工则从 3.2 个减少到 1.9 个[2]。

作为基层政府在乡村必要的基础设施投资，机械化耕作所需要的高标准农田，由上海市和松江区财政按比例，以 2000 元 / 亩的标准共同出

[1] 详见第三章“大国种田角力”。

[2] 刘守英，《上海市松江区家庭农场调查》，国务院发展研究中心农村经济研究部调研，2012 年 7 月。

资修建，并承担了 3.5 元 / 亩的农业保险费用[1]，进一步为机械化拓平了道路。

家庭农场主播收之间，区农技中心则会提供从良种、施肥、喷洒农药，乃至气象服务等全方位的技术指导。而由松江农民专业合作联社所提供的全程社会化服务也出现了，它的功能接近于日本综合农协。

杨玉华水稻播种完毕，他的农药、化肥等农资，即由松江农民专业合作联社从厂家统一采购，平价配送，种粮成本由此降低。

交足国家储备粮同时，在农产品加工领域，合作联社建立了优质稻米加工基地，另外一部分稻谷被加工成“松江大米”——面向上海乃至全国市场，合作联社还统一包装、推广和销售[2]。它也是上海市唯一稻米类的“国家地理保护标志产品”。

每年春、秋两季，合作联社还会为家庭农场主组织两次职业农民培训，它由职业农民培育、职业农民继续教育等四个方面组成[3]。

经过职业农民培育合格的家庭农场主，将获得一本新型职业农民认定证书，来年还将再进行一个培训，即职业农民继续教育。2017 年，350 名松江家庭农场主接受了新型职业农民培育，另有 300 名新型职业农民参加了继续教育。当年的培训计划，更囊括 18 个项目门类[4]。

配套服务解决了，但这并不足以解决被动弃耕的情形——经营权尚无法律保障的种粮大户与拥有承包权的农民直接议价，不仅谈判成本过高、土地租约过短，农户也更易坐地起价，结果还是无法安心种粮。

[1] 上海市松江区农业委员会数据。

[2] 封坚强，《农业服务体系“突破点”：培育新主体，探索新体系》，《环球财经》杂志，2016 年 4 月。

[3] 《2017 年松江区农民培训计划》，上海市松江区农民专业合作联社，2017 年 3 月 6 日。

[4]《松江区 2017 年农民培训计划安排表》，上海市松江区农民专业合作联社，2017 年 3 月 6 日。

在松江，农地的规模流转由村委会充当非营利中介来实现，它利于稳定经营者预期和保护经营者利益。放眼长三角，让松江家庭农场鹤立鸡群，种粮农民有利可图，其实是农地流转规范和地租控制等制度约束的结果。

地租：每亩500斤稻谷

2013年初，家庭农场被写入中央“一号文件”，此时，距离松江家庭农场改革起步已过去5年。

与时下长三角地区地租水涨船高不同，2007年松江改革之初，长三角地区地租并不高，这为抢占改革先机创造了积极条件——地租较低，更易推动耕地规模化流转——它被固定在了以500斤稻谷/亩，按照国家当年稻谷收购价为标折算的水平。

500斤稻谷/亩地租，它有封坚强发现的松江本地经验做参照——“当时我在松江张泽镇看到，有农户按照每亩500斤稻谷，按照每年的市场价折算田租，觉得这个办法好，于是就马上总结，后来在全区范围推广了[1]。”

农民愿意流出土地，并接受稻谷价折算，浮动较低的地租，也与松江提高浦南地区老年农民保障密不可分。当时浦南农保每个月只有90多元的水平，松江则给了老年农民150元/月的退休补贴，进而推动了土地流转；再后来，通过城乡统筹专项基金，他们更是有了1500元/月的养老金[2]。

---

[1] 封坚强2016年接受采访时讲到的细节，采访录音。

[2] 详见第一章“大号可乐、派钱和给农民养老金”。

本质上说，对地租的控制，由粮食作物在市场中的弱势竞争地位决定，它也是对直接粮食生产者利益的保护。与配套服务类似，它的目标亦在于控制种粮成本，确保农民种粮在一个有利可图的范围。

2016 年，长三角地区每亩水稻的平均产值，不过 1500 元 / 年，但一些地区的农地地租却已超千元，再算上化肥、农药等农资成本，仅这两项加总，即已注定种粮无利可图。

地租高涨对种粮成本的杀伤力，远远高于配套服务。在地租控制上，除了日本城镇化时期所制定的的标准地租制度[1]，1949 年国民党败退中国台湾时，即颁布了一项有关地租控制的土地改革条例：

1949 年春，台湾正式颁布《耕地三七五减租条例》，规定：地租不得超过其主要作物收获量的 37.5%，超过 37.5%，减为 37.5%，不及者，不得增加。在实行减租前，农民还背负沉重的租税，无疑会使原本落后的农业更是雪上加霜。减租前平均地租高达 48.6%，而这一政策的实施后，使农民的租税负担大为减轻，他们无不拍手称快[2]。

再向前追溯，国民党人的《三七五减租条例》，学的则是共产党人抗日战争时期在各解放区推行的“减租”政策，话说回来，这也是共产党人土地革命能够取得胜利、争取民心的关键。

“三七五”背后，是盛亚飞多次提及的一套计算公式——在以粮食为主的农田收成中，25% 是包括种子、肥料、农药、用水等直接生产成本，

---

[1] 详见第四章“机器革命”。

[2] 毛光远，《陈诚在台湾推行的土地改革及其影响》，《台湾农业探索》，第 4 期，2007 年 12 月。

剩余的75%，农田所有者（地主）和耕种者（佃农）各半，地租不超过37.5%由此而来。

以历史眼光来看，37.5%作为地租的上限，既合理又科学，既保护了粮食直接生产者的利益，又保护了流转出土地、拥有承包权农民的利益。若以此为标，即便堪称长三角地区最低的松江500斤/亩稻谷折算的地租，其实也已超过了此上限。

地租高企，打开的是农地“非粮化”潘多拉魔盒——种粮不赚钱，耕地于是被挖成了产值更高的鱼塘，或被种上了价格波动更剧烈的水果作物，再者被外来商人圈为园艺场、堆场，等待有朝一日因拆迁而获利。任由其发展，其最终结果必然导致土地的过度投机和地租继续暴涨。

类似于长三角地区一些村委会的生财之道——800元/亩流入村民不愿意耕种的承包地，再以1200元/亩的价格租给园艺商人或外来承包户，它本身即把地租推高到了种粮无利可图的境地，这也是为何在土地流转中，村委会应该扮演非营利性质中介服务组织角色的原因。

地租的暴涨，也使近年来推动所有权、承包权和经营权分离的农地“三权分置”改革处于一个非常尴尬的境地。

在已有发生的现实案例中——东部有些地区农地流转阻力重重，拥有土地承包权的农户坐地起价，流出土地意愿大大降低；过高的地租又让潜在农地经营者望而却步，以至于一些基层政府，热情满满推出农业园区经营项目，最终却被浇了一盆冷水，落得个无人问津的结局。

2016年我在上海听说过的最高农地地租，是2000元/亩——这是一群城里中产到乡下包地种菜以供休闲娱乐的价格，不仅他们认为很便宜，农民似乎也得到了实惠，但粮食生产就此壮烈牺牲。走出国门，此等租价更远超美、日等发达国家，不经意间已位列全球农业地租之冠。

2014年，封坚强去美国一个2万多亩的农场考察，它的地租折合成人民币，不过150多元/亩，日本农林省的一名官员，曾给他提供过一份全日本田租成本明细，折合人民币最低200多元，最高不过700多元[1]。

地租与补贴关系密切——补贴往往会成为地租上涨的动因，并最终落入土地所有者而非实际经营者的口袋。

矛盾来了，2014年，美国农地出租比例为39%[2]，更早之前的2000年，日本10公顷（150亩）以上农户承租地比例已高达56.3%[3]。在它们皆有相当比例农地租赁经营前提下，地广人稀、补贴率较低的美国，地租维持在一个较低水平并不令人意外，但人均耕地比中国更少、补贴率更高的日本，地租同样在一个低位，其背后的原因是什么？

原因便是日本的标准地租制度，它由一套计算公式而非市场决定——“地租 = 毛收入 – 生产成本 – 经营者报酬[4]”。这由日本更为稀缺的资源禀赋决定，如果想实现一定粮食自给率的政策目标，必须要保证农地经营者的利益，让补贴流入那些能够提高劳动生产率，真正种地农民之手，那就不得不通过非市场的行政、法律手段管制农地地租。

从日本的经验来看，中国同样耕地资源稀缺——人均耕地约1.3亩，半数还是山地和丘陵，如果想维持一定的粮食自给率，如松江家庭农场那样的地租控制必不可少。

否则，补贴与地租将陷于一种尴尬的循环——补贴提高，地租上涨，

[1] 郭涛涛，《粮价、补贴、田租与农业规模化》，《环球财经》杂志，2016年7月。

[2] 张红宇、寇广增、李琳、李巧巧，《我国普通农户的未来方向——美国家庭农场考察情况与启示》，《农村经营管理》，2017年9月。

[3] 关谷俊著，金洪云译，《日本的农地制度》，第57页，生活·读书·新知三联书店，2004年4月。

[4] 详见第四章“机器革命”。

为了推进后续农业改革，实现粮食生产的规模化、现代化经营，那就不得不支付更高的补贴，如此反复循环，不仅地租随农业补贴一路走高，长三角不少地区的农业补贴于是同样超过了千元。

补贴成败

相比于地租对种粮成本的决定性影响，补贴则被用于刺激商品生产，农业则是被广泛应用补贴的例子[1]，作为现实问题。从2011年松江家庭农场主所种每亩地的成本收益明细考量，不难明白农业补贴的必要性（如下表）：

表5-1 每亩土地的种粮财务账

姓名	总成本	总收入（无补贴）	补贴	净收入
李春风	1610元	1825元	590元	805元
杨玉华	1560元	1652元	590元	682元
俞周峰	1300元	1752元	590元	1042元

注：(1) 总成本包括土地流转费（地租）和农资两部分，其中农资又包括肥料费、农药费、排灌水电费、农机租赁费、雇工费及其他六项，土地流转费中，俞周峰为766元/亩，李春风和杨玉华皆为730元/亩。

(2) 俞周峰家庭农场为种养结合家庭农场，每年使用发酵猪粪还田，肥料成本较低，故总成本相对其他两户较低，而当年李春风家庭农场尚未成为种养结合型。

(3) 数据来源于2012年国务院发展研究中心农村经济研究部在松江

[1] 保罗·萨缪尔森、威廉·诺德豪斯著，萧琛主译，《经济学（第十七版）》，第60页，人民邮电出版社，2004年1月。

所做家庭农场调研报告，执笔人为时任农村经济研究部副部长的刘守英。

依据上表，即便地租控制在一个相对低位的水平，没有补贴，农户种粮每亩地净收入最低不足100元，最高不超过500元，对应上百亩的经营规模，至少在长三角地区，它无法让农民实现不输于城市打工的体面收入，种粮对农民仍无吸引力可言。

松江家庭农场改革之初，确立的适度规模是80—120亩，即是考虑到补贴因素的结果。它的参考标准，更只限于国家和上海的现有补贴，在长三角地区更处于最低的水平。

以包括国家和上海市在内，总计不到600元/亩的农业补贴[1]为基准，外加地租控制，平均300元/亩左右的种粮利润，让农民获得近2倍于一般离土务工收入或10万元左右的年收入，对应的就是100亩左右的规模。

一个合理的补贴制度，取决于它能否激励直接粮食生产者的积极性，并不断驱动劳动生产率的有效提高，持续扩大规模，使规模经营步入正轨，以至未来减少补贴或不依靠补贴，同样可以获得体面收入。

松江家庭农场改革之初，2007年粮价较低，每亩地几乎不见利润，为了推进土地流转，增加了200元的土地流转补贴，但后来粮价提高，流转补贴随即被取消，并变为秸秆还田、科技推广等四个方面，分别给予50元的种植奖励。

地租较低，松江家庭农场的补贴，在整个长三角地区，也维持在了

[1] 现金补贴类包括农资综合补贴、水稻直补、绿肥补贴、深翻补贴，以及粮价低迷时的土地流转补贴，此外还包括少部分良种和药剂补贴，每年数额不同，最少时300多元，多时不会超过600元。据“2008年–2015年松江区粮食家庭农场情况表”，上海市松江区农业委员会提供资料，2016年5月19日。

一个较低水平。封坚强分享家庭农场改革时的补贴经验时说：

从松江的实践来看，如果想要补贴更有效率，就应该补在根子上，即以提高农业生产能力为标准的补贴，这也是农业现代化最需要的。

其中有三个方面的补贴是应该考虑加强的。一是为了提高机械利用率的补贴，旨在提高粮食生产能力，先进机械补贴应该提高；二是科技补贴，即先进的技术和农资，也应该补贴；第三是有机肥补贴，农民懂得保护土壤了，土地可持续生产能力提高了，这才是补贴。

在规模经营步入正轨后，随着规模的不断扩大，由于劳动生产率的不断提高，即便补贴减少，农田经营者同样可以获得可观收入。松江家庭农场我测算过，最合理的规模就是350亩，没有补贴农民也可以获得可观收入[1]。

保障与约束

地租、补贴与配套服务拥有同一个目标——保障粮食经营者的权益，让农民安心种粮并有利可图，加之“有效的规模”，就好像盖房子一样，它们构成了松江家庭农场改革的四根主梁。它的背后，则是一个权益与约束对等，带有苛严条件的必要制度安排。

松江家庭农场的相关规定中，村委会提供规范的流通合同，以稳定经营者预期，家庭农场主也必须要按照流转合同，向流出土地农户或村集体经济组织交纳土地流转费，以确保土地流出者的利益。

农机合作社提供服务之余，除了季节性、临时性雇工外，家庭农场

---

[1] 郭涛涛，《粮价、补贴、田租与农业规模化》，《环球财经》杂志，2016年7月。

主必须主要依靠自身力量从事农业生产经营活动，而非常年雇用外来劳动力，或是将耕地再转包、转租给第三方经营者；家庭农场主也只能从事粮食经营。

它的好处在于——减少人力成本，利于家庭农场主增收之余，更会引导家庭农场主走上不断用机器替代人力的“机器革命”正轨。

2007 年，胡光村只有杨玉华一人愿意成为家庭农场主，他与村委会只签了 3 年的耕地流转合同，但随着种粮效益凸显，家庭农场的申请户多了起来。改革 5 年后，泖港镇家庭农场申请户，已是实际需要户的两倍之多，每当投票挑选新的家庭农场主时，淘汰率更是过半[1]。

种地的人多了，规模就会变小，机器革命仍无法向前推进，准入条件必不可少。松江的办法，是由村中老资格村民和村委会成员投票决定——只有大家认为申请户对种地有感情、有技术，才可能成为家庭农场主。

作为生产队时期的催芽能手，杨玉华拥有公认的种地能力，3 年合同期满后，他得以再次续包；“60 后”李春风和“70 后”沈万英则是子承父业，他们的父亲，分别是生产队时期的农机手和生产队长，家庭农场改革之初，他们出于感情选择回村种地，年满 60 岁退休后，由子女接班成为更年轻的家庭农场主。

投票之外，还有续包条件的约束。比如在农作物茬口安排、秸秆还田等方面一系列严格的考核机制。不仅考核挂钩于补贴发放，一旦家庭农场主违反比如“不得雇工经营”“耕地再转包”等有碍粮食生产可持续经营时，则会被无条件取消经营农场的资格。

如果家庭农场主参加培训，并获得了职业农民培训证书，外加拥有

[1] 封坚强透露，录音。

农机驾驶证，积极探索“种养结合”和“机农结合”家庭农场，那在续包竞争中就会更有优势，土地租期和经营规模也会视情况延长和扩大。

在一整套有效制度保障和约束之下，松江家庭农场进一步向机械化水平不断提升、规模不断扩大的机农一体进阶。

机农一体进阶

李春风 2008 年回村接替父亲时，只有 117 亩的经营规模和 10 万元左右的年收入；2013 年，他升级为种养结合的家庭农场，规模扩至 200 亩，年收入 25.3 万元；再至 2017 年我去探访，通过再次续约，他的规模到了 300 亩，年净收入超过 30 万元。

李春风考取了拖拉机驾驶证，也购置了拖拉机、收割机等农业机械，以自购、自操作农业机械耕地为标志，他的家庭农场升级至“机农一体”。

农忙时，李春风自驾拖拉机耕种自己的农场同时，也会帮助类似杨玉华这样不会操作农业机械的“50 后”农民耕田，改革最初的农机合作社，则进化为机农互助点——每个点由一户家庭农场主购买农机自耕，并按照规模测算，为附近三五个家庭农场主服务[1]。

2017 年，松江农委副主任顾晓峰说，农机配置根据面积而来，机器配足了不能新增，以防止农机放空，农业机械化也要和市场结合起来做，

---

[1] 服务方式是互助合作型的，即这个家庭农场主没有农机，但有农机驾驶证，你就去开互助点的拖拉机耕自己的田，结算则有两种，你给我干两天，我给你干两天，或者我付给你报酬。这样就解决了农机投资的不可分性问题。互助点的农场主机械和用工互助互换，既节省了户户购买机械的成本，也提高了机械利用效率，由于农场主之间互换的长期合约，也避免了纯市场下的欺骗等机会主义行为，解决了农场之间的合作问题。详见刘守英，《六问家庭农场——上海松江的观察价值》，《环球财经》杂志，2017 年 5 月。

农机都有固定的停放点，一般利用村集体废旧仓库改造，200 平方米差不多为一个基本配置，一个互助点辐射一两千亩地。

家庭农场主对接机农互助点，再向上追溯，则是松江区级层面的农机维修服务中心。

也就好像修理汽车的 4S 店——政府通过设施、设备扶持，服务中心则按照企业自负盈亏的经营方式运转，维修农机是主业，另外就是要负责农机手培训、农机销售和处置。

与市面上水平参差不齐的维修店不同，服务中心为家庭农场主提供全程和全面的农机维修，不仅包括售前、售后服务，也囊括全部农机机型，农忙时做维修保养，农闲的时候做培训，农民往往容易忽视农机延保，服务中心就做延保，并通过它来培养农民常规的农机保养意识。

这样一来，忙完 9 月份早稻成熟到 10 月、11 月的晚稻收割满负荷作业的收获季节，在平时，农机被精心保养，使用寿命大大延长。

它也比日本家家户户拥有农机更有效率。"日本土地流转得慢，土地和服务不匹配，服务能力很强，但规模很小，服务吃不饱[1]。"它还让更浪费能源、全国流行的农机从南到北流动作业成为历史。

2017 年 3 月，时隔 5 年刘守英再次回访松江，他问李春风，"如果东北那种大的康拜因（联合收割机）来松江，你们用不用？"

李春风说，肯定不用。"一是因为我们的地块规模只有三五十亩大，大型的康拜因施展不开；二是因为家庭农场主有合作协议，再便宜也不行。所以外地的农机根本进不来松江，因为没市场。"

"那农委搞个大型的农机服务公司，不也可以吗？"杨玉华忙摆摆手说，"不行、不行"，"运作个上千亩耕地，农忙的时候周转有问题，

[1] 郭涛涛，《回访松江：提问城乡中国》，《环球财经》杂志，2017 年 5 月刊。

时间顾不上，还是区域性的农机合作行得通，比较方便”。

职业农民千年变局

收入持续稳定增加，农民有了投资和改造农机的动力，它也让“娴熟操作农机”成为判别农民的新标准，数千年来中国“小农”的形象为之改观。

在 2016 年 10 月的上海新型职业农民技能大赛上，和往年一样，松江代表队毫无悬念地获得了团体第一名，来自石湖荡镇泖新村的家庭农场主柴洪根，更是连下两城，将收割机操作一等奖和铧犁深翻项目二等奖笑纳囊中。

赛后，柴洪根稀松平常地说：“也没什么特别的窍门，主要还是因为练得多。”

更早之前上海市的一次劳模会议上，一位领导模样的与会者遇到了沈万英，他好奇地问沈是做什么工作的，沈回答说：“我就是个种地的农民。”

对方惊讶地说：“不可能吧，农民不是这样打扮的。”

“我说怎么不是呢，以后的农民就是这样的，只不过我走在了前面一点而已。”让对方更意想不到的是，沈万英话锋一转，又来了这么一句：“其实我们农民很苦，需要上面政策的支持，领导意识的转变。[1]”

2017 年是杨玉华感到失落的一年，他年满 60 岁即将退休。在一个阴雨绵绵的下午，胡光村种子站屋檐下，回想起曾经的繁重体力劳动时代，他反复重复地对我说：“机械化才是农业的出路，现在机械化程度高，

---

[1] 郭涛涛，《稻谷熟了，职业农民千年变局》，《环球财经》杂志，2016 年 12 月刊。

就是我种 250 亩地，干到 65 岁也没问题。”

截至 2016 年底，松江家庭农场中，已有 62.7% 升级为机农一体家庭农场，机农互助点达到 100 个；家庭农场主户数由最高峰时[1]的 1267 户减至 966 户，亩均规模从最低时的 113 亩增至 143.3 亩，松江农业劳动生产率的进步蹄疾步稳由此可见一斑；随着年轻一代农民的加入，家庭农场主的平均年龄从 2012 年的 51 岁降至 48 岁[2]。

两年前的一天，我带着两名中国西部官员到黄桥村附近的家庭农场参观。在村委会公告栏前，他们拿出手机一顿猛拍。公告栏里张贴着一张流转土地收益情况表，上面记录着经营村里 1431 亩耕地，6 名家庭农场主 2015 年的收入状况，其中最多的一名年收入为 41.4 万元。

当我介绍完松江农场的运行机制后，其中一名官员说，“看看人家，咱们那做的都是什么，根本就不叫家庭农场”。

“本地为大”

松江家庭农场最具争议之处，是它“本地为大”的耕地流转策略。不仅改革之初从清退外来种植户开始，改革后，家庭农场更限于村内，只有本村村民才有资格经营，也是因此，刘守英将它定义成“村社型家庭农场”[3]。

提到村内流转，刘守英问过一个刁钻的问题，封坚强这样作答：

---

[1] 2013 年。

[2] 上海市松江区农业委员会数据。

[3] 2016 年 12 月 15 日在中国人民大学拜访刘守英，第一次听他谈起“村社型家庭农场”，录音。

刘守英：为什么要局限在村内流转耕地呢？在松江，大家伙都在认真做事情，但这种村社模式放到全国层面，同样是村庄，也完全可能搞出一个恶霸村长，你没办法防止他把地交给一个懒鬼去种。

封坚强：在中国，阶段性很重要，未来怎么样是有阶段性的。

现在局限在村内，这是由农村土地属于集体所有的性质所决定的，要看该集体经济组织内的劳动力资源实际情况，以及村民诉求，本村人到底愿意不愿意种地，而随着规模扩大和种田户数减少，才可以突破村庄界限，逐步扩大至镇乃至更大范围。

至于恶霸村长，这牵扯到了基层民主，它可能是特朗普，也可能是希拉里，但你要相信它的公正性。有一两个人关系好，你可以怀疑它的公正性，但松江家庭农场的产生，一般有20多个村民代表投票，多数情况下是可以选准的。

我们还遇到过一件事情，当时有个村一个女农民不会种田，但她要求包地，并被选成了家庭农场主。她包地的原因是男人生病了，她得照顾，不能出去打工，这个人人品非常好，所以大家觉得不会种田也要选她。

她在村里每年有10万元左右的收入改善生活，你不要扼杀她的努力，她完全可以通过学习和培训来学种地，农村的风俗还是要考虑到。民主投票的主流，还是选出了会种田的人[1]。

盛亚飞将此概括为“本地为大”。回顾起在松江的主政经历，他说，治理一个地方，一定要尊重原住民的利益。农村就业机会有限，本村的土地又由本村农民集体所有，松江农民还愿意种地，那就要首先考虑到他们。

---

[1] 2017年3月30日对谈录音。

围绕外来种植户与农地流转，更依稀可见乡村耕地“三权分置”的基层演变路径，它是理解“本地为大”的起点。

在黄桥村党支部书记张永强的记忆里，20 世纪 70 年代末，村里即已先出现了将耕地分到村民小组的包干制；1982 年，中央下令家庭联产承包责任制改革，于是就分田、包产到户了。

以当时黄桥村耕地和人口测算，人均分得的耕地不到 2 亩，这时候，城市商品经济和乡镇经济大发展，黄桥村出现了一个针织厂和一个钣金厂。村民务工收入逐步超过了种地收入，于是大家就纷纷就地工业化和进城打工去了，20 世纪 90 年代也来临了。

上海本地农民真正不愿意种地，是 1996 年前后，稻谷价格到了一个历史低位。“农民还要缴纳农业税，算下来种地还亏钱，上海城镇化发展比较早，城市里也有大量就业机会，本地农民开始大规模进城。”

这时候，扔掉家乡耕地的外地农民来了。早在 1993 年，已有外地农民找到黄桥村村委会，希望能够承包经营村中耕地，村委会于是将本地村民不愿意种的耕地归置起来，再统一转包给外地农民经营，“三权分置”中的经营权分离并开始流转。

“当时的规模经营，10 ~ 15 亩已算是大户，收入不高，而且还要担风险。”就当时的规模，张永强说。

1999 年，全国开展第二轮承包地延包确权，固然农民的承包权得到了稳定，但规模偏小，种地还是见不到效益，本地农民继续选择进城，外地农民流转耕地经营权种地，成为上海乃至长三角地区的主流。由于利润微薄，外来经营户也不愿意种粮，他们的种植结构开始向经济作物偏移。

“当时乱得很，村里有种水稻的、种藕的、种大葱的等等。种水稻不赚钱，就将稻田挖成鱼塘，还有养殖甲鱼、白对虾和龙虾的。”回忆起家庭农场改革前的情景，张永强说。

在对待土地的态度上，本村人和外地人也有所区别。由于土地是祖辈留下来的，本村人更加珍惜，外地人包地，追求短期利益成分更多一些，除了耕地形态发生了改变，不可避免地还有滥用农药、化肥等掠夺性种植。

曾做过外地老板雇工的杨玉华，有着难忘的种地经历。除了田间地头随处可见的农药瓶子、化肥袋，“一次打除草剂，打了两遍草都没死，给老板说了他也不信。后来才发现，除草剂是从家乡带来的，并且早已过期”。

在石湖荡镇金胜村，“村里的地原来都是外地人种，不赚钱连夜跑掉了，农田一塌糊涂，租金也没收到”。沈万英说。

清退外来种植户，规范土地流转，于是成为改革的起步动作，它由区级层面发文，自上而下逐级细化，最终由村委会以村庄为单位落地实施。仅在黄桥村，历时三年，就清退了 15 户种植户，外加十七八户养殖户。

改革前提与价值观

由城乡人口更为充分流动带来的城乡关系变化，让农村改革早已不是割裂的村庄单独叙事。这就好比为了规范耕地流转，就不得不面对外来种植户的去留，放在城乡一体场域，家庭农场改革的前提，除了本地城镇化水平，更容易忽略的是老年农民养老与进城农民保障。

2007 年，松江非农就业农民占农村总劳动力的 90.28%，直接从事农业劳动的农民减少到了 1.25 万人，占比仅 6.6%[1]。大部分农民的进城，意味着耕地规模流转的现实条件初步具备。

但除了外来种植户无序经营着一部分耕地，无法适应城市生活，仍留在乡村“以农为业，以地为生”的老年农民，其实并不愿意将耕地流转给村委会统一经营，为保护经营者利益的地租控制也未必会受欢迎，它与老年农民养老保障不足密切相关。

在松江，最初规范耕地流转时，最不愿意向村委会流出耕地的就是浦南的老年农民。而通过改革，他们领到 150 元 / 月的退休补贴后，“一下子农民流转土地的积极性就变得非常高，一名老年农民流转出了土地，一家人的也就流转出来了。”封坚强说。

这也被陈锡文称之为“依法、自愿、有偿”原则，确保耕地流出者的利益，同时以解决养老金为前提[2]。

至 2011 年 12 月底，松江全区耕地流转面积 25.1 万亩，占全区耕地总面积的 99.4%。其中，农户委托村委会流转的有 35804 户，流转面积 90184 亩，占农户承包面积的 99.5%；此外还有 27130 亩机动地、16219 亩被放弃的承包地、32733 亩老年农民享受补助金后退出经营的土地，外加 86218 亩享受镇保后退出的土地，也全部由村委会统一流转。

这些土地主要流转给了 2528 家农户，流转面积 18.25 万亩，所占土地流转总面积比例达到 73%，其中 1167 户为家庭农场，经营土地 13.38 万亩，占比 53%。另有 6.85 万亩土地流转给了 280 家企业，主要经营蔬菜、

---

[1] 封坚强，《家庭农场是实现农业规模化、专业化的有效途径》，《田野的希望——上海市松江区家庭农场的实践与创新》，上海社会科学院出版社，第 55—56 页，2015 年 4 月。

[2] 陈锡文，《鼓励和支持家庭农场发展》，《田野的希望——上海市松江区家庭农场的实践与创新》，上海社会科学院出版社，第 4 页，2015 年 4 月。

养殖、花卉苗木及农产品加工[1]。

放眼全国，随着城镇化推进，大部分农民同样不再“以农为业、以地为生”——不仅越来越多农民离土出村，第二代农民工则是没有干过农活的非典型农民，与土地关系模糊，非农收入已成主要经济来源[2]，但仅有“农民种地意愿不强”，推动规模化流转条件仍不充分。

它绕不过去的，仍然是城乡一体保障——在全国多数地区，离土农民因征地而享受到城镇化水平退休养老保障，在土农民退休后只能享受农保待遇，它的数额甚至不及城镇保障的一半[3]，老年农民每个月七八十元的养老金待遇，更是不少地区的普遍状况。

“规模化流转，一定要先解决老年农民的保障问题，而非强制性流转。”封坚强说。不仅如此，很多进城农民工的身份，也是在土农民，他们保障的解决，也影响着规模化和进一步的地租控制。

如何定义城乡一体化时代的农业改革价值观，也决定着最终改革结果。依据我对松江多年观察——它是植根于城乡人口流动，以“人”为核心的改革，它的背后，则是对都市郊区农业再定位的思考。

---

[1] 刘守英，《上海市松江区家庭农场调查》，国务院发展研究中心农村经济研究部调研，2012 年 7 月。

[2] 刘守英，《六问家庭农场——上海松江的观察价值》，《环球财经》杂志，2017 年 5 月。

[3] 郭涛涛，《事关全面深化改革大局，农村“三块地”的合理定义和用行动完成的实效改革》，《环球财经》杂志，2017 年 1 月、2 月刊。

郊区农业再定位

以养猪为例，恐怕和外界想象的不一样，松江种养结合家庭农场里的养猪场，是由政府出资修建的。

封坚强对此解释，政府出资修建养猪场，不仅由于农民一下子掏不出那么多钱，还在于农民养猪是为了解决猪肉市场价格稳定问题，和粮食供给一样，猪肉价格的波动，影响到了城市里更多居民的生活，政府的责任，不是为了赚钱，而是为了稳定农业生产。

在封坚强看来，上海市对农产品的需求主要有三种，粮食、肉类和蔬菜，从政府责任上来说，应该将它们通过产业化的方式，将市场波动、供需不稳定的问题解决掉。

“有些企业想投资（养猪场），我们不允许，是因为企业造了，产权是企业的，有时候经营不稳定，并造成供给波动，但如果是政府造的，今天你养不好，那其他人可以养，猪肉供给就是稳定的，从长远角度，它对市场和城市消费者有利。”封坚强说。

此时再回看松江种养结合家庭农场，上海市民能够吃上相对廉价的当季松江大米和“无抗猪肉”，便源于对抗市场风险、稳定农业生产，由“政府 + 公司 + 农户”铁三角农业生产模式的构建。

政府出资修建适度规模养猪场，降低了企业和家庭农场主的经营风险；企业提供猪仔、纯粮食饲料和全方位的技术服务，并在市场终端打造健康猪肉品牌销售；家庭农场主养猪则实现了专业化生产和稳定增收；无污染的猪粪经发酵后还田，又改良了土壤。

为了进一步规避处于市场前端企业的经营风险，松江农委还牵头安信保险，推出了创新型保险产品——生猪保险，并实现了松江全覆盖，由此，一直困扰养猪业的“猪周期”难题由此破解[1]。

它也为国内粮食收储与流通提供了新思路。在生产效率稳步提升的基础上，成本巨大的托市收储可逐步缩小规模，并过渡至通过企业和市场化的运作方式，就近为城市提供优质粮食，不仅满足了市民吃上本地新鲜粮食的需求，农民也可以获得更高的卖粮收入，国家托市收储成本也因此而降低。

值得强调的是，面向上海市民的松江大米，并不是一家独大，而是在松江大米统一品牌之下，由多个农民合作社和企业出品的多类包装各异、价格不同、相互竞争的商品。

我曾问盛亚飞，松江大米抱团成一家岂不是更好？他回答说，大宗农产品商品化一旦量大，品质控制就会变得难以保证，只有引入多家的市场竞争，让市场发挥力量，才能保证它的长期品质。

这一市场化的理念，不仅对粮食有效，对猪肉同样如此。盛亚飞认为，在松江的猪肉供给上，其实最理想的模式是有两家以上的品牌化猪肉公司形成竞争，这样的竞争格局对提升产品质量有好处，对保护消费者利益有好处。

虽然目前已是全国最先进，松林公司的全自动化屠宰生产线只需 25 分钟，便可以把一头活猪变为两扇白白净净的猪肉，但盛亚飞却说，它还不是最先进的——最先进的是他在丹麦看到的，活猪从一头进去，出来的已是可以直接佐餐的熟肉制品。

“做到这一地步，市民到乡村参观江南稻作和养猪过程，再到休闲餐厅吃点猪肉和大米，顺便来点啤酒和饮料，郊区农业和市民的距离拉近了，它就变得更有吸引力，乡村旅游业才能进一步发展起来。”盛亚

---

[1] 郭涛涛，《打破“猪周期”背后的诀窍与账本》，《环球财经》杂志，2016 年 4 月。

飞说。

在李春风种养结合家庭农场的工作间，挂着一副“天道酬勤”的书法牌匾，引人注目的是一排“敬天、敬地、敬科学”的小字。坐在工作间里，猪舍内的即时状况仍一目了然——牌匾旁边，是一块分栏成像的液晶显示屏，随时显示着猪舍内部的情况。

通过带有约束条件，适度规模的家庭农场，大部分农民进城后，农村耕地上的粮食生产问题迎刃而解，但它只涉及到留在农村，少部分种地农民的利益，对于更多进城农民的利益，它关涉农村另外两块地——集体建设用地和宅基地，且看下来逐章分解。

第六章

进城，被遗忘的亿万财富

沈师傅与他的工友们

给我们乡村房子做装修的，是一位安徽来的木工师傅，他叫沈兴平，我们都叫他沈师傅。他是一个话多的人，干活的时候，只要在他旁边问东问西，保准会拖慢干活的进度。

即便如此，我仍喜欢找沈师傅聊天，因为他是个有故事的人。

他拿着瓦刀拌着水泥，不经意就冒句话说，现在有知识的人真不简单，飞机那么大的铁皮都能把它送上天；他谈起年轻时的私奔岁月，本以为离开家乡大功告成，却在合肥火车站被截回，终究没带着心爱的姑娘远走高飞；他还说，虽然相隔一座山，但肥西人就是不如肥东人厉害。

过年看孩子又想搓麻将的沈师傅，拴个绳子在摇篮上，另一头绑到自己腿上，孩子在旁边哭时，他的腿就动一动，丝毫不妨碍他手上的动作，只是回到家，扑面而来就是老婆的一顿臭骂。

肥西是晚清名臣刘铭传[1]的故乡，征战沙场数十年后，他东行做了首任台湾巡抚；同是肥西人的沈师傅，因为家里穷，18 岁那年还是出了村，拜了师学了木匠去了山西，后来又全国辗转，最终跑到了上海，数十年后，他还是名东奔西跑的农民工。

---

[1] 刘铭传（1836 年 9 月 7 日—1896 年 1 月 12 日），字省三，自号大潜山人，安徽合肥今肥西大潜山麓人。因剿平太平天国、捻军之功，1864 年，授直隶提督；1884 年，以弱胜强、以少胜多，于淡水等地率军击败法国舰队的进犯；1885 年，任中国台湾巡抚。在台任职期间，进行了编练新军、修建铁路等一系列洋务改革，促进了台湾近代工商业的发展和台湾防务的日益巩固，为台湾的现代化奠定了深远的基础，由此被誉为“台湾洋务运动之父”和“台湾近代化之父”。

但论及对上海浦东，以及一些写字楼的熟悉程度，沈师傅比很多年入百万的陆家嘴金融白领还要强。

20世纪90年代浦东开发，建筑业大发展，大量外地农民工通过招工，跟着各种建筑公司登陆上海滩，沈师傅就是其中一员，那时的浦东，远没有今天繁华，更是农民工的天下，并且是分地盘的。

在曹路镇，安徽人居多，再强的外来人也要让三分；到了北蔡镇，大量四川口音的工人出现了；现在迪斯尼所在的川沙镇，则由膀大腰粗的东北人主导。忆起当年，沈师傅说，农民工打架跟吃饭一样，祝桥镇一个工友的耳朵被咬了下来，掉到灰土里时间太长，到了医院也接不上。

1996年，沈师傅在黄楼镇买了辆摩托车，给本地人做钟点工，后来在祝桥、六灶盖公寓和别墅，金桥名人苑曾经也有他的身影；他还在寒风凛冽的冬天，参与修建了磁悬浮轨道的两个桥墩子，南汇书院找不到传统手艺的木匠，他牵线从安徽本地请来了老工匠。

活越做越多，沈师傅学会了瓦工和电工，人脉更加熟络，他也接触到了更大的工程。

除了嘉里中心的木工活，他还修了世博园一个炮楼状的厕所。他第一次见到上海馆那么大的内部空间，就好奇地问，别人略带戏谑地说，那是准备放飞机的；他修的另一个馆，别人说了他才知道，那是澳大利亚馆。

沈师傅故事凄凉又悲伤的一面，是曾经身边工友们的逝去。一个冰冷的雨夜，他的一位工友被人用带着生锈铁钉的木棍敲了一下，仓皇回到住处，没过几日就因破伤风身亡了；另一位工友，高空作业中坠入漆黑积水的地下室，直至两天后才被发现。

这并不妨碍在沈师傅们手中，城市边界的迅速扩张与无数高楼大厦的竞相崛起。曾经尘土飞扬的工地，早已变为秩序井然的闹市街区，此时，曾经的农民工们，也走过了人生中体力最好的时光。

在乡下耕种土地规模有限不赚钱，所以多数农民进城了。但文化程度不高，注定他们在城市里也过得非常艰辛。

他们干着最艰苦的活，拿着最低的工资，住在以“城中村”为代表最差的房子；同时，他们既不是有着固定收入的工薪阶层，更不是保障更为充分的市民，多年过后，他们仍是城市的漂泊者。

农民工的进城，“三农”注定不再是农耕社会时期单纯的种植业问题，在乡村一端，当通过适度规模家庭农场解决“中国人饭碗”，到了城市，更多进城农民的保障同样需要面对。

陈锡文的担心

与中央农村工作领导小组办公室前主任陈锡文的会面，事后让人回味无穷。

陈锡文是一位性情中人，言语之间，他三句不离农业本行，冷不防回忆起年轻时他在黑龙江生产建设兵团的生活——夜晚到外面抓一把黄豆，放在炉子上烤烤，再就着一口老酒，一顿饭就解决了。

除了忧心国家粮食生产，在亿万农民工的城市化与保障问题上，陈锡文更是毫不含糊。他认为，城镇化的本质，是农村人口融入城市的“人口城市化”，而非快速推进的“土地城市化”。

2010年8月7日，陈锡文在海口的“十二五”农村改革国际论坛上说:

目前，从统计数据上看，中国城镇化率达到46.6%。但是，中国的城镇化率实际上被大大高估了。因为在目前统计的6亿城镇人口中，包括1.5亿农民工在内，至少有2亿人（包括农民工家属）并没有享受市民的权利。

随着城镇化快速推进，中国每年有数百万亩的耕地转为建设用地。但是，与“土地的城市化”相比，“人口的城市化”却进展缓慢。主要的标志是数以亿计的农民工无法享有市民的权利。

2005年，公安部统计的农业户籍人口为9.49亿人。但是，此后由于有13个省宣布取消农业户口，城镇人口与农业人口难以准确区分，2006年后，公安部不再公布全国农村户籍人口总量。

在现有模式下，虽然中国城镇化率每年都在提高，但农民的数量并没有明显减少，城乡二元结构也没有从根本上改变。突出的问题表现在，大量进城农民工根本没有享有市民的权利[1]。

2013年的全国两会，当年政府工作报告称，过去5年，全国城镇化率从45.9%提高到了52.6%，但在陈锡文看来，考虑到在住房、子女教育和社会保障等方面的情况，这一数字并不能充分反映农民工进城状况，实际上，以户籍为标准的城镇化率还不到35%。

户籍之外，还有尚未解决的住房与社会保障问题：

住房是急需解决的问题。2011年，52%的进城农民工住的是用人单位提供的集体宿舍；47%租住在城中村、城乡接合部的农民住房。而全部农民工，在其所在地缴纳住房公积金的比例不到3%。

社会保障方面，进城农民工也有很长的路要走。2011年全国农民工只有16.4%加入了城镇养老保障，18.6%加入了城镇医疗保障，27%加入

[1] 常红晓，《陈锡文：中国城镇化率严重高估，至少两亿人未享受市民待遇》，财新网，2010年8月9日。

了工伤保障，9.4% 加入了失业保障，平均水平不到 20%[1]。

城市里，农民工们不仅面临着户籍制度、社会成本等多重保障不足障碍[2]，在他们纷纷离开的乡村，那儿还有几乎被忘却，规模却达上万亿之巨的财富，它至少可以让相当一部分进城农民多一份保障，只是历经半个多世纪积累，它还需要向前再迈一步——明晰产权。

说来有些不遂人愿，由于年代久远，平时这块财富又与农民关系模糊，时至今日，很多农民甚至不知它的真实存在。当多数农民进城后，它的真实状态更是“少人关心少人问”。但它对农民又真的很重要，农民拿到了它，就能够真正放心“带着土地”进城了，如果拿不到，它就会被装入少数人的腰包，农民进城也就更辛苦。

遗忘了 2.86 万亿

农村有“三块地”，除了耕地，它还有另外两块地——宅基地和集体建设用地。

耕地被农民用来生产城乡人口的刚性需求粮食，宅基地是农民生活、居住的地方；而那被遗忘的亿万财富，就在集体建设用地上，并且随着城镇化程度的推进而不断增值。

作为一个年代久远的事物，它得从有集体经济时说起。

它最早可追溯至 1956 年绝大部分农民以土地等生产资料等份入股，

[1] 丁先明，《陈锡文：我对城镇化有三点担忧》，《中国青年报》，2013 年 3 月 7 日。

[2] 农业人口市民化面临的六大障碍分别为：成本障碍、制度障碍、能力障碍、文化障碍、社会排斥障碍和承载力约束障碍，详见潘家华、魏后凯主编，《中国城市发展报告 No.6——农业转移人口的市民化》，社会科学文献出版社，2013 年 7 月。

成立高级社阶段。这时候，相对城市里全民所有的国营经济，农村确立的是以股份合作为本质的集体经济，城市里有国有资产，农村则有集体资产。

从合作化时期起步，农村集体经济又历经人民公社和家庭联产承包责任制两个阶段，集体资产一直在不断发展壮大。

合作化时期，除耕地外的集体资产，尚由集体打谷场、卫生室、畜牧养殖场等简单的建筑物构成；人民公社时期，大力发展社队企业，它多出了一些工厂；上世纪 80 年代迎来“村村冒烟、队队办厂”的乡镇企业大发展时代，工厂用地的规模扩张，集体厂房大幅增多。

20 世纪 90 年代，随着国家土地管理力度的加强和环保意识的提高，工业向园区集中，集体厂房用地增量变少，但 2000 年后城镇化提速，级差地租随之攀升，尤其在东部发达地区，集体建设用地上的集体物业等经营性资产，又进入一轮增值扩张期。

与不断增加的宅基地相比，虽说农村集体建设用地总量有限，但 60 多年过后，附着在它之上，由集体厂房、集体物业组成的集体经营性资产，却成为城镇化过程中增值最大的一部分财富。

这部分财富的总额——截至 2016 年，它已有 2.86 万亿元之巨，村均 493.6 万元，其中东部城镇化发达地区的资产总额就占了 2.16 万亿元，占比 75.5%，村均 929.5 万元[1]。

它也是几乎被遗忘的 2.86 万亿元。

家庭联产承包责任制之后，耕地包产到户，由人民公社、生产大队、

---

[1] 时任中华人民共和国农业部（现农业农村部）部长韩长赋向《人民日报》记者解读集体产权制度改革时透露，详见高云才，《100 个县先行先试农村集体产权制度改革——让农民有更多获得感（政策解读）》，《人民日报》，2017 年 6 月 11 日。

生产小队三级所有的集体资产，则过渡至乡(镇)政府、村委会和村民小组，尽管产权边界清晰，但它并未进一步确权到人。

这时候，集体财富的分配方式也发生了较大变化——它由人民公社时期的“集体劳动记工分、透资预支笔笔清，一年辛苦忙到头，年终分配定亏盈”变为“平时分散劳动、年底再无分红”[1]，集体资产产权归属变得更加模糊。

农民进了城，不断增长的集体资产——除了曾在人民公社时期集体劳作的老年农民，还知道它的存在，它开始被越来越多的新生代农民遗忘，即便沈师傅这样接近50岁的人，也未曾听说过。

“这是我们的”与基层腐败

从农民的心理感受出发，对标农村“三块地”，盛亚飞有过一个经典的解释：

由于宅基地原来是私有的甚至是祖上传下来的，虽然农民知道自家建房的宅基地是集体所有，自家住房是私有的，但这个土地一直是农民自家在用，所以宅基地被视为“这是我的”，因此农民也最为在意。

承包地农民明白是集体所有，自己只有承包权，自己耕种有收获权，或者需要自己同意才可以流转出去，并且还有流转费收入，但是承包权最多也就30年，到时是要重新调整的，因此承包地在农民看来，“这是比较我的重视程度不如宅基地”。

但集体建设用地，尤其是集体建设用地上的经营性资产，在农民眼

[1] 盛亚飞语。

中“这是我们的”。

过去大家在一起生产劳动，他知道这是集体的土地，资产也是集体的，但家庭联产承包责任制后，这块地以及集体经营性资产与农民有了距离。

“我们的”土地人家在用，收益和我也好像没有关系，平时很难接触管理，是村里领导管理的土地，也是我自己想管也管不到的土地，再随着时间推移，农民进城和村集体骨干劳动力的相继老去离世，这块地的利益农民就慢慢不知道了[1]。

集体资产产权模糊的后果，不仅农民无法从它随城镇化增值中获得应有的好处，它也越来越成为尤其城镇化地区，农村干部谋取私利、挥霍的资源，进而又变为引发农村干群关系紧张的一个重要原因。

盛亚飞说，在上海郊区农村，镇里面有两本账，一本是财政的账，每年要向社会公示，并由国家审计部门审计；一本是集体的账，由党委书记、镇长等掌握，有关资金去向不透明，和财政资金混用，“里面门路很多，风险很大”。

所谓的门路和风险，即在全国各地均有发生的基层腐败案件，“小官大贪”无处不在，涉案金额水涨船高。

2012 年 2 月，上海市第二中级人民法院开庭审理了一宗案件——上海市普陀区前副区长陈猛，在松江担任副区长的 2007 年下半年，接受了新桥镇镇长、副镇长的一套连体别墅的购房款及契税，这部分资金的来源就是集体经济组织的资金。

2015 年 5 月 4 日，河南省纪委信访室主任李笑峰对外披露河南省专

[1] 郭涛涛，《事关全面深化改革大局：农村“三块地”的合理定义和用行动完成的实效改革》，《环球财经》杂志，2017 年 1、2 月合刊。

项治理腐败成果，仅 2014 年被查村支书（村委会主任）就多达 1501 人；山西省太原市 2014 年 10 月至 2015 年前半年查办的 34 起城中村腐败案件中，其中一个村的村主任，挪用集体土地补偿款的金额就高达 5010 万元。

遏制基层腐败，并让农民重拾 2.86 万亿元财富的办法，用盛亚飞的话说，就是通过规范集体资产的集体经济产权制度改革，“理顺农村集体经济内部关系，回归农村合作经济本来面目”。

“到底是为什么而改革？我是想到了两句话，一是为了坚持农村集体经济，这对中国来讲是大问题；二是为了维护农民利益。”回顾起改革原因，盛亚飞说。

在松江，几乎与适度规模的家庭农场同步，2008 年，由盛亚飞力推，针对规范集体资产管理、运营和分配，全区 14 个涉农（街）镇的集体经济产权制度改革开始了。

五年后，松江不仅厘清了 1956 年以来的集体经济账本，同时也明确了 57 万余名松江农民的集体经济组织成员身份，进一步将集体资产明晰产权确权到人，并以可继承股份的形式固定了下来，松江农民每年进而得以从集体资产增值中获得一定比例的分红收入。

值得强调的是，所谓 57 万余名松江农民，不仅包括时下仍在农村的农民，也包括更多的进城农民，以及曾经为集体经济做出贡献、已经去世的农民，虽然这样统计需要从各个（街）镇派出所调阅户籍资料来确认，改革烦琐程度大大增加，但它也让改革更为彻底。

让松江集体产权制度改革彻底的更关键点在于——它是全国首个区级层面完成集体经济产权制度改革的地区。

松江改革之初，镇一级的集体资产占全部农村集体资产总额的

83.7%[1]，它以（街）镇集体资产为改革主体，并囊括村、村民小组两级，使得改革更为充分和全面。

实际上，不仅是在松江，经过多年的城镇化发展和积累，不少发达地区集体资产的半数份额皆在镇一级，此前广东等地以村为单位的集体产权制度改革，因触及不到占据集体资产更多份额的镇级部分，注定难言彻底。

复盘：再造集体经济组织

松江启动改革近十年后的2017年，根据中央要求，农业部、中央农办在全国选定100个县，进行农村集体经济产权制度改革试点，这项攸关中国亿万农民的万亿财富利益的改革，向全国铺开由此更近一步。

它不是重回“一大二公[2]”的人民公社时代，也不是对集体资产一分了事，全国100个县试点伊始，《人民日报》刊登政策解读文章说：

这轮改革重在制度建设，要把具有“四梁八柱”性质的产权制度建立起来。中共中央、国务院印发《关于稳步推进农村集体产权制度改革的意见》明确，改革的目标就是要逐步构建归属清晰、权能完整、流转顺畅、保护严格的中国特色社会主义农村集体产权制度。

实现这个改革目标，必须发展新型农村集体经济。目前，全国40%左右的村成立了农村集体经济组织，60%左右的村是由村民委员会代行

[1] 上海市农村经济学会、上海市松江区农业委员会主编，《农民的呼唤——上海市松江区农村集体产权制度改革的实践》，第一部分“改革背景与目标”，第6页，2016年5月。

[2] 人民公社时期两个特点的简称，具体指：第一人民公社规模大，第二人民公社公有化程度高。

职能，从实践看，建立健全农村集体经济组织是方向。

农业部（现农业农村部）部长韩长赋表示，科学确认农村集体经济组织成员身份，明晰集体所有产权关系，发展新型集体经济。这个新型集体经济，新就新在不是传统的“一大二公”的集体经济，而是集体成员边界清晰、集体产权关系明确的股份合作经济。是个人积极性与集体优越性得到有效结合的新型集体经济，是更具活力和凝聚力的农村集体经济[1]。

所谓实践经验，即“建立健全农村集体经济组织”，它正是早已完成的松江改革内容。

从坚持农村集体经济所有制和维护农民利益角度出发，此时复盘全国最早在区级层面完成的松江改革，重新认识农村集体组织，将有助于窥破此轮即将在全国推行改革的未来走向。

农村集体经济组织，产生于20世纪50年代初的农业合作化运动。1956年6月，全国人大一届三次会议的《中华人民共和国高级合作社示范章程》规定，为实行农业社会主义改造，农民在自愿、互利的基础上，“把私有的土地和牲畜、大型农具等主要生产资料转为合作社集体所有”。由集体组织农业生产经营，农民进行集体劳动，实行“各尽所能，按劳取酬”。

松江县[2]1953年在城东区试办的初级农业生产合作社，1956年全县全部建立初级社，并在一年内全部转并为高级社。农户以土地为主的生

[1] 高云才，《100个县先行先试农村集体产权制度改革——让农民有更多获得感（政策解读）》，《人民日报》，2017年6月11日。

[2] 1998年撤县建区，松江县变为松江区。

产资料进入合作社，当时，农民收益以土地占 40%、劳动记报酬占 60%，从而在法律意义上确立了农村集体所有制。

1957 年，松江县成立高级农业生产合作社 342 个，入社 8 万多名农户，在总农户中占比 99.14%。高级社实行土地等主要生产资料统一归集体所有，取消土地分红，实行“按劳分配、多劳多得”。

1962 年 9 月，《农村人民公社工作条例（修正草案）》正式颁布，明确规定人民公社的基本核算单位是生产队，实行“三级所有、队为基础”，即生产资料分别归公社、生产大队、生产队三级所有，以生产队所有制为基础。

1966 年开始，全县以生产队为单位，实行了“大寨式”评工记分，按劳动记分，年底分红。

党的十一届三中全会后，随着改革开放的深入，农村家庭承包责任制逐步建立，农村的管理体制有了重大变化。1982 年《中华人民共和国宪法》规定将人民公社原来政社合一的体制改为政社分设体制。

松江县从 1982 年 4 月起，各公社开始推进政社分设，设立乡人民政府和乡农村合作经济联合社。1984 年建立乡人民政府和村民委员会，恢复乡行政建制；至 1987 年下半年，全县 19 个乡（含 1986 年撤乡建镇的佘山镇），将原人民公社改建为乡经济组织联合社，将原来的 319 个生产大队改建为村经济合作社[1]。

上述过程中，农村集体经济组织形成于农民以土地等生产资料等份入股的合作化时期，这是它“股份合作”本质的来由。人民公社时期的“政

---

[1] 上海市农村经济学会、上海市松江区农业委员会主编，《农民的呼唤——上海市松江区农村集体产权制度改革的实践》，第一部分“改革背景与目标”，第 3–4 页，2016 年 5 月。

社合一”，以及家庭联产承包责任制后的“政社分设”，所谓的“社”，字面上可理解为集体经济合作社，其背后皆指集体经济组织。

从人民公社到家庭联产承包责任制，虽说已“政社分设”，但现实中，农村集体经济组织仍表现为“有集体无组织”——它并没有一个明确的组织实体，并行之有效地承担相应经营、分红等职责。

以村庄为行政单位为例，更多村庄实际上是党组织、村委会、农村集体经济组织“三块牌子、一套人马”，这也使得集体经济组织事实上处于缺位状态：

> 农村集体经济的组织形态是一个不断变化、逐步完善的过程。人民公社时期，农村集体经济组织“政社不分”，集体资产的控制权完全掌握在乡村政府的手里；土地承包经营制度（家庭联产承包责任制）推行之后，承包土地权利得到了认定，农村承包期内土地的使用权由农民控制，但是农村承包土地的销售、出租等处置权仍在乡村政府手里。
>
> 因此，尽管1985年“政社分设”之后，乡政府、村委会、村民小组建立起来，但集体经济组织仍然只是一个称谓。目前实际运作中，依然是“三块牌子、一套人马”，即党组织、村委会、农村集体经济组织，农村集体经济组织的实际控制权还是在乡政府和村委会机构手里。
>
> “政社合一”虽然可以节约管理费用，节约一部分支出，但带来的问题是乡政府和村委会在实施集体资产控制权时，可能更多地从自己的利益出发，弱化甚至忽略对集体成员的利益关照[1]。

---

[1] 上海市农村经济学会、上海市松江区农业委员会主编，《农民的呼唤——上海市松江区农村集体产权制度改革的实践》，第三部分“改革成效与特点”，第36–37页，2016年5月。

松江改革的具体做法，即从“摸清家底”开始——聘请专业的评估公司，以镇为单位，对 1956 年延续至今的镇、村、村民小组三级所有的集体资产进行清产核资，并最终成立（街）镇集体经济联合社和村集体经济合作社，以让缺位多年的集体经济组织“看得见、摸得着”。

有经济条件的（街）镇，由（街）镇集体经济联合社对村、村民小组的集体资产进行收购，继而原本经营混乱的三级所有的集体资产“三合一”，变为（街）镇集体经济联合社统一管理和经营；收购条件不足的地区，则为（街）镇、村两级所有，但最终方向仍是一级所有。

与之同步进行的，则是对集体经济组织成员身份的界定，并依据成员的集体劳动时间（农龄，实质上是劳动贡献股）和人均占有耕地面积（地龄，实质上是土地股）算出各自的股份数，颁发记载有股份数量的集体经济组织社员证（股权证）；（街）镇范围内集体资产的总股份数，即为所有集体经济组织成员的股份加总。

改革完成后，与上市公司分红类似，根据总股份数和当年集体资产经营状况，从集体资产增值中提取一部分红利，集体经济组织成员凭借股权证获得分红。

松江再造集体经济组织，绝非成立一个（街）镇集体经济联合社——更重要的是它在管理架构、体制和监督机制方面的制度创新。

在管理架构上，集体经济联合社以社员代表大会、理事会和监事会为架构，对集体资产进行运营和管理，重大事项则实行民主决策、民主管理和民主监督；管理体制上，则有《村民委员会与村集体经济合作社分账科目》等制度约束，村委会和合作社分账管理由此推进，村党支部、村委会、村集体经济组织的职责厘清同时，相关的事权和财权也得以划清。

通过村委会财权与事权的分离，不仅扼住了基层腐败的咽喉，村委会的职能也开始向城市居委会——单纯地向所在地区居民提供公共服务的职能看齐。

对集体资产的监督机制，在改革中也得以完善。除了每年的社员代表大会进行监督，在松江，还有（街）镇农村集体资产监督管理委员会的定期审计，以防止集体资产流失，此外，它还有一整套内部监督制度。

第一只螃蟹“不好吃”

集体经济产权制度改革的挑战和创新在于，它属于以“集体经济”为特色的中国农村才会有的改革，世界范围内并无先例可循，再造集体经济组织，由于牵涉到半个多世纪的利益，也使得它空前复杂。

作为第一个吃螃蟹者，松江改革不是整理几张表格、统计几个数字就可以完成的事情。

早在2006年底，盛亚飞调任松江区委书记伊始，他便找过时任松江农委主任的封坚强谈话，提出希望在农业现代化建设、农村集体经济产权制度改革和城乡一体化等“三农”工作方面有所突破[1]。

相比于主要在浦南农业地区铺开的家庭农场改革，集体经济产权制度改革涉及松江全域，浦北城镇化更为充分的地区，集体资产体量更大、情况也更为复杂；除了浦南的在土农民，它关系到的是松江更多已进城农民的利益。

---

[1] 详见封坚强回顾集体资产改革时所作序言，上海市农村经济学会、上海市松江区农业委员会主编，《农民的呼唤——上海市松江区农村集体产权制度改革的实践》，第1–3页，2016年5月。

家庭农场与种地有关，所有人都不陌生，集体资产却已被“遗忘”了许多年，改革之初，能够深入了解并说清楚的人并不多，无论体量或是工作艰巨程度，它都比家庭农场改革更具挑战性——从改革准备期开始，就需要大量的基层调研工作，并对法律、历史资料做系统梳理，加之更广泛的沟通交流和各种事无巨细的改革动员。

在改革的顶层设计方案中，不仅有一个从原则到方法，再到改革步骤的详细说明，它还有一系列有法律效力的文件做保证，而为了让改革顺利落地，甚至还有一张产权制度改革操作流程图可供基层单位参照。

“处理利益关系，最重要的就是要把原则定好。”封坚强说，而这个原则，就是：“有法律的依据法律，有政策的依据政策，有案例的依据案例，没有先例可循的，由村民代表大会举手表决通过。”

定好了原则，还要界定集体经济组织成员身份——它必须是在册、在队或曾经在册、在队的集体经济组织成员。

接着便是对集体劳动时间（农龄）和人均占有耕地面积（地龄）的统计，以及它们总股份数中分别所占权重的确定，经过颇费周折的讨论，它最终的权重比例被定在了 4 ： 6。

农龄统计的起始时间范围被确定在了1956年至2010年12月31日（或整建制镇保日），除了统计在册在队成员的农龄，还包括已经离世成员的农龄——他们在世时，也为集体资产的增加做出了贡献。

虽说人均占有耕地面积（地龄）容易统计，但它的权重比例却有着不小的争议，它不仅考虑到了农村集体土地在快速城镇化进程中的增值因素，甚至有官员查阅了松江县志，并估算了城镇化过程中集体资产增值的比重，而4:6的比例，本身就是争议过后的折中结果。

即便如此，封坚强仍认为，它的比例应是1:9，即地龄权重应该更大，因为——集体资产中的劳动积累，已被当年分红与农产品统购统销的“剪刀差”用尽，土地增值和积累才是集体资产的主要构成。

“另外考虑的是，守在集体土地上的人才是最弱势的，改革方案就应该利于弱势群众，这些人守着土地、耕作土地，与土地相依为命，现在土地增值应该回归给他们。”封坚强说。

在确立了原则、方法、步骤等一系列顶层制度设计方案后，2008 年，松江改革由城镇化最为充分的新桥镇试点开始，2010 年，改革试点扩大至中山街道，再至 2011 年，在总结试点经验的基础上，改革范围扩大至所有涉农街镇。

改革方案真正要落地蛮苦的

随着改革的扩围，要做的事情就不只是总结经验了。除了区级层面在更多（街）镇加强了实地调研座谈，进一步原清改革思路；职能部门召开专题会议的次数也增加了，以研究解决操作过程中的具体问题；而为了更有力地推动改革，集体经济产权制度改革也被纳入干部绩效考核当中。

2012 年 5 月之后，松江集体经济产权制度改革进入全面覆盖、稳步推进阶段。它不仅由各（街）镇党政一把手亲自负责，改革也推进到了村和村民小组。

（街）镇层面的改革行动，涉及到了更多具体落地，它的工作量更大。一般而言，在松江，它从（街）镇改革干部参加区级层面的改革工作会议开始，接着成立（街）镇的筹备委员会，并根据调研结果制定筹备工作计划，再根据计划设立驻村工作小组推进。

驻村工作小组第一步，即对全村的集体土地资源、由经营性和非经营性两类资产组成的所有集体经济资产、村民的人均耕地、农龄进行调查摸底和确认，它也被公认为是改革中最为繁杂的一步。

2015 年，时任松江砖桥居委会书记顾春芳说，当时工作组进村，先是做了广泛的调研，然后每户人家推荐一个户代表，再每个生产队推选出五名常务代表。常务代表需要对生产队全权负责，对涉及到改革的摸底和评估结果签字确认，户代表则负责以户为单位的农龄计算、资产评估和土地核算。

“那时候一步步操作得都很细致，否则矛盾肯定有。”顾春芳说。

砖桥村改革时扮演会计角色的村民夏莉说，对农龄的统计不仅要去派出所调出户籍资料，每户社员一张表，还要和村里的资料核对，“村里登记的和派出所有差异，就以派出所的为准，差半个系数都不行”。

集体土地资产、资源和农龄工作摸底，再核对、调整完成后，还要户主签名确认，之后公示一周，直至全体村民无异议，整个调查和摸底工作才算完成。

对集体资产的评估更是苦差事。夏莉说，评估公司人员仅仅在砖桥村“蹲点”评估就超过了两个月，评估每个村、队所有的账，涉及到实物资产，则由村民带着评估公司实地测量、核实。“当时又是夏天，我们有时候陪着他们下午六点下班，确实是蛮苦的。[1]”

由于认真和事无巨细，“螃蟹”最终还是被吃了下来。

截至 2013 年 12 月底，松江 14 个（街）镇皆成立了集体经济联合社，86 个行政村、21 个村改居等 107 个村级单位皆组建了村级集体经济合作社，完成改革覆盖面达 100%[2]。

---

[1] 以上皆来自本书作者 2014—2015 年在松江的广泛采访，录音。

[2] 上海市农村经济学会、上海市松江区农业委员会主编，《农民的呼唤——上海市松江区农村集体产权制度改革的实践》，第 20 页，2016 年 5 月。

牵一发制全身

从松江改革成效来说，半个多世纪后农村集体经济组织的归位，带来的影响牵一发制全身。

于农民而言，通过每年分红，它带来了财产性收入的有效增长。

松江改革仍在推进途中的 2011 年，全区农民集体资产收益分配收入只有 2776.01 万元，在农民财产性收入中仅有 5.8% 的比例，至 2014 年 14 个（街）镇改革完成和开始分红，它翻了近 5 倍至 12875 万元，在农民财产性收入中的比例则增至 23.8%。2017 年，全区 14 个镇级联合社落实当年度社员分红 3.03 亿元，比上年增长 10.2%[1]。

以最早开始改革、城镇化程度最为充分的新桥镇为例，相比 2011 年人均分红 999.4 元，至 2014 年，这一数据达到了 1220.4 元[2]，至最新可查的 2017 年，人均分红更是近 2000 元[3]。

2010 年，新桥镇集体经济联合社进行了每股 16 元，总计 2773 万元、户均 5715 元[4]的第一次现金分红，至 2017 年第七次现金分红，每股额度涨至 22.5 元，总额达到 4524.22 万元，户均分红近 1 万元[5]。

---

[1] 据 2018 年 7 月 30 日上海市松江区区长陈宇剑在松江区第五届人民代表大会第五次会议上所作《2018 年上半年政府工作报告》，松江人大网，2018 年 8 月 1 日。

[2] 如上两段数据皆引自上海市农村经济学会、上海市松江区农业委员会主编，《农民的呼唤——上海市松江区农村集体产权制度改革的实践》，第三部分“改革成效与特点”，第 42 页，2016 年 5 月。

[3] 上海市松江区农业委员会数据。

[4] 上海市农村经济学会、上海市松江区农业委员会主编，《农民的呼唤——上海市松江区农村集体产权制度改革的实践》，第 65 页。

[5] 根据上海市松江区新桥镇农村集体经济联合社第二届社员代表第三次会议所透露的数据测算。

由于每年分红带来了实实在在的收益，松江农民对集体经济的看法戏剧性地发生改观。相比于此前的“无人关心无人问”，开始分红后，“集体资产归集体成员共同所有”尽人皆知，甚至农民们还会打听临镇的分红情况，这也给集体资产经营者带来了压力。

“一旦第一年分红，之后就停不下来了，老百姓都盯着你，但下来也不能预期集体资产经营利润大增就分红增加很多，而是要积极稳妥地去增加分红，否则不仅自己压力大，也给周边乡镇压力，说你给我们出难题了。”2015 年 3 月，松江洞泾镇财经办主任严仁龙对我说。

在洞泾镇隔壁的佘山镇，“由于开始分红了，老百姓见到实利肯定关注，我们以前没分红，老百姓不会当回事，不知道政府在搞什么改革，但今年我们开始分红，有些人当初家庭内分配没在意，现在反悔想要调整，电话就打过来了。”其经济管理事务所所长沈海泉又这样说。

来自农民对分红关注的空前压力，加之管理制度的完善，统一经营的集体资产效益明显提高，集体资产得以继续做大。仅至 2014 年底，松江（街）镇、村两级集体资产总额即达 480.04 亿元，其中净资产 134.88 亿元（人均净资产约 23663 元），分别比 2013 年改革完成时，增长了 46.3% 和 9.6%。2017 年，松江全区集体资产总额增至 598.29 亿元[1]。

新桥镇的集体资产增幅更是惊人。2014 年底，新桥镇集体经济联合社总资产 24.38 亿元，较 2009 年底增幅 247%，净资产 13.43 亿元，增幅 395%。再至 2017 年，新桥镇集体资产总额达到了 89.80 亿元[2]。

统一管理后，集体资产有效增值的路径又是什么？首先便是产权明晰后的责任和压力：

[1] 上海市松江区农业委员会数据。

[2] 以上数据皆来自上海市松江区农业委员会及松江区政研室相关资料。

对具体经营集体资产的领导而言，考虑的不仅是集体资产增长的问题，集体资产产权明晰之后，对应的还有责任。

严仁龙说，一天他开车在外面办事，忽然听到消防车的警报声，“我当时就在想是不是我们的工厂着火了，心惊肉跳跟着消防车走了一路，后来消防车驶过了工厂的路口，我的心才算是放下了”。

谈及如何让集体资产增值，严仁龙说，一个办法就是资源整合。改革之前，由于集体资产多个产权主体，有的地段土地均价已经 1 万元 / 亩了，但村集体就租给私人 4000 元 / 亩，人家比他差的地段，也都 8000 元 / 亩了。

“好，现在集体资产都整合到镇里来了，你 4000 元 / 亩三年后到期，我就和你按照市场价格谈，因为你前面签了合同，我让你 3000 元，你也让 3000 元，租金调整到 7000 元 / 亩。如果你不同意调整，那也没关系，等合同到期，人家 1.2 万元 / 亩，你 1.5 万元 / 亩。”严仁龙说。

严仁龙透露，这样调整后，洞泾镇农村集体资产联合社一年就会多出三四百万元的收入。当然，他还有其他办法，比如搞二次开发招商，而集体物业公开竞价出租，也可以增加集体资产的收入，另外还可以配套一些商铺，既满足了居民的需求，又增加了收入。

“有些住宅区旁边的集体物业空了三年，问他为什么不租，他说老百姓会找你问题，但你集体资产放在那里不作为也是问题，你做了，老百姓钱拿到了，有什么不好呢？住宅区也需要一些配套，比如洗衣店、手机充电、饭店、超市等，收益也很不错。”严仁龙说。

在佘山，沈海泉说，除了主要是厂房的租赁型物业，目前在佘北大型居住区，按照当时的安置房协议，镇联合社地上、地下分别还各有 50 万平方米的商铺，“我们不会卖掉，而是租出去，今年第一期 8 万平方米9月交付”。此外，镇联合社下属的投资公司还和基金公司共同出资，成立了一个保本收益基金。“我们不能只靠收房租，我们要创新。[1]”

集体经济组织的归位，随着城镇化的不断推进，更利于集体经济在创新中发展壮大——比如与国有资产公司共同进行产业园区开发，这为更高效率地壮大集体资产，实现集体资产保值、增值提供了可能：

新桥镇集体经济联合社之下的镇集体资产公司，与漕河泾新经济园（国有公司）合资组建了漕河泾松江高科技园开发有限公司，注册资本1亿元人民币，集体资产公司占40%的股份，漕河泾占60%的股份。在股东方未新增投入的情况下，开发公司注册资本从1亿元增加到4.09亿元，实现了集体资产保值增值、快速发展。

2014年，新组建临港松江高科技园开发有限公司，主攻漕河泾南拓区的开发任务，注册资本1.50亿元，集体资产股份由原来的40%提高到49%，进一步提高了集体资产的预期收益。

通过集体资产和国有资产的紧密结合，形成利益共同体进行产业园开发；集体经济组织成员通过这个纽带，进而分享到了工业化和城市化带来的红利，这一探索和创新，掀起了镇集体资产发展的崭新篇章[2]。

与漕河泾开发区的“区区合作”，国资、集体经济共享土地增值红利的转型发展路径，也被盛亚飞称之为“产业园区3.0”版本。

---

[1] 以上皆为本书作者2014—2015年松江采访，录音。

[2] 上海市农村经济学会、上海市松江区农业委员会主编，《农民的呼唤——上海市松江区农村集体产权制度改革的实践》，第63页。

相比“七通一平[1]”卖土地、引进加工制造企业的“1.0”版本和自己经营土地、通过标准厂房建设，吸引研发中心、销售中心、总部经济落户的“2.0”版本，“3.0”版本所取得的效果更为显著：

我们与漕河泾开发区的“区区合作”，让我们找到了一条节约集约资源（已经入驻企业的220亩土地共聚集了近200家企业，平均每家企业占地仅1亩左右），优势企业集聚（落户企业基本上是涉及核心制造的工业企业和高端生产性服务业企业），产出水平迅速提高（园区连续三年税收实现翻番，今年亩均税收接近200万元，是目前松江工业用地亩均产出的12倍），国资、集体经济共享土地增值红利（仅首期220亩土地，国、集两家土地增值所带来的收益即不少于10亿元，新桥镇集体经济组织投入的4000万元本金增值到了4.4亿元）的转型发展路径。我们将此称之为“3.0”园区[2]。

集体经济产权制度改革后更为深远的影响在于，它让进城农民实现了“带着土地放心进城”，农民与城镇化的利益自此统一——即便已经进城了，但集体资产股权还在，城镇化的发展带来了集体资产增值，每年通过股权，仍能从分红中获得一部分收益，进城也就多了一份保障。

---

[1] 指基本建设中前期工作的道路通、自来水通、电通、排水通、排洪通、电信通、煤气管通及平整土地等的基础建设。

[2] 盛亚飞，《在上海市委贯彻十八届三中全会精神学习讨论会暨务虚会上的发言》，2013年11月29日。

“不是书记力推怎么能做成”

从松江经验观察，农村集体经济产权制度改革，属于打破现有利益格局的改革——针对村、镇官员随意支配集体资产“小金库”，通过明晰产权和确权，将它固定至每一个集体经济组织成员，并通过每年分红提高进城农民的保障，实现农民与城镇化利益相统一。

我曾问盛亚飞，改革要动到基层官员的“奶酪”，推进的阻力会有多大？他说：

阻力会有一点，但总体不大，特别是老百姓拥护的事，村里干部不能说不好啊，无非就是自由裁量权没有了，而基层改革，严格意义上就是限制基层干部的权力。现在很多地方出现“小官大贪”的现象，主要原因就是村里的干部权力没有得到规范约束，我们通过改革，图的就是让农民得到应该得到的利益，同时让基层官员规范一点。

即便如此，打破现有利益格局，仍需要自上而下强有力的推动。

我又问盛亚飞，“我在松江采访时，听过最多的话是，松江集体经济产权制度改革之所以能做成功，是您力推的结果，您怎么看？”

“是我力推，不是书记力推怎么能做成？”盛亚飞解释道——这倒不是他个人有多大的能量，而是集体经济产权制度改革离不开主政地方一把手的力推，“当然，还有封坚强等这帮老兄比较认真，再一个，这和街镇党委书记积极推进也很有关系”。

在这场改革中，盛亚飞的扮演角色有——其一，改革之题他亲自来出，不仅下决心要在全区整体推进，并且每年紧盯进度持续过问，直至最终落地执行；其二，改革试点他亲自抓，尤其是新桥镇第一个试点的改革方案和步骤，皆由他与镇党委书记、镇长等多次商讨而来；其三，即便改革在全区铺开，他仍未掉以轻心，而是继续亲自推动，从准备改革到改革完成，再至继续深化改革的 8 年多年来始终未放松过。

松江区每一个（街）镇改革完成时，皆要开集体经济联合社成立大会，盛亚飞一定会到场——从 2009 年 12 月 1 日新桥镇开始，直至四年后最后一个完成改革的方松街道，面对松江 14 个（街）镇成立大会上的众多社员代表，他足足讲了 14 遍为什么要改革。

为了能够等到盛亚飞出席大会，洞泾镇甚至两次推迟了成立大会的举行时间，严仁龙说，因为它非常重要，盛书记一定要亲自参加。

对照盛亚飞过去有关集体经济产权制度改革的 14 个脱稿讲话，在新桥，他从“今天，我们在这里召开”开始讲起，而到方松街道，他的开场白变成了——“非常高兴参加今天的会议。”

在 2009 年 12 月 1 日新桥镇的演讲中，盛亚飞给社员代表们说了一段意味深长的话：

同志们，发展集体经济现阶段要坚持的，第一，集体经济资产不能直接分掉，分掉会损害整体农民的利益；第二，农民手中的股份千万不要现在卖掉、转掉，如果你现在卖掉、转掉，过几年就会后悔不及，会吃大亏。当然，如果有聪明的人买进要发大财。

今天的俄罗斯富豪是怎么来的？就是苏联解体的时候，把国有资产全民股份化，每个人平等地分到几个股份，大部分的人把手中的股份三钱不值两钱地廉价卖掉了，集中到了少数几个人手里，这少数几个买进股份的人，几年之后就成了大富豪。

所以规定现阶段集体经济资产股份不能转让兑现，就是因为股份的价值尚未充分显现，现在卖掉可惜了，等若干年后其价值充分显现，当然可以自由转让、买卖，所以现阶段你们要盯着你们的书记，你如果经营得好，我们就同意让你继续当社长，如果经营不好就罢免你[1]。

2014 年，为了解松江的集体经济产权制度改革，周其仁教授去了松江两次，他对盛亚飞说："第一，这件事情你是想清楚了；第二，了不起的是做成功了；第三是宣传不够。"[2]

---

[1] 上海市松江区政研室资料。

[2] 有关松江集体经济产权制度改革内容，另可参照郭涛涛、茅佩云，《集体权益归来：上海松江"超级农改"》和郭涛涛，《在松江，遇见中国"三农"未来》，《环球财经》杂志，2015 年 6 月。

第七章

农村“第三块地”魔方

苹果手机隐喻

始终会推出比上一款更昂贵智能手机的苹果公司，2017 年 9 月 13 日发布了史上最高售价的 iPhoneX 新机型。这款向斯蒂夫 · 乔布斯（Steve Jobs）推出 iPhone 十周年致敬的手机[1]，在美国的起售价为 999 美元，比它此前推出的 256G iPhone8 Plus 高出了 50 美元。

和过去多次一样，没过多久，英国老牌的市场研究公司 IHS Markit 就对它进行了物理拆解，并做了零部件成本分析。根据分析，iPhoneX 的零部件成本比此前推出的 iPhone8 高出了 115 美元，但它让苹果手机有了更多的新功能。

比如 iPhoneX 采用的原深感摄像头，让它有了面部识别功能，并在人像模式中有了影棚级别的光效；它还采用了高宽比 19.5:9 的 5.85 英寸 AMOLED（有源矩阵有机发光二极管）面板，这让它有了近乎无边框、屏占比超过 80%、更为轻薄的全屏幕。

纵观每一次新型号苹果手机的推出，提价并让消费者趋之若鹜，无不是因为新的零部件——有了更多的新功能，同时也推高了成本。

提到苹果手机，并不是因为我是个科技狂，而是因为它的价格传导链条，有点像城乡土地之间的级差地租。想想看，为什么城市里黄金地段的土地价格那么贵，位于偏远乡下的农地却不值钱？

答案是级差地租及它背后的土地稀缺性。

从 17 世纪时的英国古典政治经济学家威廉 · 配第（William

---

[1] 罗马数字里的“X”即“10”。

Petty）[1] 开始，再到亚当·斯密 (Adam Smith) 和大卫·李嘉图（David Ricardo）[2]，乃至后来的卡尔·海因里希·马克思（Karl Heinrich Marx）[3]，有关级差地租的讨论就一直没有终止过。

农业社会时期，级差地租有关地理位置和土地肥沃程度。配第看到，维持伦敦或某军队的谷物，从 40 英里外运来的，就没有 1 英里外运来的赚得多，因为少支付了 39 英里的运输费用。获得更高收入的农夫，也将给土地所有者支付更高的地租。同样，面积相同、作物类似的情况下，肥沃土地产出自然更高，地租也就更高。

至初步工业化时期，马克思笔下的级差地租与生产效率有关。他用自然瀑布做动力和蒸汽机做动力的企业做对比，同等条件下，由于瀑布是自然动力，成本更低，生产效率更高，企业也就获得了超额利润，并转化为更高的地租，最终落入土地所有者的口袋[4]。

---

[1] 威廉·配第（William Petty，1623 年 5 月 26 日—1687 年 12 月 16 日），英国古典政治经济学之父，统计学创始人，最早的宏观经济学者。著有《赋税论》《献给英明人士》《政治算术》《爱尔兰政治剖析》《货币略论》等。

[2] 大卫·李嘉图（David Ricardo, 1772.04.18—1823.09.11），英国古典政治经济学的主要代表之一。早期为交易所的证券经纪人，后受亚当·斯密《国富论》影响，转而开始研究经济学。其研究的领域主要包括货币和价格、税收等问题，主要作品为 1817 年完成的《政治经济学及赋税原理》，他继承并发展了斯密的自由主义经济理论，并认为限制政府的活动范围、减轻税收负担是增长经济的最好办法。

[3] 卡尔·海因里希·马克思（Karl Heinrich Marx，1818 年 5 月 5 日 — 1883 年 3 月 14 日），德国伟大的思想家、政治家、哲学家、经济学家、革命家和社会学家，马克思主义的创始人之一，第一国际的组织者和领导者，全世界无产阶级和劳动人民的伟大导师，无产阶级的精神领袖，国际共产主义运动的先驱和领导者，主要著作有《资本论》《共产党宣言》等。他创立的广为人知的哲学思想为历史唯物主义，其最大的愿望是个人的全面而自由的发展。

[4] 卡尔·马克思著，中共中央马克思、恩格斯、列宁、斯大林著作编译局译，《资本论》第三卷，第 721—845 页，人民出版社，2004 年 1 月。

城市化时期的级差地租，除了地理位置、生产效率等因素，它还类似于苹果手机的零部件[1]。

苹果手机里的新增零部件，让它有了更强大的功能，这就好比城市化的好处，来自乡村人口的集聚，不仅有了资源利用效率更高，统一供水、供电的住宅楼，它还有学校、医院、咖啡馆等各种功能配套。功能的增加，让生活更为便利，并吸引着更多人前来，城市土地更为稀缺，地价就会变得更贵。

苹果手机升值，在于它多个零部件的有序排列，进而有了更强大的功能，否则，它只会是铁板一块——一个好的土地规划，会让城市功能更强，在商业和居住等方面更具吸引力，它的稀缺性凸显，地价于是一路走高。

苹果手机功能再强大，离不开工人在电路板上的操作，城市土地的稀缺性也不是天然的，它离不开政府层面的合理城市规划，加之在一些政策工具上的科学合理运筹——比如增减挂钩。

城乡土地是有限的，城市里用以盖楼房、厂房等建筑物，建设用地的增加，必然会导致耕地面积的减少，可耕地又是城市人口的食物来源，耕地总量也要保持。这时候，用于平衡耕地和建设用地的增减挂钩出现了。

也就好像工人用焊枪等工具增减手机固定面积电路板上的零部件，在城乡建设用地总量不变的前提下，城市里如果要增加建设用地，相应就要按照等量面积，减少一部分乡村建设用地，并将它复垦为耕地——通过建设用地指标的增减和置换，城乡之间的土地要素发生流动。

一个利用土地稀缺性的增收机会就此出现——增减挂钩减少了乡村

---

[1] 2017 年与广东财经大学经济学院邹方斌老师讨论土地规制时，他列举荷兰、日本和越南狭窄门面住房及拆除小区围栏等例子，首提此观点。

的建设用地，并将它腾挪到城市里利用，城乡空间变得更合理。乡村因减少了无人居住的空置住宅和建设用地而显得更为开阔和自然和谐；城市因增加了稀缺的土地而可以建设得功能更加完善，城市土地的级差地租进一步升高。

对农民而言，增减挂钩也可以是一次造富机会。因为在农村，除了承包地和集体建设用地，还有和他们关系最大，他们也最为在意的“第三块地”——宅基地。

作为乡村面积最大、使用效率最低的建设用地，宅基地上的农民房，承担的是保证农民居住权的功能，但占用不少耕地的它们并不能买卖[1]，即便是可以买卖，由于地理位置偏远，它也价值有限；农民进城后，不仅乡村的房子多半时间无人居住，他们也买不起城市里的商品房。

但有了增减挂钩，再将它作为一项政策工具科学运筹，城市建设用地升值溢价之余，农村耕地也得以复垦连片，走上提效之路，农民们则将宅基地置换成城市里可以买卖的商品房。它对赋予农民财产权，解决农民进城保障不足而言，接近于科幻小说《三体》里降维打击[2]的效果。

小昆山镇升值戏法

在许多上海人民的心目中，位于松江新城西北部的小昆山镇，是一个适合学车的地方，那里有很多驾校，以至“到小昆山去学驾校”一度

[1] 最早可追溯至1962年9月27日通过的《农村人民公社工作条例（修正草案）》，第四章第二十一条规定：“生产队范围内的土地，都归生产队所有。生产队所有的土地，包括社员的自留地、自留山、宅基地等等，一律不准出租和买卖。”

[2] 中国科幻作家刘慈欣作品，在该书里，太阳系外未知文明的外星人，通过发射“二向箔”，将三维的太阳系二维化，变成了一个平面，精准毁灭了太阳系。

成为流行，但那仅仅是它的过去。

如今的小昆山镇，有着和全国多数乡镇完全不同的景观。

它早已不是在许多城市城乡接合部看到的那样，由没有人住的乡村，各色厂房、外加荒芜田野犬牙交错、城乡难分，它的格局——由农业区、工业区和集镇区三大块[1]组成。它过去空旷的道路，也变得车水马龙人流熙攘。

曾经分布在小昆山镇域内近两百个散居村落，绝大多数的小昆山农民都拥有集镇区核心地段的多套商品房。他们的房子不是买来的——而是拆掉自己宅基地上的旧房子，按照合法居住面积，通过增减挂钩，以 1:1 的标准置换而来。为了拆掉他们的旧房子，并在集镇核心区盖上新房子，小昆山镇政府还代表镇农民集体经济组织，以集体资产作为抵押，事先从银行贷款了 80 多亿元人民币。

重点来了，对于失去自己农村房子的小昆山农民，以及负债 80 多亿元的小昆山镇集体经济组织，这笔买卖是否划算？

从结果来看，小昆山农民无疑是划算的——他们在农村的房子合法居住面积多在 200 平方米左右，置换之后，变成了集镇区多套、加总面积相同的商品房。农村的房子不能买卖，商品房不但可以买卖，而且还会升值。

由于改革后土地稀缺性得以充分体现，相比农民拆掉自己的农村房子之初，小昆山集镇楼板价只有四五千元，待商品房建成入住，楼板价已飙升至 3 万元，小昆山农民普遍成功实现了座拥五六百万元房产的梦想。

---

[1] 小昆山镇工业区规划面积约 5.74 平方公里，集镇区面积约 4.5 平方公里，农业区面积约 24 平方公里，2015 年时任小昆山镇党委书记沈惠龙透露。

而当镇上农民搬进新房子时候，小昆山镇政府当年代表镇集体经济组织，以集体资产作抵押的贷款也已悉数还清——不仅实现了让很多基层政府视为畏途的资金平衡，它还结余了数百亩财富总值尚无法估量的建设用地。

农民和政府划算背后的经济学逻辑再重复一遍——就好像增加了新零件的苹果手机功能更多，价格变得更高；通过增减挂钩，小昆山镇级差地租发生了变化，土地稀缺提升了它的价值。

原本城乡犬牙交错的格局，就像一块无序排列的电路板，由于耕地、商住用地、工业用地等不同功能地块排列杂乱，不同地段的稀缺价值并未得到充分凸显，即便招商引资，也难言有强烈的吸引力。

经过重新规划和包括宅基地在内的建设用地置换，小昆山镇格局被重塑为“三大块”——工业区集中发展新型工业，集镇区满足更多本地和外来人口的居住需求，服务业也得以发展；农业区连片的万亩粮田，只由不到 100 户家庭农场经营，效率大为提升。

在小昆山镇镇域范围内，“三大块”各自功能分明井然有序，它们的稀缺价值就这样体现了出来。还原小昆山镇 2008 年以来的试点改革，更能窥清楚这一城乡土地要素交换的奥秘。

资金平衡奥秘

作为全国第二批、上海市第一批小城镇发展改革试点镇，小昆山镇的改革试点是从 2008 年的小城镇化规划开始的。制定缜密、科学、合理的镇域规划，本身就是它最为重要的第一步，它后来形成的“三大块”格局，即是经过反复讨论，在规划环节即已确定的目标。

确定了“三大块”，接下来便是“拆旧区”和“建新区”的落实步骤。

所谓“拆旧区”——在农民自愿的基础上，通过“拆旧”，将分散在小昆山镇镇域范围内184个农村散居点，共计3300多户[1]人家的民宅全部拆掉，从起步谋划算起，它足足耗时9年才最终完成。

拆掉民宅同时，同时被拆掉的还有散乱在周围的200多家工矿企业及部分集体建设用地上的建筑物，类似于宅基地置换标准，本镇范围内符合条件的工业用地拆迁置换标准，同样是1:1。

如同拔掉军事地图上错综复杂的“钉子”，“拆旧区”让小昆山镇空间重构成为现实。

在上海市建设用地总量不变[2]的情况下，通过增减挂钩和包括宅基地在内的建设用地置换，不仅规划农业区内已拆掉的建设用地得以平整、复垦为耕地，农业区连成了一望无际的万亩粮田，与此相对应，它也为集镇区和工业区置换出了约1678.4亩新增建设用地。

建设用地有了，下一步就是“建新区”——小昆山镇从新增的1600多亩建设用地中拿出了606亩地，在规划集镇核心区为拆迁安置农民修建了三个现代化的商品房小区，居住面积约66万平方米，多达6391套的安置住宅，即可安置3100多户农民。

余下的1000多亩建设用地，则用于经营性建设用地的批租出让，以发展商业和新型工业。所筹资金用于修建拆迁农民的商品房及配套的城镇基础公共设施——不仅包括总计超过4万平方米的社区文化中心、卫生服务中心、敬老院、成人学校等配套建筑，还有各类道路、天然气管道、交通枢纽站、城市绿化景观等一系列城市基础公共设施。

---

[1] 总计3383户，它又包括规划农业区内的2582户和规划新增镇区内的801户，全国人大专项调研小组报告：《小昆山镇全国小城镇发展改革试点情况》，盛亚飞，2017年10月。

[2] 根据上海市“十三五”规划，上海市建设用地红线为3185平方公里，其中松江为286平方公里。

截至 2017 年 10 月，小昆山镇仅出让了 7 块，共计 471.11 亩的地块[1]，却拍出 102.6 亿元的土地总价，小昆山镇实得约 80 亿元，资金平衡至此实现——不仅收回了投入成本，还结余了未来仍可用于出让的 602 亩建设用地。

在小昆山镇整个改革试点过程中，农民的集体资产也得到了增值。

虽说拆掉了部分规划区内，属于集体资产的集体仓库、废旧厂房等建筑物，但通过对工业用地搬迁和回购的积极介入，集体经济组织又新增了 134.8 亩工业用地，以及建筑面积多达 4.4 万平方米的工业厂房，预计新增年收益 1133 万元；动迁安置小区周围的新增商铺，也是集体经济组织投入、只租不售的资产。总计 1.86 万平方米的商铺，预计年收益 1096 万元[2]。

小昆山镇的家庭农场主也刷新了中国农民种地历史——农忙时，住在集镇区的他们先开车到农业区，再从农机仓库开出拖拉机下田作业，时下，他们还会操作更为先进的无人机在农田里防虫。

推敲 1:1

包括宅基地置换在内的小昆山镇小城镇改革试点，也是上海市最大的增减挂钩项目，与一些省份的农民死守家园、不愿拆迁不同，从 2014 年开始的小昆山“拆旧”，自愿拆除宅基地的农户比例高达 99.06%[3]。

如此高的自愿被拆迁率背后，是它镇域范围内，以农民合法居住面

---

[1] 包括 5 块住宅用地和 2 块商业用地。

[2] 以上数据皆来自全国人大专项调研小组报告：《小昆山镇全国小城镇发展改革试点情况》，盛亚飞，2017 年 10 月。

[3] 2015 年采访，时任小昆山镇党委书记沈惠龙透露。

积[1]为标，1:1的置换标准，它的巧妙之处在于对“镇域”的范围锚定——既保障了拆迁农民拆迁的利益，基层政府也实现了资金平衡。

作为同镇农民的整体城乡统筹，宅基地置换前，镇域范围内城乡不分，不同地段间的地租级差不明显，这为1:1的置换标准创造了条件——同等比例置换镇域范围内可以买卖的商品房，最大程度上保证了农民进城的居住权和财产权；另一方面，因为是就地城镇化，它也将置换成本控制在了一个合理的范围，基层政府不至于动迁成本过大，难以实现资金平衡，以至于改革无法推动。

1:1置换标准，一定是在级差地租不大的区域内才更具可操作性。

试想，如果以同等面积，将小昆山的农民房置换为上海徐家汇地区的商品房，农民自然愿意，但由于徐家汇级差地租更高，于小昆山镇政府而言，注定无力承担置换的成本。

如果按照基层政府能够承担的资金成本，将农民置换到级差地租较高的地区，那么，1:1的置换标准只能大打折扣。比如从小昆山置换到松江新城，它的比例只能在1:0.5左右，这便是价值规律在级差地租上的体现，至于南京路上，那就更少了，也许只有1:0.25，甚至不足1:0.1[2]，农民居住权就变得难以保证。

将基层政府和农民拆迁看作是一场谈判，参照以往在全国各地时有发生的暴力抗拆事件，它背后的根本原因莫不是无法兼顾效率和公平，进而导致谈判破裂的生成过程。

为了经济发展，基层政府需要招商引资，招商引资又需要工业用地，进一步就得征地拆迁，但拆迁资金有限，支付给农民的征地对价，并不

---

[1] 不包括乡村违建部分，以宅基地修建时规定的面积为准的居住面积。

[2] 盛亚飞根据不同区位级差地租水平的估算结果。

足以保障他们的进城居住权和未来发展，反复拉锯过后，不得已又通过暴力方式解决，进而激化了基层矛盾。

没有整体规划与“镇域”锚定的征地拆迁，往往又是发展到哪儿就拆到哪儿的“摊大饼”——即便保证了拆迁地段农民的利益，但却无法顾及辖区内偏远地段农民的利益。地段不同、农民的处境就不同，农民之间亦难言公平。

“镇域”锚定，加之可实现的1:1置换标准，不仅相对公平，各方也都比较认可，前述所有问题迎刃而解。

从小昆山镇的改革实践来看，因为保证了同等面积的居住权，进一步兑现了农民原本在乡下房子的财产权，且照顾到了偏远地段农民的利益，拆迁得到了农民普遍的支持和欢迎；通过整体规划与再造，导致镇域级差地租有效提高，基层政府的动迁成本，由此亦得以收回。

如此一来，地区发展也会变得更有活力。人口的集聚，促进了工业区和城镇区的工商业发展，农业区因为规模化，现代农业更进一步。自此，城市更像城市，乡村更像乡村，城乡一体发展步入良性循环。

小昆山镇政府的发展思路也发生了微妙的变化，2017年，小昆山镇党委书记陈永明说：

我现在在想的另一个问题，是怎么样考虑经济发展主线。你说账本上有100亿元不算本事，工业园区每亩土地产出效率提高才是真正重要。不要老想着怎么卖土地，土地卖了就没了，而是要考虑如何经营土地，比如如何对工业园区进行二次开发，盘活存量的工业用地资源。

尽可能少做地主，要做股东和房东，政府不是卖地公司[1]。

松江级差地租更低的浦南农业区，比如位置更偏僻的新浜镇，同样发生了类似小昆山那样的镇域范围内的宅基地置换，它的置换标准同样是 1:1，而当农民搬进集镇核心区的住宅楼时，房价同样出现了翻倍的增幅。

地处农业区，地理位置的差异，决定了新浜镇的级差地租没有更发达的浦北工业区高，本镇范围内，即便通过增减挂钩的减量和复垦，结余了更多建设用地指标，但它并不能如区位优势更明显的小昆山镇，仅在本地便可卖出高价，实现资金平衡的难度也就变得更大。

但松江还有超越镇域、被国土资源部（现自然资源部）称道的"超级增减挂钩"，在全区范围内使用的政策工具——通过跨越浦南、浦北，松江全区统一的建设用地指标交易平台搭建[2]，新浜镇富余的建设用地指标，被拿到了级差地租较高、更有建设用地需求的浦北地区交易，资金平衡同样不是问题。

农村"三块地"的宅基地、集体建设用地和承包地，以及它们分别对应的改革——宅基地置换、集体资产改革和家庭农场，它们之间也不是割裂的关系，而是互为整体。

对我首次点破它们之间关系的，是在上海市第一批宅基地置换试点镇佘山镇，时任党委书记姚建峰 2015 年说的一段话：

[1] 即转变出让工业用地的模式，而是开发和入股工业园区，通过出租厂房获得收益，详见郭涛涛，《回访松江：提问城乡中国》，《环球财经》杂志，2017 年 5 月刊。

[2] 中华人民共和国国土资源部（现自然资源部）调研报告：《上海松江"超级增减挂钩"探微——上海市建设用地减量化从理念到实践》，执笔人董祚继，参加调研人员吴淑章、曾源和阮利平，2015 年 8 月 4 日。

小郭，不知道你发现没，其实松江的家庭农场，集体资产改革，包括我们的宅基地置换和增减挂钩，都是相互紧密联系的。

集体资产改革让农民更为放心地进城，农村的耕地才能规模化流转，做家庭农场又解决了粮食问题，而宅基地置换和增减挂钩，进一步保障了进城农民的利益，做好了能让他们安居乐业[1]。

“城市是养出来的”

在小昆山镇、新浜镇采访期间，让我想到更多的是“摊大饼”模式和新农村建设中的“赶农民上楼”。前者有关城乡土地的利用效率，后者则关系到农民生计和财产权的实现。

相比于“摊大饼”，盛亚飞在小昆山镇、新浜镇推行改革的前瞻之处，在于它终结了“摊大饼”的发展模式——虽然城镇建成边界有所扩大，但全区范围内的城乡建设用地规模和总量没有扩大和增加；通过建设用地的空间置换，全区的耕地总量更是没有减少，且因土地价值凸显，农民家庭财富实现了数倍增值，地方经济发展也得以脱胎换骨。

这与盛亚飞“城市是养出来的”思路有关。

对于一个城市的发展，土地不是无限的，它的生命力也不是征用农地扩张后大量钢筋水泥建筑物的拔地而起，而是有集聚效应的人口密度——只有人的集聚才会有生产和消费，有吸纳更多劳动力的商业和服务业。

---

[1] 2015 年末在佘山镇政府采访姚剑峰录音。

长期而言，政府财政收入依靠“卖地”也难以持续——即便是处于东部发达地区的松江，根据其 1993—2013 年建设用地收入与成本初步匡算，20 年来松江实现了 643 亿元的区级建设用地收入，但算上社会保障、土地补偿、动迁安置补偿和基础设施建设成本，投入成本却高达 620 亿元，最终净收益 23 亿元[1]，收入盈余仅约 3.58%。

政府财政收入持续稳定增加的决定性因素，还是政府对城市的有效经营，不仅要改善企业营商环境，也要与地区内的人与企业共同成长，随着人口集聚和商业繁荣，大量产业和就业机会将成为可持续的财富来源。

“摊大饼”风险较大的一面即在于——当城市无序扩张，城市建筑虽说是拔地而起，但人口密度上不去，产业无法兴旺，更不能吸引更多人口的集聚和安居乐业，如此往复循环，并不利于经济长期发展。

忽略了城乡通盘考虑，城市越摊越大，耕地越来越少，土地价值难以有效凸显，农民既不能从本地城镇化中分享到更多好处，也无法有效提高收入，那就只能去更为繁荣的地方，久而久之，本地想发展人却没有了，结果最终影响到地区经济发展的竞争力。

城乡发展从来都是一体的。历经四十年发展，农村“三块地”混杂交错的既定格局下，仅放宽它们的用途限制——比如近些年，城里人呼声颇高的放开宅基地买卖，或者小产权房合法化，它对农民进城保障充分和地方经济可持续发展皆不是最优路径。

放开宅基地买卖，不仅地理位置决定了它的价格有限，卖掉宅基地的农民进城还是买不起房子，更广泛意义上的农民保障依然难解；不符

---

[1] 上海市松江区政研室，《1993 年 -2013 年松江区建设用地收入与成本初步匡算情况》，2014 年 1 月 6 日。

合规划和土地用途管制、非法占用耕地修建的小产权房，则会加剧城乡用地管理制度的混乱，它也无助于本已稀缺土地资源利用效率的提高。

再假以时日，任由这种毫无章法和约束的城乡用地无序扩张，直至无地可用时被动再回头腾挪，它的影响将不只是乡村因大量拆不掉的房子而掣肘农业的现代化、规模化经营，日积月累、不断升高的拆迁补偿成本，更会导致改革成本奇高、阻力巨大，进一步威胁到地方经济的长远发展。

改变既定格局，还是未雨绸缪，城乡一体早做规划，将增减挂钩作为城乡统筹工具的积极使用。农民通过宅基地的 1:1 置换，拥有了不断升值可以买卖城镇区的商品房，进而实现利益最大化；乡村耕地也通过复垦连片，更利于规模化经营和粮食生产；地方政府则凭借市场力量，因建设用地不断升值和城乡充分融合而走出发展新路。

只是相对于小昆山、新浜镇的上述做法，应当警惕它的另一种形式——忽略赋予农民财产权的“赶农民上楼”。

在现实中并不乏这样的真实案例——农民通过宅基地置换住上了楼房，但它就在村子边上，不仅距离城市仍然偏远，和宅基地一样，楼房土地性质仍是集体建设用地，它并不是可以买卖的商品房，即便可以买卖，但由于位置偏远，依然有价无市。

显然，由于无法增加财产性收入，希望进城的农民不会愿意，“赶农民上楼”由此发生；它也无法实现城镇人口的有效集聚，增减挂钩的政策工具，在实际操作中也就变成了城镇化的替罪羊。

没有后顾之忧

从小昆山农民的心理感受和生活状况来看，农民是否愿意彻底进城，取决于他们是否还有后顾之忧。

“虽然现在进城了，但有段时间我天天都会回去一趟，到我大队原来所在的地方，看看我的老宅基地变成什么样子了，毕竟住了几十年，现在那里已经打桩了。”2016年10月21日，在小昆山镇文晋苑一栋新房子里，坐靠在沙发上的周永兴微微仰起头，对着天花板笑眯眯又语速缓慢地对我说。

已经73岁的周永兴，是小昆山镇大港村人，年轻时在生产队劳动过，也参军去过越南和老挝，部队转业回到家乡粮食系统上过班，去年11月，他通过宅基地置换，搬进了他在文晋苑的新家。

虽然有时候会去看看他的老宅基地变成了什么样子，但谈到农村和城市的区别，以及对进城的感受，他却说，开始时多少还是有顾虑，不知自己能不能适应城市生活，但如今看来，还是进城好：

我们还是想往城市里走，农村总归有点生活不方便，思想和行动上也比不上城市，现在搬到这里就体现出来了，乱丢垃圾了，乱吐痰了，农民的意识还没有丢掉。

我说老实话，农民不愿意进城是因为有各种各样的担心，你说的不愿意进城是外地的情况，像我们这里，养老钱给你了，小孩子有工作可以挣钱，房子给你安排好了，你有住处，看病有医保，没有后顾之忧了，那我们就没其他要求了[1]。

在周永兴看来，农村与城市的区别还是有的。“原来农村有自留地，

---

[1] 郭涛涛，《宅基地置换，农民进城与“未来城镇”经略》，《环球财经》杂志，2016年11月刊。

可以自己种种菜，现在是买菜，看报纸，听收音机，打牌，再到文化中心去看看戏，多了文化生活，农活没有了。年龄大的人，不是不习惯，而是叫他干啥去，不习惯也要慢慢习惯。”

而如果要问进城后的小昆山镇农民最关心什么，那非房价莫属了。

“楼板价都已经超过 2 万元了，农民都不是傻子，大家也都会上网，听新闻，价格谁不知道？现在谁还会愿意卖房子？我这里一套都没有。”更早之前 9 月的一天，在文晋苑附近的一家房产中介门口，一名中介气呼呼地对前来打听房源的白衣男子说，而他对面的另一家房产中介干脆锁上了门。

挑动小昆山农民神经的，是 2016 年 8 月 24 日一场土地拍卖结果。当天上午，两块紧挨着安置小区的地块，从 8000 多元的楼面单价开始起拍，10 家企业激烈角逐之后，住宅地块楼板价以溢价 158.36% 的 2.3 万多元成交。

周永兴在大港村有 244 平方米的合法农村住宅，按照 1:1 的置换标准，他在文晋苑有同等面积的房子，但他又根据置换政策多买了 20 平方米，264 平方米的置换面积最终变成了他的三套商品房——一套 120 多平方米的大套自己住，两套 60 多平方米的小套出租。

仅仅按照楼板价计算，周永兴房子的价值就超过了 600 万元。根据当天一则被热炒的新闻，小昆山未来商品房保本售价至少达 3.5 万元 / 平方米，倘若这样算的话，那周永兴的房子未来价值接近 1000 万元。

周永兴有一个儿子，一个女儿，女儿出嫁了，拆迁之前，儿子在松江新城贷款买了一套中等户型的房子，看到房价上涨，儿媳妇想让他作价 100 万元卖掉一个小套住房，再将松江新城的房子作价 250 万元卖掉，然后把钱加起来到松江新城换一套大户型。

“我问她换大套要多少钱，能不能换得到，另外要卖松江新城的房子的话，还要提前还贷款，这部分钱谁出？我说这个产权是我的，现在不能换。”周永兴说。

文晋苑居民区党支部书记沈燕红则说，现在大家都很关心房价，楼板价上来了，要卖的很少，托亲戚买也买不到，除非要到松江新城换房子，否则不肯卖的，通过宅基地置换，农民有了更多的财产权和选择权，房子出租或者出售都可以，到松江买了房子能付得起首付了，小昆山还有多余的房子，这就一举两得了，很实惠的。

“也有村民很早之前就卖掉了房子，现在就特别后悔，后悔了也没办法，这个责任你自己要负。”周永兴说，“如果卖了这里的房子，到其他地方又买了房子，那还是划算的，如果没买房子，那就亏大了”。

一位已搬至松江新城的新浜镇农民说，就是没有宅基地置换，农民还是要进城。“换早些时候，住在村里的想往镇上搬，到了镇上还想到新城去买房子，孩子都在城里受教育，你不进城能行吗？农业地区人口少，产业发展没浦北充分，待在那里机会相对较少，发展也需要时间。”

只是身为曾经的农民，进城后的农民，对土地的感情仍然存在，一些进城农民还是乐于在城市犄角旮旯垦荒种菜。

一位来自叶榭镇、在松江浦北工作的农民子弟，一天接到他住在松江新城的岳父电话，要他帮忙买点尿素。“我问他买尿素干什么，他说垦荒种菜，农民进城保障充足，但对土地的感情不是金钱能够衡量的[1]。”

[1] 2016 年 9—10 月松江采访录音。

尾　章

岁晚也作稻粱谋

为稻粱谋

南宋词人辛稼轩[1]，本是出生于长江以北，宋朝沦陷区的金国汉人，但他却趁青春年少时，愤然跃马抗金归宋，不料南下变为归正人[2]，他并不为世事所容，一生跌宕起伏，终归北望中原壮志未酬，晚年含恨郁郁而终。

稼轩有词云：

平生丘壑，岁晚也作稻粱谋[3]。

“稻粱谋”通常指谋求衣食和生计必需，换个角度来理解，它不仅是个人谋生的事情，也是农业——为更多人提供衣食来源和生计必需。

作为效率提升最为缓慢、穷人最多的基础产业，中国农业有着丘壑般的波折过往，工业化时代的来临，它早已不是孤立的种植业可以概括，不仅要为越来越多城里人提供“稻粱”，大量农业人口还要进城。

回顾十几年来在中国农村观察到的一切，就像过去无数次争论的那

[1] 辛弃疾（1140 年 5 月 28 日— 1207 年 10 月 3 日），原字坦夫，后改字幼安，号稼轩，山东东路济南府历城县（今济南市历城区遥墙镇四凤闸村）人。南宋豪放派词人、将领，有“词中之龙”之称。与苏轼合称“苏辛”，与李清照并称“济南二安”。现存词六百多首，有词集《稼轩长短句》等传世。

[2] 南宋时期，称沦于外邦南归本朝者为归正人，意指投归正统之人。作为一种歧视性称谓，淳熙五年，它由南宋丞相史浩首先提出。

[3] 《水调歌头 · 赋水调歌头以遗之》，见《稼轩长短句》。

样，很多人认为，粮食可以进口，种菜亩产效率比种粮高，还不能放农药和化肥，地里要有草，需要更多人力打理的“小农”耕作才是最好的，这样种出来的东西才健康，产量低也没关系，可以提高价格。

我往往会回应，这样做当然没问题，但你要先问问农民和城市里的穷人愿不愿意。

农民种地是为了生计，规模小又不赚钱，没有人会愿意做既费力又不讨好的事情，除非已解决生计的人自己去种——如果他们可以种好的话；固然富人可以买得起昂贵的食品，但这却会让城里奔命的穷人对生活感到绝望。

一件事情不尊重常识和实际，纵然想得再美好，于现实最终仍会于事无补，此之谓“势比人强”，和土地打交道的农业更是如此。

在一个日新月异的时代，最需要常识、科学和市场规律的农业领域，不少人却视它们为洪水猛兽，如果真是这样，那这与晚清时期铺设电报电线，却被认为是“破坏风水”并无本质区别。

与一年四季可以稳定生产的工业品不同，一本“种植技术”教科书也不能让种地万事无忧。

在松江浦南，老一代家庭农场主杨玉华说，种地好坏粗中带细，离不开经验的积累，以及天时的应变能力。同样是施肥，不同人种的结果也不同——有时候施肥多了，稻谷未必能长得好，不同品质的肥料，释放肥力时间也不同；用错了肥料、放水早了，肥力也就跑了，稻谷还是长不好。

以常识和经济规律来对标，既实现了农业现代化，又解决了更多农民进城保障，类似于松江城乡一盘棋的改革并不多。

从适度规模的家庭农场到集体经济产权制度改革，再到增减挂钩的小城镇试点，真改革不须吹牛，但酒香也怕巷子深，除了中央文件知道，外界深得其精髓，或如其行动者并不多，只是农业不是“条条大路通罗马”，随着时间推移，我相信它的价值必然会被重新记起。

透过松江改革所看到的中国“三农”未来，绝非目前它已取得的实效成果，而是基于这些既定事实的继续向前推演，换言之，它仅仅是新一轮城乡改革再出发的起点。

“三权分置”与家庭农场

松江适度规模家庭农场，是通过“三权分置”中的经营权有序流转来实现的，如今再回看，不仅是家庭农场被写入了“一号文件”，“三权分置”与经营权流转也为中央所提倡[1]。

“三权分置”之下，农村土地所有权为集体的，原本的承包经营权一分为二，承包权属于农户，再通过经营权流转，为集体经济所有制下的农业适度规模经营提供了可能，但它也提出了一个新的现实挑战，即从法律等制度层面对经营权和农地经营者提供长效的保护。

松江家庭农场能够步入良性循环，无论是村民民主评议，表决选出家庭农场主，或是地租按照 500 斤 / 亩稻谷折算，再到考核机制与补贴挂钩等，都指向对经营权的保护和约束。

但着眼于更长远，经营权缺乏足够保障仍是家庭农场稳定的短板。

虽说承包权和经营权已实现分离，但迄今为止有关农村土地权利的各种法律，仍停留在“承包经营权”的复合型权利阶段，而非明确承包

[1] 2015 年 9 月 29 日，中央全面深化改革领导小组第五次会议审议《关于引导农村土地承包经营权有序流转发展农业适度规模经营的意见》，中央深改组组长、中共中央总书记、国家主席习近平在会议上说，要在坚持农村土地集体所有的前提下，促使承包权和经营权分离，形成所有权、承包权、经营权三权分置，经营权流转的格局。

权和经营权各自的法律权属，为经营者提供法律上的制度保障，尚属空白地带。

它的不利后果在于，即便目前可以用行政力量和出台地方规定保护经营者的利益，但其存在的基础仍然脆弱。它最为直观的体现，就是家庭农场生产经营规模的时大时小。

以松江为例，2008年国际金融危机影响之下，原本在二、三产业就业的部分农民回到农村，要求种地，村干部出于息事宁人的考虑，便出现了平均主义的苗头，进而导致家庭农场主户均经营规模一年比一年小，直至2013年才得以改观。

至于其他省份，基层所能提供的经营保障越少，经营者与拥有承包权的农民关系就越脆弱——不仅种粮大户毁约弃耕与此有关，一旦农民因生计讨要承包地，种粮大户将直接面临无地可种的窘境，进而，规模化经营随时面临着再次倒退的风险。

在“三权分置”中，经营权的重要性在于——它直接相关农业经营者队伍的稳定，队伍不稳定，农业生产也就不稳定，再有“18亿亩耕地红线”，耕地没有合适的人来种，农业现代化也就无从谈起，农业可持续发展更成奢望。

在封坚强等人看来，经营权的立法定位，应是一项独立的财产性权利，即经营者对经营农地有着最充分、最完全的支配权利。

经营权亟须立法保护的另一面，则相关于迄今仍未有定论，承包权与经营权两者之间的权属界定——承包经营权人让渡土地经营权，是“出让”还是“租赁”？

在全国人大常委会2018年9月的一次《中华人民共和国民法典》物权编草案讨论中，常委会委员陈锡文认为，“出让”并未点出承包经营权人让渡土地经营权的本质。

“这在中国千百年来就是土地租赁关系，讲清楚这一条很重要，法律关系就可以搞得很清楚，可以免除很多不必要的麻烦，有助于厘清当事双方的民事关系，也有助于厘清它们之间的法律关系。”陈锡文说。

陈锡文指出，如果讲清楚土地经营权是“租赁”，就涉及（获得经营权的）承租人有多大权利的问题、承租人能不能把土地再转租给别人、承租人能不能把租来的土地抵押担保，这都是需要认真讨论的事情[1]。

进一步，经营者进行农地流转的准入条件和经营形式等更为细节又重要的问题，也将随着法律关系的明确而迎刃而解。

封坚强认为，相比于经营户签订流转合同中对经营年限的限制，更为合理的做法，应当用退出机制来代替，即在不违反比如违规使用农药、污染土壤等约束条件下，经营者可以持续对土地进行经营，甚至拥有继承权。

目前村委会在农地流转中扮演的角色，也有改进的空间。未来的经营权立法，应当明确经营权流转主体的出租方和承租方，村委会退出农地出让主体，而是变为非营利的中介协调角色，以避免村干部在提高地租、扣留补贴等方面，对土地经营者权利的可能损害。

而与经营权法律保护相对应，也应在家庭农场基础上，培育类似农民合作联社这样，属于农民自己管理和进行市场活动的社会组织。

“只有农民有自己的社会组织，才有能力在市场上有一定的话语权，否则，一个农场规模再大，也还只是一个个体，还是微不足道。有了这个社会组织，农民才能在市场上为自己争取到合理的位置。”[2]封坚强说。

---

[1] 陈锡文如上“出让”与“租赁”讨论观点，据朱宁宁，《民法典物权编草案新增土地经营权内容常委会委员建议：农村土地“三权分置”如何入法应斟酌》，《法制日报·法制网》，2018 年 9 月 18 日。

[2] 封坚强、王晶，《农地经营权立法正当时》，《环球财经》杂志，2015 年 11 月刊。

农民做主路径

于“再造集体经济组织”的集体经济产权制度改革，同样已在全国铺开。这与2014年全国“两会”期间，第十二届全国人大代表盛亚飞向中共中央总书记、国家主席习近平所作汇报有关：

盛亚飞：2014年两会期间，习近平总书记来到上海代表团与代表们一起审议政府工作报告时，我结合松江家庭农场的探索，就“深化农村集体土地改革，加快推进城乡一体化发展”提出意见和建议。

听了我的发言后，习近平总书记问：“亚飞同志在松江当书记，有几年了？”我回答：“七年半了，在一个地方时间长了，可以做成几件事。”

我向习近平总书记介绍了松江把1956年以来的当地14个（街）镇农民与土地的关系、农民的劳动贡献等问题，进行了全面梳理，摸清了57万多名农民的股份和家底，进而完成了产权制度改革。习近平总书记听得很仔细，当场回应说，土地制度改革在农村是很重要的一件事情，是一项改革任务，但是又必须慎之又慎……中央有关方面要好好总结一下，梳理国内土地制度改革的类型，看看这些事情怎么推动。

我为什么要说这些？不是仅仅为了汇报工作，我是想告诉总书记，产权制度改革，其实是农村改革的核心，牵涉到中国亿万农民的切身利益。

令人欣慰的是，到了当年9月30日的中央政治局会议上就有明确回应。2016年农村集体资产股份权能改革已经在全国有序试点。完全有理由相信，这是一场可以媲美家庭联产承包责任制的改革。

今年（2017年）3月5日习近平总书记在参加上海代表团审议时又

问我现在在哪儿（工作）。我告诉他，我已经退休了[1]。

作为在全国层面率先彻底完成集体经济产权制度改革的地区，松江集体资产改革同样只是一个新起点，它的下阶段深化改革，仍须探索的是如何规范运作、如何发展，以及农民真正做主等一系列问题。

一是关于如何规范管理。集体经济作为一种特殊的经济形式，在计划经济时期有着严格的规章制度。但随着经济运行方式的转变，集体经济纳入市场经济发展的轨道，其管理方式也应随之转变、走市场化道路，朝着现代企业管理制度的方向发展。

从我们集体经济管理的现状看，董事会、理事会等决策层大部分还是当地行政干部，而不是股东（农民）或股东选出的代表，经营管理层也仍是镇、村部门派出的行政人员，而不是股东自己或由股东聘请的专业人员，改革的核心目的之一“农民做主”还未真正体现。

但也必须清醒地认识到，在镇级联合社、村级合作社等新集体经济组织运行还未完全成熟的阶段，如果完全按照现代企业管理制度由农民进行管理，结果必将一盘散沙，即使能选出或聘请部分决策经营人员，也未必熟悉当地经济。

因此，对于目前所处的过渡阶段，当地行政干部和人员适度兼职是必要的，只有从实际出发，明确目标，朝着现代企业管理的方向，去思考摸索、逐步实现，才能真正体现农民做主，维护好农民利益，促进集体经济的长远、健康发展。

---

[1] 陈抒怡、王海燕，《对话盛亚飞：当人大代表这十年，我为什么为农业代言》，《解放日报·上海观察》，2017 年 3 月 8 日。

二是关于农民股权如何处置。集体经济联合社（合作社）章程中规定，农民股权份额可以继承，但不得变现、出售或转让，不得作为其他用途使用。这样规定，主要考虑到在目前集体资产的股份价值尚未真正体现的情况下，农民轻易转让、出卖股权而利益受损，集体经济被外来的金融大鳄掌控、侵吞。

但从长远看，股权作为农民的一项财产权利，农民有权根据自身意愿进行处置交易，才能让农民的财产权益、处置权利得到体现，也有利于企业在市场中发展。为此，农民的集体资产股权何时可以交易、交易的对象、交易的价格等都是我们下阶段要思考、研究的问题。

三是关于集体经济与镇、村关系如何处理。产权制度改革前，集体经济与镇、村政经合一，原集体经济收益主要用于当地镇、村管理人员开支，镇里较多的基础设施建设、村级行政费用维持也依靠集体经济，用于农民的较少。改革后，实现了政经分开，村委会、村合作社按照《村民委员会与村集体经济合作社分账科目》实行分账独立核算。

但目前，仍有不少村的行政经费维持依赖于集体经济，在这些行政经费中，许多是上级政府委托村开展的工作。因此，政经分开后，村级日常经费难以维持，需要上级财政给予扶持补贴。

从这个角度看，产权制度改革虽然使农民得益、增加了财产性收入，但也在一定程度上增加了应由政府负担的财政预算；同时，政经分离后，镇、村干部对集体经济发展失去了指挥、决策的权力。因此，如何处理好集体经济与镇、村的关系，从传统管理方式上解放出来，也是下阶段面临的问题之一。

四是关于集体经济如何发展。新中国成立后，广大农民将土地改革时分得的土地作为农业资料入社，形成了在法律意义上的农民集体所有和农村集体经济组织。计划经济时期，集体经济发展主要以农业生产为主，收成多、分红多，收成少、分红少，土地还在，不会减少。

改革开放后，农村集体土地由于可以出租、转性、转让而大幅增值，集体经济有了一定的财产积累。但随着乡镇社队工业的发展，其产品由于缺乏市场竞争力，许多乡镇企业负债累累，成了集体经济的包袱。之后，从20世纪90年代起，对乡镇企业进行改革，现已基本民营化。

因此，在全面回顾集体经济发展历程的基础上，松江集体资产产权制度改革提出了“只做地主、不做资本家，只搞不动产、不搞完全市场竞争的产业”的集体资产发展原则。

下阶段壮大发展集体资产，一方面要坚持这个发展原则，另一方面还要思考研究这样两个问题：

一是集体经济有一定基础，且发展前景广阔的工业化、城市化地区，如何制定出台集体经济发展的鼓励扶持政策，如集体资产二次开发的倾斜政策，相关税负减免、融资及贷款贴息，建立如扶持中小企业那样的信贷优惠扶持政策等。

二是集体经济发展基础差、潜力不足、机会不多、分红难以为继的农业地区，如何根据集体资源状况，研究出台集体经济发展的政策措施，制定如生态补偿、转移支付、休闲农业发展等方面的倾斜政策。通过给予政策扶持，发展好集体经济，这是所有集体经济组织成员的希望，也能让农民带着股份进城，增强农民在城镇上的生存能力，这对城市化必将是极大的促进[1]。

---

[1] 封坚强、王晶，《深化集体产权制度改革的路径思考》，《环球财经》杂志，2015年12月刊。

牵住增减挂钩“牛鼻子”

用好增减挂钩政策工具，也不只有小昆山镇和新浜镇，而是整个松江的多种做法。

2015 年 8 月，国土资源部（现自然资源部）在松江做了一个详细的调研，并将它称之为“超级增减挂钩”。其后形成的调研报告中，不仅时任部长姜大明做了批示，时任上海市委书记韩正也批示说：“可将该调研报告送全市各区县及市局有关部门进行学习、借鉴。[1]”

在上述调研报告中，国土资源部认为，虽然从方法上，都是通过减少农村建设用地前提下，按照等量面积增加城镇建设用地规模，这和全国其他地方并无二致，但从动员规模和实施路径上，有三处确实又给人耳目一新之感：

第一，锁定建设用地总规模不扩大进行顶层设计。

其他地区的增减挂钩一般没有锁定县（区）建设用地总规模，只选择相对容易的局部地区开展，大多也不进行全面动员，只要集体经济组织和农户自愿复垦，城镇新区有建新用地的需求；实施的结果，虽然项目覆盖到的地方能够做到增减平衡，但未覆盖的地方建设用地还是会增加。

松江的增减挂钩是，先锁定了全区建设用地总规模的“天花板”，再在全区内统筹调控、组织项目和调配资金，涉及面更广；实施的结果则能保证全区建设用地总规模不扩大。也就是说，松江的增减挂钩解决的是全局问题而不是局部问题。

第二，既在城乡之间又在区域之间实现了建设用地增减挂钩。

---

[1] 批示影印件。

其他地区的增减挂钩一般只在城镇建新区与农村拆旧区之间搭建平台，在资源由农村流向城镇同时，实现资金由城镇流向农村，通过城乡要素平等交换促进城乡统筹发展，但松江不仅在城乡之间搭建了要素平等交换平台，还通过区域建设用地增减挂钩，在区域之间搭建资源优化配置的平台。

这是因为，根据总体规划，松江的浦南地区属于规划控制地区，其范围内的街镇规划发展空间小，存量建设用地多，需要减得多、建得少，就会有指标富余；松江的浦北地区是建设发展区，规划建设的空间大部分集中在此，新城区也在此，能够减的量少，需要建的量大，就会有指标缺口。

又因为减量是需要成本的（暂不计发展权），浦南富余的指标提供浦北指标稀缺的地方使用，就需要搭建一个交易平台，显然，除了政府须加强引导外，交易平台的设计也远较一般的城乡建设用地增减挂钩复杂。

第三，松江的增减挂钩服务于转型发展的总要求。

其他地区的增减挂钩当然也有促进节约集约用地、推进农村环境治理、推动新农村建设和城乡统筹发展等多重目标，但一般还未上升到落实总体规划、支撑转型发展的战略高度，后者正是松江增减挂钩的目的所在。

松江将增减挂钩作为实施总体规划，特别是转型发展的重要手段，因此需要采取行政、经济等综合措施，需要在尊重民意、市场导向的基础上，加强政府统一领导和相关部门协同，整体推进减量工作。

正是基于松江增减挂钩要解决的是全局问题，要实现的是总体目标，措施的综合性和组织的复杂性也更强，我们称之为“超级增减挂钩”[1]。

---

[1] 中华人民共和国国土资源部（现自然资源部）调研报告：《上海松江“超级增减挂钩”探微——上海市建设用地减量化从理念到实践》，执笔人董祚继，参加调研人员吴淑章、曾源和阮利平，2015 年 8 月 4 日。

锁定建设用地总规模不扩大也是增减挂钩的关键。根据上海“十三五”规划，上海市建设用地红线是3185平方公里，其中松江为286平方公里。

2016年“两会”期间，盛亚飞在北京发言说，统筹城乡发展要牵住农村地区建设用地减量化这个“牛鼻子”，否则就会沦为“半拉子”的城镇化。后来我问他，减量化的“牛鼻子”又是什么？盛亚飞说，就是要牢牢守住建设用地不再增加的这根红线，如果守不住，那增减挂钩就失去了意义。

松江的增减挂钩，在每个镇都是书记主抓的第一要务，这从盛亚飞与各个街镇党委书记办公室一个共同特点就能看出——墙壁上都挂着一大幅所辖区域内的规划地图。

不乏学者认为，像上海这样建设用地紧缺的大城市，应该把全部农地变为建设用地发展城市和工业，而非限制建设用地，对此，盛亚飞说，城市建设要考虑建成区的边界和居住环境，如果是那样的话，那上海就会变为一座密不透风、比墨西哥城还要大数倍、没有生气和活力的“封闭的城”。

土地资源有限，惜地如金才能更立足长远。建设用地紧缺与城乡用地关系紧张，根子上的原因，还是工业用地的资源错配和低效率。

中国人民大学经济学院教授陶然梳理国土部门历年发布的统计年鉴发现，国内每次新增的城市供应土地中，40%—50%为工业用地，商住用地只有30%—35%。在一次演讲中，陶然说，其他国家城市化过程中新增的土地，工业用地绝对不会超过20%，一般是10%到15%，换句话说，它们的土地绝大多数是给老百姓盖房子去了，“你说我们这样扭曲的供地结构，房价能不高吗？[1]”

---

[1] 2013年10月26日陶然做客岭南大讲坛·公众论坛，分析中国城市土地制度改革转型时透露。

陈锡文分析这一成因时说，过去我们在快速增长过程中，为了招商引资，将工业用地以极低的价格，甚至零地价、负地价给了企业，这一过程，往往是牺牲农民利益来承担这种低价成本。

上海市级工业园区的企业，应该说是全国水平最高的，但他们的平均存活率只有8年半，可工业企业土地出让金期限是50年，你说全国有多少企业能活50年？企业拿到地后来死了，成了“僵尸企业”，但地价在涨，对企业而言，增值的是土地，僵尸企业你弄不走，再有好的企业，你只有再去征地了。

后来陈锡文到松江，发现了新桥漕河泾工业园区的另一种做法。盛亚飞带着他到新桥的园区走了一圈——原来工业园区平均企业占地9亩多，现在是一亩半，但产值和税收却是原来的十多倍。

“这个地绝对不能给工业企业批租50年，原则上我就不卖地了，我就是出租土地，给你盖房，让你租房，园区内我还给你配套可供居住和生活的商住配套设施，人就在里面可以生活了。”陈锡文说：

这是一件很大的事情[1]。

松江在工业用地上的改革动作不止于此。盛亚飞临近退休前，松江区通过了一份文件——《关于规范工业用地收购工作的暂时规定》。

在这份于2016年1月1日施行的文件中，不仅依据现有各种法律，详细梳理了各种类型工业用地的来龙去脉，针对工业用地地价上涨套利，

[1] 如上陈锡文分析工业用地内容，皆为2016年12月13日晚与本书作者饭局中所言。

它也提出了一整套既公正公平、又合理合法的回购办法。

让盛亚飞不无遗憾的是，松江这份暂行规定出来后，时任上海市委常委、浦东区委书记沈晓明还找他打听过详细情况，但没过多久，沈晓明便调任到教育部担任党组副书记、副部长了[1]。

农民与土地

松江的一系列城乡改革，也可概括为以城乡土地为内核，更为充分的城乡资源融合与统筹——在多数乡村人口不断向城市转移的历史趋势面前，乡村一端，它通过经营权保护、农地地租控制等一系列制度约束，以实现农业现代化和保证国家粮食安全；至城市，通过政策工具的科学合理运用，建设用地稀缺性得以充分体现，市场力量又带来了更多的级差地租升值收益，再从中提取一部分用于更为充分的乡村人口转移和农业现代化。

从城市到乡村，于是就这样形成了城乡利益统一的闭环价值体现链条。如此反复循环，城市越“养”越因人口有效集聚而充满活力，乡村则因人口减少而变为生活富裕、生态和谐、农业生产效率不断提高的现代化乡村，它意味着中国将从此彻底作别困扰多年的城乡二元制。

它也是一个城乡汇流时期，农民与土地关系的新时代命题，对它理解的彻底程度，决定着中国填平城乡沟壑以实现全面工业化，乃至国家和民族全面复兴之路能走多远。

让我们再来回顾一下松江改革与农民进城的要点。它是一场在城乡一体科学规划基础上，以保障农民利益、维护国家粮食安全，同时更高效地

---

[1] 2017 年 3 月沈晓明调任海南省委副书记，其后担任海南省政府省长、党组书记。

推动城乡融合发展为出发点，敬畏规则、市场和常识，并用行动取得实效的城乡改革。

以“超级增减挂钩”为例，级差地租较高的浦北地区集中精力发展工业化和城市化，不仅将建设用地利用效率最大化，同时通过财政转移支付、劳动力就业来助力浦南农业区发展，浦南农业区实现多数人口进城情况下，也得以集中精力发展农业，实现了农业现代化。

众说纷纭的集体建设用地入市，在松江也有着与众不同的见解——中国城镇化的过程，皆是包括集体建设用地在内的农地，通过既定征地程序入市的过程，它本身不是新鲜事，它真正的关键是——集体建设用地入市后土地出让净收益的分配，农民应当享有更多的财产权。

这便是从全区土地出让净收益中提取 1/3 左右份额，成立城乡统筹专项基金，历时 5 年，给松江所有农民买足养老金[1]的背后逻辑。

农民进城，也因为思路不同换了另一种模样。它不仅在于拆迁补偿够不够多、置换房屋面积够不够大，而是打破城乡隔阂下，在养老保障、就业等更多城乡无差别待遇上的全面制度安排。

除了设立城乡统筹专项基金，解决松江在土农民养老保障；通过集体资产改革每年给农民分红，进一步提高他们的保障，松江区还设立了浦南农村劳动力就业扶持基金，进一步保障进城农民的就业。

它的做法是——安置浦南农村劳动力的企业，按照每年每人 2000 元标准给予补贴；浦南农民跨区域非农就业，按每人每月 200 元的标准给予交通、就餐补贴，鼓励浦南农村富余劳动力到二、三产业更发达的浦

---

[1] 详见第一章：“大号可乐、派钱和给农民买养老金”。

北地区就业。而这仅仅只是为有效减少农村人口的努力举措之一[1]。

从松江经验来看，城市化的过程不是简单地把农民搬走，而是要有产业支撑，如果没有，搬过来找不到工作，若干年后就是贫民窟。原来分散居住的老百姓，聚集在一起生活，若无业可就，就会成为更大的麻烦。

“乐业才能安居，乐业也是安居的前提。”盛亚飞说。

松江改革的另一个特点，是它用行动证明了，坚持集体经济所有制与农村改革并不冲突。以集体经济产权制度改革为例，只有在集体经济所有制框架内进行改革，才能够保证已被多数农民遗忘的亿万财富，不至于在产权模糊的状态下，最终装入少数人腰包。

以股份合作为本质的集体经济所有制，作为农村改革的基本点，只要方法得当，它将更利于维护农民利益和推动更为深化的城乡改革。

农民进城也是为了更好的乡村振兴，无论是“三权分置”的家庭农场，或是集体经济产权制度改革，再至赋予农民更多财产权的增减挂钩，松江城乡改革全方位地回答了“乡村振兴战略”。

在十九大报告中，如此全方位表述“乡村振兴战略”：

实施乡村振兴战略。农业农村农民问题是关系国计民生的根本性问题，必须始终把解决好“三农”问题作为全党工作重中之重。

---

[1] 包括但不限于此，比如镇级政府本地就业办法，泖港等镇在松江新城专门成立了“居室保洁服务社”，引导本地区40-50周岁的农村妇女进城从事家庭保洁服务，一年内实现了1000多名农村妇女就业。而为了加强农村社区管理，当地镇政府还通过购买服务的方式，在绿化养护、治安巡逻、环境保洁等方面推出公益性岗位，解决了6700多名“4050”困难农民群体的就业。截至2014年底，全区18.06万名农村劳动力中，非农就业人数15.5万人，占比85.8%。《让城市更像城市，农村更像农村——松江走出城乡统筹发展新路》，《农村要情》，中央农村工作领导小组办公室，此文于2012年2月22日得到时任国务院总理温家宝批示：“松江的实践和经验值得重视。”

要坚持农业农村优先发展，按照产业兴旺、生态宜居、乡风文明、治理有效、生活富裕的总要求，建立健全城乡融合发展体制机制和政策体系，加快推进农业农村现代化。

巩固和完善农村基本经营制度，深化农村土地制度改革，完善承包地“三权”分置制度。保持土地承包关系稳定并长久不变，第二轮土地承包到期后再延长三十年。

深化农村集体产权制度改革，保障农民财产权益，壮大集体经济。

确保国家粮食安全，把中国人的饭碗牢牢端在自己手中。构建现代农业产业体系、生产体系、经营体系，完善农业支持保护制度，发展多种形式适度规模经营，培育新型农业经营主体，健全农业社会化服务体系，实现小农户和现代农业发展有机衔接。

促进农村一二三产业融合发展，支持和鼓励农民就业创业，拓宽增收渠道。加强农村基层基础工作，健全自治、法治、德治相结合的乡村治理体系。培养造就一支懂农业、爱农村、爱农民的“三农”工作队伍[1]。

此时，再对标松江城乡改革，其先行价值已不言自明。

---

[1] 2017 年 10 月 18 日，中国共产党第十九次全国代表大会开幕，中共中央总书记习近平代表十八届中央委员会向大会所作报告。

附录：我对统筹城乡发展几对关系的看法[1]

盛亚飞

统筹城乡关系的本意，是通过统筹谋划和针对性的施策，实现城乡的共同发展进步，实现城乡的协调发展与和谐共存。

改革开放以来，我国的工业化、城市化、农业现代化总体上都取得了举世瞩目的巨大成就，但相比较而言，工业化、城市化追赶世界先进水平的步子迈得更快、更扎实，与世界先进水平的距离已经比较接近，有部分领域已经并驾齐驱，还有如高铁、4G网络通信等部分已经处于引领状态。

同时，我国农业现代化虽然也有很大进步，但从总体上来看，仍然大大落后于世界先进水平。农村面貌也大不如城市，所以有人调侃说，看看我国不少地方的城市像欧洲，但农村却像非洲，此外，农村贫困人口的数量还是比较庞大。

我们讲统筹城乡发展，更要关注“三农”短板，而要解决“三农”短板问题，重要的是要重视并处理好如下几对关系。

[1] 原标题为：“统筹城乡发展要重视并处理好的几对关系”，最初发表于《环球财经》杂志2017年1、2月合刊，第16-20页。

一、国家与农村集体经济的关系

农村集体经济是农民将土改后分得的土地等生产资料，通过合作化运动入股，进而建立起来的经济组织，其主要的物质基础是土地，包括耕地、宅基地、农村建设用地等等。

建国之初，我国是一个以小农生产为主的农业国家，在新中国工业化起步阶段的前几十年，通过工农业产品“剪刀差”、农业税、农副产品统购统销等形式，农民、农业为国家做出了非常大的贡献，对此，许多经济学家已有翔实的研究成果，这种贡献是必需的，也是应该的。

改革开放以后，随着工业化、城市化的推进，随着国家来自于二、三产业财力的大幅度增长，农民、农业对国家的直接经济贡献是逐步下降的，尤其是进入21世纪，中央决定取消农业税，对农业采取多予少取，以工补农、以城补乡等政策，农村集体经济组织和农民得到了很大的实惠。

总体来讲，建国后的前三十年，农村集体经济组织对国家是贡献大，后三十年变为得到实惠多，而目前的情况则是，得到的国家补贴多，农民、农业对国家的贡献少。但还有一件事情应该引起党和国家的关心，这就是农业、农村土地的国家征收、征用问题。

国家征用农村集体经济组织的土地用于修桥、挖河、搞绿化或其他公益事业，给予农民合理的补偿就可以了，这是大家都能接受的，但对于“六类经营性用地（用于旅游、商业、娱乐、金融、服务业及商品房等六类经营性项目用途的储备用地）”的征收，特别是进入新世纪以来，仅仅采用与征用同等的补偿办法，各方的意见就不一致了。

尤其是看到政府征收土地每亩地只花费了四五十万元人民币，但到了招拍挂二级土地市场，最典型的是房地产用地挂牌拍卖，拍卖价动辄达到千万元一亩甚至更多，农民的心里就不平衡了，认为集体经济的利益受到了损害，这在理论界、经济学界，也形成了相似的看法。

大家往往会认为，国家征收农村集体经济的土地，仅仅花了几十万元，拍卖增值了几十倍，无论从形式还是实质，农村集体经济的利益似乎没有得到真正保护。

这种认识是有偏颇的地方，即并非所有土地都是如上这种情形。因为能够真正拍出高价的土地，仅仅是农村集体经济被征收、征用土地的一小部分，以松江为例，算下来也就是20%到30%。之所以能拍出高价，是地方政府在公路、桥梁、医院、学校等其他配套建设的投入起了很大作用，所以各级政府在征收土地拍卖收益中分得一部分也是应该的。

无论是出于厘清地方政府出让土地仅部分获利的常识，或是保护农村集体经济利益的考虑，都有必要且值得好好研究，如何处理好国家与集体经济在农村集体土地征收、征用利益分配上的问题。

处理的方式有很多，最好是税收，分配比例又如何处理，也有商榷空间。我的具体建议是区别征收、征用。凡是国家因公益性或国防建设等用地需要征用的，可按成本计算，凡是国家征用用于批租、出让，除国家按比例征税之外，大部分都应该归农村集体经济所有，这对于保护农村集体经济利益，维护农村集体经济与国家的关系，既是应该的、必需的，也是十分有益的。

二、农民和农村集体经济组织的关系

农村集体经济组织的特点是，左邻右舍的一部分农村居民，将土地等生产资料集中起来，成立了农村集体经济组织，其参加的人员是清晰的，其土地等财产的边界也是清楚的，因此，从集体经济组织的形成及其特点和本质来看，每一个集体经济组织都是一个独立的经济组织。

在改革开放之前，农村集体经济组织是亿万农民参与、参加劳动，并获得其基本生活资料最主要的平台。大家集中在一起集体劳动，叫做“集体劳动记工分、透资预支笔笔清，一年辛苦忙到头，年终分配定亏盈”，亏的就叫透支，盈的就分红。集体经济组织既是每个农民的谋生平台，也是为国家和社会作出贡献的场所，集体经济组织与农民是非常紧密的关系。

家庭联产承包责任制之后，从形式上看，农民成了单家单户的生产，当然，机耕、生产规划还是集体统一安排，收益好坏全部与每户农民的经营直接挂钩。虽然农民心里清楚，我是属于某一个集体经济组织，我耕种的承包地也不是我个人的，除承包地之外的集体财产，我也是有份的，但农民和集体经济组织之间的关系，远没有改革开放之前那么紧密。尤其是老一代农民相继退出劳动岗位后，这种关系就越来越淡薄了。所以，如何理顺并处理好农民与农村集体经济组织之间的关系极其重要。

从建国之初农村土地改革时开始回顾，土地改革按照人均分配耕地，后来农民投入土改时分得的土地，加入了集体经济组织，每个集体经济组织土地边界、财产、人员都是清晰的，当时每家每户的投入情况是一样的，入社时有些农民投入的耕牛及大农具，当时就折价得到了现金补偿，所以农村集体经济组织的本质就是一个——每户农民投入基本相等的股份合作制实体。因此通过股份化改革，在清产核资，包括经营性资产和多类性质的土地资源，确定好成员的基础上，按照慎重、合理、公开、民主妥善的处理原则，给每一户、每个人集体经济股权确认，既可以还原农村集体经济组织股份合作制的本质，又可以维护好农民与集体经济组织的关系。

当然，农村集体经济建立以来的时间跨度已有60多年了，农村每家每户的人口也在变动，还有知青插队等等贡献因素，集体经济组织股权确认存在一定的复杂性，这个问题，在松江区的解决原则和办法是，凡是有法律的遵守法律，有政策的遵守政策，有规定的按照规定，没有法律政策，包括红头文件规定的，通过全体成员的民主协商表决的形式，将股份妥善落实到每家每户每人，这是保护农民利益的根本举措。

集体经济组织的股份化改革，是多方共赢的办法。既可以保护集体经济组织内每个农民的利益，又有利于留下少数优秀农民继续种地，让利益得到保障的离土农民放心走出农村，也让有为农民扩大种植规模，提高劳动生产率，降低农产品单位成本，为提高我国农业竞争力，真正发展现代农业作出贡献，各类农民各得其所。除此之外，还可以解决搁置了几十年，因家庭人口变化等原因，劳动力变化而不断需要调整承包地的这种无奈。

三、工业化、城市化和农业现代化的关系

工业化、城市化和农业现代化三者之间密切相关，没有工业化就没有城市化，也不会有农业现代化。道理在于——没有工业化，农村人口就无法离土进城，城市就发展不起来，没有农村人口，尤其是农村劳动力的减少，农村人多地少的矛盾就无法克服，也就无法发展现代农业，实现农业的现代化。

值得注意的是，工业化和农业现代化，是双向影响的关系。如果没有现代工业的支持，没有生产力水平非常高的农业机械，农业只能靠人力、畜力，靠手工劳动，只能是低水平低产出的农业，农业现代化就搞不起来，而低水平的农业产出，无法养活大量脱离农业的人口，工业化、城市化仍然发展不起来。

上述不同方向影响综合来看，工业化、城市化和农业现代化这三者

的关系，说到底就是没有工业化，城市化和农业现代化都搞不起来，相反，没有农业的发展，没有农产品相对的宽裕，大量的农民就无法离开农业、农村、工业化和城市化就会受挫。

这也是1958年大跃进遭遇挫折教训的重要原因。当时农村的农业问题没根本解决，在农产品供给比较紧张的情况下，动员大批农民离开土地，从事大炼钢铁等工业化运动，饭都吃不饱，工业化怎么可能顺利推进呢？加上天气等因素，年成不好，后果就是，国民经济不得不进行调整，当时解决的办法之一就是遣散数以千万的进城人口返乡重新从事农业，工业化、城市化进程严重受挫，这是农业基础不够扎实，阻碍工业化、城镇化顺利推进的严重教训。

正面的例子，则是改革开放是从农村开始的，正是有了十一届三中全会的家庭联产承包责任制，大大调动了农民的生产积极性，加上农业机械化水平比五十年代有较大发展和提高，农业劳动生产率实现了较大的进步，这才有了全国工业化和城市化的顺利推进和国民经济的超常规发展。

现在的问题是，我国工业化、城市化发展较快，中国制造业在世界上具备相当的竞争力，而与之相比，我们农业现代化的进步虽然也很快，粮食等农产品也是连续保持增长，高产稳产，但总体上看，我国农业现代化的水平仍然大大落后世界先进水平，尤其是我们的农业在世界市场上严重缺乏竞争力。

这不能不说是一个遗憾，一个很大的短板，在于农业是人们赖以生存的基础产业，对我们这样一个13亿人口的大国来说，农业出问题，13亿人的饭碗就可能捏在人家手里，这是极其危险的事情，也是相当靠不住的事情。

必须明白，一是没有农业现代化，我国农业就不会有竞争力，我国农业就会有远忧近患。对于我们这样一个13亿多人口的大国，靠进口农产品填饱中国人的肚子是不现实的，国际市场承担不了，全世界可正常出口的三大谷物在2.5亿吨左右，全部买回来也不够中国人吃半年；二是推进农业现代化，必须举全国之力，既要有顶层设计，又要有基层努力，更要有生产者的积极性。因此在推进工业化、工业化过程中，必须十分重视农业现代化，并补上农业现代化短板。令人欣慰的是，这个问题目前已经引起全党上下全国的高度重视，我们有理由相信，只要全国一条心，工业化、城市化、农业现代化齐头并进，和谐发展的这一幕应该很快就能实现。

四、离土农民和留土农民的关系

所谓离土农民，指多数外出打工的农民，留土农民则是少量留在农村继续从事农业生产的农民。

离土农民和留土农民都是集体经济组织的一员，从所有权、承包权和对集体资产收益权等方面来看，都是平等的，虽然在同一个阶段他们从事的具体行业有所区别。留土农民仍然居住在农村，仍然是第一产业农业的生产者，而离土农民离开了农业，大部分也离开了农村，居住在城市，成为从事第二、第三产业的生产者，或自由职业者等等。

离土农民数量越来越多，已成趋势，离土农民数量的增加，有利于扩大规模经营，有利于推进农业现代化，有利于农民增收。在单位土地面积产出相对稳定前提下，每增加一个离土农民，就农村集体经济组织群体来说，就增加了一份打工收入，这是一份额外的打工收入，而每减少一个农业生产者，就继续种地的农民来说，就可以增加相应的农业经营性收入。

因此，离土农民的增加，对农民收益增长是有大益的。以上海等沿海地区农村而言，由于大量农民的离土，而使农民整体收入有了逐年较大幅度的提高。早在10年前，上海地区的农民来自离土农民的工资性收入，就占了整个农民收入的80%以上，所以我们今天说的农民收入增加，其大头是离土农民数量增加和离土农民工资性或经营性收入的增长，来自非农收入的增长是大头，来自与农业收入的增长是小头。

处理好少量留土农民和离土农民的关系，它的关键有两条：

第一条是承包权和流转费的高低问题。承包权流转费的收益权属于每个承包农民，高低问题既影响土地流转、影响现代农业发展，又影响直接经营土地或流出土地一方的利益。承包地流转费的本质是地租，太高了不合适，影响留土农民的利益、影响农业的发展，太低了也不行，影响拥有承包权离土农民的利益，影响其流转土地的意愿，所以确定一个合理合适的流转费极其重要。

理想的办法是根据农作物的实物量，参考我国土地改革时的原则，地租最高不超过实物总产值的37.5%来确定（当时土改原则是：25%作为直接农业成本，75%土地所有权方和租种方各半），流转费要适当，现在一些地区的农地流转费甚至远远超过农地种粮总收益，种粮就没有积极性，通过机器替代人力规模经营，提高我国粮食劳动生产率，最终实现农业现代化就无从谈起。

第二条是离土农民除了获得属于他的一部分承包地流转费收入之外，最牵挂的还有家里的宅基地和集体建设用地等国家征收、征用收入，以及集体经济的经营性收入。

离土农民不是想种地，而是惦记他们合法拥有的那一部分所有者权利，应该说这种牵挂是合情合理合法的，但要解决好也不容易，因为过去农村集体经济内部分配只遵循一条原则，即按劳分配，而现在大部分离土农民已经不参加集体经济内部具体生产、经营活动了，他们的分配权益只能通过土地承包权的流转费，只能通过集体经济资产收益权中属于他们家庭或者个人的权益来分配，而集体经济内部产权模糊的传统又难以清晰界定每家每户的收益权。

让离土农民满足如上牵挂的出路只有一条，这就是通过合法、合理、科学、民主的办法，进行农村集体经济内部的产权制度改革，让每户（个）农民能清晰了解在本集体经济组织内所占有的份额，然后按照份额获得属于自己的那一部分收益，目前像松江等试点单位已经做到了，中央也要求全国推进这方面的改革，我们相信，在不远的将来，离土农民最牵挂的问题可以通过产权制度改革得到妥善解决，随着离土农民和留土农民关系的妥善处理，城乡统筹、城乡一体化发展必将进入一个新的阶段。

后 记

写完最后一笔，原以为将会如释重负，因为了却了一桩心事，但没想到，它却是这么多年来，内心最觉惶恐时刻，许多往事如洪水奔流、涌上心头。

2011 年，已是 97 岁高龄的张培刚先生，在他家中接受采访，最后他被问到——是什么原因让他再也没能写出比《农业与工业化》更好的作品？坐在沙发上的张先生没有回答，而是继续保持着一贯平和的笑容。

对此问题，十分重视社会调查、反对泛泛空论的张先生的确无须作答——那本书的精髓，将农业作为一个工业部门对待的全面工业化思想，早在他远渡重洋负笈异乡之前的 20 世纪 30 年代，基于在河北、浙江、广西等乡镇，针对粮食流通、农民经济生活等领域的大量调查[1]，他已意识到，这是当时尚是农业国的中国走向强盛的唯一道路。

冰冻三尺，非一日之寒。基于早期的调查研究和对中国农民苦难的认识，才有张先生后来在哈佛写就《农业与工业化》之事。

张先生的全面工业化思想，远在诺贝尔经济学奖得主威廉·阿瑟·刘

[1] 民国十九年（1930 年 7—8 月）在河北清苑县农村调查，后形成报告《清苑的农家经济》；民国二十二年至二十三年间（1933 年 10 月—1934 年 5 月），在晋北察东农村调查，后形成报告《晋北察东三十三县农村概况调查》；民国二十五年夏（1936 年 6—9 月）进行浙江全省食粮运销调查，随后出版《浙江省食粮之运销》；民国二十六年（1937 年）秋，应千家驹之约，在广西从事农业经济研究，次年出版《广西粮食问题》。

易斯（W. Arthur Lewis）[1]之上——刘易斯自己曾反省说，过去他太重视工业，牺牲农业发展工业，看来是错误的。

让思想之树保持常青，它还需要实践检验——当中国农民开始大规模进城那一刻，张先生足可释然，农业人口不断减少的同时，中国经济实现了腾飞；在上海松江，通过进一步改革，农业和其他工业部门一样，领先全国走上了全面现代化的正途。

所谓唯一道路，在于它的“万有引力”，牛顿只有一个，在发展经济学领域，张先生同样如此。无论时光如何流转，道路始终只有一条。若被问及是否会有更好，他也只能笑而不答。

张先生被问及此问题背后，则是更多人习惯性地对农业的短视与漠然，至于写一本农业类的书籍，往往得到最多的说法还是——这本书不会有太多人看的，因为是农业，根本不会有太多人关心。

我在想，按照畅销书的逻辑，盛亚飞大可不必推动那些“出力不讨好”的改革，这世间多数的书，其实本不应该存在，但事实并非如此，盛亚飞还是要为国家出力，为穷人谋福利，大量书籍仍汗牛充栋，并成为人类进步的阶梯。

尽管大家都认为农业不重要了，但没有人能够不吃不喝过一辈子，所以还有写它的道理。

与张先生素未谋面，从乡下而来，同样深知农民辛苦的盛亚飞，通过行之有效的改革，他们仍然邂逅于松江。无论是写书还是做事，他们

---

[1] 威廉·阿瑟·刘易斯（W. Arthur Lewis，1915 年 1 月 23 日—1991 年 6 月 15 日），经济学家，作家，从 20 世纪 50 年代中期开始，对发展中国家贫困及经济发展速度缓慢内在原因的开创研究，获得了 1979 年诺贝尔经济学奖。作为国际公认的发展经济学开拓者，他一生出版了《经济计划原理》《经济增长理论》《国际经济秩序之演化》等 12 本专著，而与人口红利密切相关的“刘易斯拐点”，即来自他的理论研究。

都超越功利意在长远，所以才会有不同历史时空的汇流。

作为一名文字工作者，遇到这样一个可遇而不可求的改革事件，并有机会全面细致地了解，自然是一桩人生幸事，对它最好的方式，自然是忠实地将它记录下来。所谓著书，并非刻意为之，而是感同身受，它应当立此存照，以备时间检验。

最后，进入致谢环节——特别感谢上海市松江区前区委书记盛亚飞和松江区前农业委员会主任封坚强等松江改革践行者多年来的不吝赐教，颠覆了长久以来我对农业不抱希望的浅薄认知，而他们多年来知行合一的作为，更让天资驽钝的我拨云见日，得以管窥中国城乡变革玄机一二。

特别感谢全国人大农业与农村委员会主任委员、全国政协前常委、中央农村工作领导小组前副组长兼办公室前主任陈锡文，北京大学国家发展研究院教授周其仁、中国人民大学经济学院教授刘守英、广东财经大学经济学院教师邹方斌等令我尊敬的师长，正是他们在不同角度的点拨和提示，才让我对中国城乡关系有了更深一步的思考。

特别感谢《环球财经》杂志副总编辑林鹰女士，对我持续多年松江调查的大力支持，使我可以完整又从容地记录这一珍贵的历史时刻。

特别感谢《人民日报》内参部主编尹智博、《环球财经》杂志前副社长潘亮、英国《金融时报》FT 中文网财经版主编徐瑾、《解放日报》首席记者黄勇娣、一财客户端（网）总监马俊等诸多好友和同人为此书提出的帮助和建议。

特别感谢我的妻子蒋芊蒴女士，为陪伴我生活在不太方便的乡村，义无反顾地离开了繁华的上海大都市，而在我写作最为艰难时刻，她承担了更多的家务，并打理得井井有条，这让我感到心酸又惭愧。

此外，特别感谢我的母亲郑群燕女士和父亲郭社星先生，在我家进

城之初最为艰难时刻，正是文化程度不高的他们通过卖手工馒头和跑摩的，我和妹妹才得以读完中学，最终顺利考上大学；外出闯荡十数年，我一直未忘他们的艰辛付出和努力，此生更不敢辜负，

还好，这段令人难忘的写作时间已经过去，只能将这本难言称得上完美的作品奉于诸位，未来我仍将勇往直前，以行动来报答诸多师友的信任和支持。

郭涛涛

2018 年 11 月 8 日